転生令嬢は精霊に愛されて最強です……だけど普通に恋したい！ 3

The Reincarnated Count's daughter is the strongest as she is loved by spirits, though she is only wishing for regular romance!

風間レイ
◆
イラスト：藤小豆

TOブックス

e n t s

転生令嬢は精霊に愛されて最強

イラスト／藤小豆　デザイン／伸童舎

c o n t

[ディアドラの精霊獣]

イフリー

火の精霊獣。
全身炎の毛皮で包まれたフェンリル。

リヴァ

水の精霊獣。東洋の竜。

ガイア

土の精霊獣。麒麟。

ジン

風の精霊獣。
羽の生えた黒猫。

[ベリサリオ辺境伯家]

ディアドラ

主人公。元アラサーOLの転生者。前世の反省から普通の結婚を望んでいる。しかし精霊王からは寵愛、皇太子からは求婚され、どんどん平穏から遠ざかってしまう。

オーガスト

ディアドラの父。精霊の森の件で辺境伯ながら皇族に次ぐ待遇を得る。

ナディア

ディアドラの母。皇帝と友人関係。

アラン

ディアドラの兄。シスコンの次男。マイペースな突っ込み役。

クリス

ディアドラの兄。神童。冷たい腹黒タイプながら実はシスコン。

characters

【皇族】

アンドリュー皇太子

アゼリア帝国の皇太子。
ディアドラに求婚する。
クリスとは学園の同級生。

【ルフタネン】

カミル

商人。アゼリア帝国に取引に来た際、ディアドラに女の子に間違えられた。

【アゼリア帝国精霊王】

瑠璃

水の精霊王。
ベリサリオ辺境伯領の湖に住居をもつ。
精霊を助けてくれたディアドラに感謝し祝福を与える。

蘇芳

火の精霊王。
ノーランド辺境伯領の火山に住居をもつ。
明るく豪胆。琥珀や翡翠に怒られることもある。

翡翠

風の精霊王。
コルケット辺境伯領に住居をもつ。感情を素直に表すタイプ。

琥珀

土の精霊王。
皇都に住居をもつ。
精霊の森とアーロンの滝まで道をつなげることを条件に精霊を与えると約束する。

story

同人誌作りに没頭しすぎて命を落としたアラサー OL が転生したのは、砂漠化が迫る国の辺境伯令嬢・ディアドラだった。今度こそは平穏に生きて親に孫を見せる！　と意気込むも、皇族のお家騒動が帝国全体に及ぶ内戦に発展寸前だと知ってしまう。危険をものともせず大切な家族や精霊たちのため皇帝の闇を暴き、帝国に平和をもたらした。以後ますます普通の扱いをされなくなっている。

十歳になりました

「この位置でいい？　大丈夫？」

「大丈夫ですよ。おお、また伸びていますね」

うん。順調順調。

豪華な家の柱に傷をつけるのは申し訳ないので、ミーアに長い板を持ってもらってひと月ごとに身長を測ってもらっているのだ。

私もとうとう十歳ですよ。この冬は学園に入学だよ！

身長だって着実に伸びて、もうすぐ前世の身長に追いつくんだから、この世界の人間はでかいよね。前世で平均身長が一番高い国ってオランダだっけ？　たぶんノーランド以外の地域の平均がオランダと同じくらいで、ノーランドも入れたらこっちの方がずっと平均身長高いわ。

身長だけじゃないよ。出るべきところはまだちょっと成長途中だけど、お母様の遺伝子を受け継いでいるんだから、ナイスバディになる運命なのよ。だってもうくびれがあるんだよ。すごいでしょ？

前世は運動不足で不摂生な生活をしていたアラサーだったから、下腹がね……。くびれ？　なにそれって感じだったのよ。

でも今は違う！

すっきりまっ平らなお腹にウエストのくびれ。長い手足と銀色のつやつやな髪。紫の瞳の可愛い十歳の少女だよ。一部のお兄さんにモテモテになれる要素満載！

ただし人外扱い。

あの怒涛《どとう》の一日から今まで約四年。私の周囲はとっても平和だった。

妖精姫を怒らせると、一族郎党消されるらしいとか、皇太子や精霊王まで顎で使っているらしいとか。裏番長みたいなものだと思われているのかな。裏じゃないか。隠れてないもんな。

さすがにこんな噂を信じる人は少なかっただろうけど、私がどんな習性を持っているか不明なために下手に近付いて取り返しのつかないことになっては大変だと遠くからの見物対象になっていた。

私には家族という最強の防御シールドもあるしね。

それに比べて、あの後の中央の混乱は大変だった。死者四十一人よ。そのうち十二人が子供だよ。

毒殺の犯人はニコデムス教だと発表されたせいで、教徒狩りが起こったらしい。国として正式にニコデムス教禁止令が出され、海峡の向こうからの入国検査はさらに厳しくなった。

陛下と将軍は、精霊の森の件と毒殺事件の責任を取って皇太子に皇位を譲ることと、まだ子供の皇太子を補佐するため、段階的に公務から身を退くことが発表された。

皇太子は今年十五歳。もう身長が百八十後半くらいあるのよ。

土属性の大鷲の姿をした精霊獣と、水属性のユキヒョウの姿をした精霊獣を従えて立つ姿が凛々しいと、国民の人気急上昇。後ろ盾になっている辺境御三家やパウエル公爵と、新年や誕生日の祝賀でテラスに出た時の声援が、年を重ねるごとに大きくなっていった。

最初のうちは英雄と美しい女帝のカップルの支持を叫んでいた民衆も、新しい国の指導者の成長を見るうちに親しみが湧いたらしい。今では英雄を惜しむ声はだいぶ減っている。

将軍と陛下は地方の領地を与えられ、そこで半ば軟禁状態だ。ジーン様と同じ境遇になってしまったのだから皮肉だね。

ジーン様は精霊獣と一緒に、琥珀が砂に返したらしい。

子供の頃からの境遇を考えると気の毒な部分も多いし、精霊獣が一緒に逝くと言ったから、特別処置になったんですって。

砂になってしまったら遺体は残らないし、公開処刑ではなかったので、どこかで生きているのではないかという噂は今でも定期的に出てくるの。いずれ都市伝説になるんじゃないかな。

私はウィキくんで、もう彼がこの世にいないことを確認して、その日はひとりで部屋で泣いた。

お食事会に招待したお友達は、事件現場を見ちゃったり、自分達も狙われたり、友達を亡くしたりして、心に傷が出来てしまっていた。眠れなかったり、怖い夢を見たり、食欲がなくなったり。

フラッシュバックっていうのかな。不意にあの時のことを鮮明に思い出してしまう子もいた。

貴族の親は家にいないことが多いでしょ。社交シーズンなんて特に、何週間も顔を見ない時だってある。眠れない夜を家族のいない広い屋敷で過ごすなんて、寂しすぎるよ。だけど私達には同じ経験をした仲間がいたから、そんな時は誰かのうちに集まって、思いっきり泣いて、八人で団子みたいになってくっついて眠った。

みんな、屋敷に転送陣を持っている貴族のご令嬢でよかった。隣の部屋に行く感覚で集まれるんだもん。

幾晩も一緒に眠って、幾晩も一緒に泣いて、幾晩も語り明かして。すっかり親友だよ。

だいぶ元気になってきたら、順番に各家を巡ってお泊り会したり、お茶会したり。

娘が徐々に元気になっていく様子を見ていた家族も、顔を合わせる機会が多くなるから親しくなって。それぞれ派閥のトップの人達がママ友パパ友ですよ。

こうなると私のお友達を嫁にしたいって人がどっさりと現れるわけだ。高位貴族のご令嬢で、政治に強い影響力を持つ複数の貴族と親しく、しかも妖精姫の親友だからね。

でも皇太子の婚約者が決まってないでしょ？　皇太子だってこの中から嫁を選ぶだろうから、未来の皇妃選びが終わらないと家として縁談を持ち込むことが出来なくて、息子に今のうちに親しくなっておけと指示が出るわけだ。もう学園に行っている子達はモテモテらしいよ。

「ディアドラ様、皇太子さまがお見えになりました」

「また？」

皇太子はあれからずっと、最低でも週に一回はベリサリオに顔を出している。

私と仲がいいよ、私は皇太子を支持しているよと貴族達に思わせるために顔を出すようになって、皇太子がわざわざ来たらこっちもおもてなしするからさ、美味しいお菓子と紅茶を用意して、その時にいる兄妹で接客していたら居心地がよかったのか、仕事の合間にふらりと遊びに来るようになったのだ。

前触れもなしだよ。最初はみんな大慌てしたけど、いい加減に慣れてきちゃって「あら、いらっしゃいませ」くらいの扱いになっている。今ではもう半ば放置よ。

たぶん皇宮では気が抜ける時間がないんだろうね。

ベリサリオだとみんな放っておくからな。

もちろん今でも美味しいお茶とお菓子は出すし、すぐに私達に連絡はくるよ。警護もちゃんとつけている。側近もつけないでひとりで来るからね。精霊獣を連れた警護がちょっと離れてついている。

でもそれだけ。こっちも暇を持て余しているわけじゃないから、だいぶ待たせてしまう時もあるけど、基本ほったらかし。

待つ間、皇太子はお気に入りのバルコニーで、海を眺めてぼけーーっとしている。その時間が貴重らしい。

「赤毛は抜かすと、スザンナとモニカとカーラの三人だ。候補として発表して会う予定を立てたらどうだ」

「他人事みたいに言うな。おまえだって赤毛じゃない女性がいいんだろう?」

「僕は妃教育の期間を考えなくていいし、あの七人の中から選ばないとまずいわけでもない」

「でも出来ればディアの友達がいいだろ」

「当然だ。ディアと仲良く出来ない女性と付き合う気はない」

「……おまえは本当にぶれないな。べつにおまえが先に選んでもいいぞ。三人の中なら誰でも……」

「あら？　私のお友達がお断りする可能性を考えてないのかしら？」

私がいたことに気付かず、好き勝手なことを話しているクリスお兄様と皇太子を蔑《さげす》んだ目で見下ろしつつ、お母様からいただいた透かし模様の美しい扇をぱしりと閉じる。ふたりは気まずそうな顔で目を逸らした。

相手が座っている時じゃないと見下ろせないからね。ちょっと気分いいわ。

「わかってるよ。断る権利を奪う気はない」

「ディアは僕達と友達が付き合うのに反対なのかい？」

ふたりともここ一年ですっかり育っちゃって、声も変わっちゃって、大人っぽくなっちゃってる。スザンナやイレーネも三歳年上だから、どんどん女っぽくなっちゃって年下の私はおいて行かれる気分よ。

皇太子が大きくなるのは予想の範囲内だったけど、クリスお兄様まで百八十に届きそうなほどの長身になっちゃって、声変わりの時になぜか声が掠れてハスキーボイスになったのよ。どれだけ属性山盛りにする気なのよ。

胸板が厚い赤毛で男らしい顔つきの皇太子と、相変わらずの美形で細身でハスキーボイスのクリスお兄様。身長差が尊い。

「ディア？　聞いているかい？」

「聞いてます」

クリスお兄様の隣に座り、ミーアが用意してくれたお茶を飲む。今日のスイーツはミルクレープだ。

「賛成も反対もしませんよ。お友達が幸せになってくれればいいんです。クリスお兄様は殿下より私のお友達と顔を合わせる機会も多いのに、特に気に入った方がいるわけではないんでしょう？」

「うーーん……」

どっちだよ。

「他のご令嬢に比べたら親しいつもりなんでしょうけど、態度がダグラス様や殿下と接しているのと同じでは好かれているとは思われませんよ」

「友達とは思っているんだが……」

「扱いが雑なのか、駄目だな」

ふっと笑いを漏らして余裕の表情だけど、皇太子だってダメダメよ。

「それでもクリスお兄様は、好きになれば私に対するのと同じような感じになるよとお友達に話してありますから、みんな、それは素敵だと思ってくれてます」

うちのお兄様達は恋愛に興味が薄くて、恋の駆け引きなんて面倒だと思っているから、いったん好きな人が出来たら、他に目がいかないタイプだと思うの。特にクリスお兄様は溺愛するタイプよ。

「それに比べると殿下は話す機会がないから、性格がよくわからないって思われているんですよ。切れ者だっていうのは知っていて素敵だと思うけど、こわそうとか、忙しくて放置されるんじゃないかとか」

「忙しいのは仕方ないだろう。……こわそうか」

頬を掌でこすって遠くを見つめている。他でも言われたことがあるみたいだな。

「それでおまえに頼もうと思っていたんだ。次の冬から学園に行くだろう？　そこで私が彼女達と会って話す機会を作ってほしい」

「え？　高等教育課程の生徒とは会えないんじゃないですか？」

「教室のある建物では会えないね。でも寮は一緒だからちゃんと手続きさえすれば茶会に招くことは出来るよ。社交についてを学ぶ場でもあるからね。僕が茶会を開いてもいいけど、高等教育課程の男子が初等教育課程の女子を呼ぶのは難しいんだ。それに女性側は複数呼ばないとまずいだろう？」

複数の女性がいるところに殿下やお兄様が顔を出したら、群がられてしまって落ち着いて会話出来ないだろうな。かといってクリスお兄様が、独身のご令嬢をひとりだけ招待するわけにはいかない。そこで私の同席が必要になるのね。

「わかりました。彼女達に話して問題なければ招待します。ひとりずつがいいですよね」

「そうだな、たのむ」

つまり私は、殿下やお兄様がお友達を口説くのを、壁の一部になって眺めていないといけないのか。

前世でも今でも、まったく色恋の話が出てこない私が、友達の恋の橋渡し役ってどうなっとるんだ。

「あれ、殿下、また来てたんですか」

「あいかわらず、おまえの態度が一番ひどいな」

騎士と訓練をしていたアランお兄様が帰ってきた。

アランお兄様もすっかり大きくなってしまって、十二歳で身長百七十超えですよ。

バルコニーは決して狭くないのに、でかい男が三人もいると急に狭く感じるわ。

「アラン、近衛に入る気なら私の護衛にならないか」

「いえ、僕は普通に……」

「その方が情報が集まりやすいぞ」

「なります。でも成人するまで皇宮に行く気はないですよ。表立って近付けない分、水面下で動くやつらがうるさいんです。海峡の向こうが荒れているみたいですし」

海峡の向こうのシュタルク王国から、ニコデムス教を国から追い出すためにも精霊について広く国民に広めてほしいから、国に来てほしいと私に要請が来たのよ。速攻お断りしたけど。

教えを乞うのに自国に呼びつけるとはどういうことかと、お父様も怒ってしまっていたし、下手に私が向こうの国に取り込まれそうになったら、シュタルク王国がなくなってしまうからダメだと皇太子も返事をしたの。

私を守るというより、隣国を守る気分の皇太子の返事にシュタルクの王族は、反応に困ってしまったらしい。

ペンデルス共和国の隣国、ベジャイア王国ではニコデムス教が力をつけて国を動かし始めているという噂もあるから、海峡の向こうには行きたくないわ。

「他国の人達は何か勘違いしてないですかね。私はアゼリア帝国の精霊王と親しいだけで、シュタルク王国やベジャイア王国の精霊王とは会ったこともないんですけど」

「でも会おうと思えば会えるだろう？　彼らは自国の精霊王にいまだ会えていないんだよ」

会いたいならなおさら私を呼びつけずに、向こうの王族がこっちに来て、私の口添えが欲しいと正式にお願いしてくるべきでしょう。帝国に借りを作りたくないからって、ベリサリオに圧力かけてなんとかしようとすんな。ベリサリオに借りを作るほうが今はこわいんだぞ。

いけない。私ったらいつの間に、他国の王族相手にこんな強気な態度を取るようになってしまったんだろう。皇太子殿下にだって、もっと臣下として敬った態度を取らなければ。どんどん貴族のご令嬢の態度から遠ざかっている気がする。

「他国から何か言ってきたら、すぐに私に知らせるんだぞ。ひとりで勝手に動くんじゃないぞ」

令嬢らしく。礼儀正しく。

「まあ、そんなだいそれたことはしませんわ。すぐに殿下にお知らせさせていただきます」

「……おい、クリス。こいつ何か企んでないか？」

「いや、また何か見当違いなことを考えているんだろう」

「ディア、気持ち悪いのか？」

……おまえら。

皇太子の意向を受けてカーラ達にお手紙を送ったら、八人で会う予定もあらかじめ決めておきましょうとお返事が来た。特にカーラとパティは私と同じで今年から学園に通うので、お話したいというお誘いがあちらこちらから来ているらしい。早めに予定を入れておかないと。

十一月から二月までのたったの四か月。初等教育課程は日本の小学校程度の授業らしいから、家庭教師のいる貴族の子供達は、勉強より友人を作ることがメインだ。社交について学びながら、皇宮でも付き合える友人を作って将来の人脈にしていく場ね。精霊や魔法についての授業はあっても科学の授業はないのよ。当たり前だけど。

皇太子と三人のお友達のお見合いの場と、お友達八人で集合出来る機会が三回は欲しいでしょう？　精霊の住居がある貴族の会合とか、瑠璃の担当している地域の皆さんとの茶会とか、個人的な知り合いではなくて大勢での集いも参加しないといけないから、どんどんスケジュールが埋まっていく。

平日は学園が始まってからのお約束のためにあけておくとしても、休日の予定は九月に入ったら次々に決まってしまった。

前世ではスケジュール帳、真っ白だったのに……。

チャットで萌え語りの日とか、ネットゲームの戦争参加日とか、イベント前の印刷屋の締め切り日くらいは書いてあったか。でも予定がバッティングしそうで調整しなくてはいけなかったことなどなかった。

「私、成長してる」

もうコミュ障なんて言わせないぞ。お友達もたくさん出来たし、人脈だってすごいんだから。人外との交流まであるんだぜ。

手帳に覚え書きをしながらアイスティーをいただくという、御令嬢らしい午後の過ごし方をしているのは、城の西門近くに建てられたフェアリー商会本部の二階のバルコニーだ。正門とは少し離れていて、一般の訪問者はこちらには来ない。こちらの門を使うのはうちの家族直々《じきじき》に呼ばれた商人達や、フェアリー商会の関係者と取引相手だけだ。

今、道をこちらに近付いてくる小型の精霊車も、ルフタネン王国のコーレイン商会の馬車だ。あれはうちで作った物だな。ルフタネンでもすでに精霊車は作られているけど、そりゃあフェアリー商会に来るのに、他所の会社の精霊車に乗っては来ないよね。

私は開発担当だから、取引の場に顔を出すことはまずない。よっぽど興味を持ちそうな時だけ呼んでくれるけど、苦手なのよね、商人の駆け引きって。貴族同士の駆け引きとはまた違った油断のなさがあってさ。

精霊車の扉が開いて、大きなカバンを手に降りてきたのは、あの毛深い色男のコニングさんだ。もう何年も前に公園で偶然会った日から、うちの担当になったのかたびたび顔を出している。帝国の人達と同じような服装なのに、今日もあいかわらずのハワイアンぶりだ。

続いて馬車から降りてきたのは、アランお兄様と年が近そうな男の子だった。

肩幅や腕の筋肉の付き方も、アランお兄様に似ている気がする。つまり剣の練習をしているか、何かしらの運動をしているか、力仕事をしているか。

肩まで自然な感じで伸ばした黒髪と、黒い瞳には見覚えがあった。あの時の男の子、カミルだ。

うっわー、当たり前だけどもうすっかり男の子だわ。

まず肩幅が女の子と違う。靴の大きさなんて比べるまでもない。

健康的に日に焼けていて、アーモンド形のくっきりとした眼差しが印象的な綺麗な顔をしている。黒い睫が長いせいでアイラインを引いているように見えるのね。世の女性に妬まれるよ、その目は。

前世でエジプトに観光に行った時に、ナイル川に小舟を浮かべていた少年が、確かこんな雰囲気だった記憶がある。

私の視線に気づいたのか、ふたりしてほぼ同時にこちらを見上げてきた。

なぜだろう。カミルの眼差しの強さにドキッとした。帝国にはいないタイプのイケメンだわ。黒髪黒目が魅力的に見えるのは、日本人の名残なのかな。

ふたり揃って会釈してくれたから、私もにこやかに会釈する。でもそれだけ。

だって他に何をしろっていうのよ。声をかける？　なんて?!　いいお天気ですねって？

かっこいい男の子は、ありがたやありがたやと神に感謝し、遠くから愛でるもの！　近付こうなんておこがましいことは考えない！

皇太子やダグラスもかっこいいけど、あいつらもう私を女だと思ってないからね。他の男の子？

私のこと怖そうに遠巻きに観察してますけど何か？

彼らの姿が建物の陰に隠れて見えなくなってすぐ、扉の開く音がしたから建物の中に入ったのだろう。

まあ……私には関係ないけど。

外国かあ。行ってみたいなあ。ニコデムス教の危険とペンデルス共和国の問題がなければなあ。どっちも精霊絡みだから無関係とはいえないんだよね。

北ならいいかな。新しく国が出来たんでしょう？　美味しいものがあるかもしれない。

「お嬢はいる？」

「いるけど、どうしたの？」

しばらくして扉の開く音がして、レックスとジェマの会話が聞こえてきた。

「クリス様がコーレイン商会との打ち合わせに出てほしいと言っているんだ。珍しい食べ物を持ってきているらしい」

なんですとーーーー！

「今行くわ」

レックスなんて、もう十七歳だよ。時の経つのは早いものだ。

すっかり大人っぽくなっちゃって、執事服がよく似合って城の侍女達に大人気。

そういえば、私が生まれた時からお世話になっているダナとシンシアは、ふたりとも騎士団の人と結婚して、もう子供がいるんだよ。いったん産休を取ったけど、まだ私のところで働いてくれている。

最近はミーアの妹のネリーまで、私のお世話をしてくれているから、彼女達も休みを取りやすくていいみたい。

レックスが向かったのは、一階にある取引先との打ち合わせ用の部屋だった。

会議室みたいなのを想像しないでね。パイプ椅子なんて置いてないよ。

ヴァニラ色の地に金糸の刺繍の入った高価なソファーと、一枚板の猫足テーブル。ルフタネン風の衝立がエキゾチックな広い部屋だ。

大きなテーブルを挟んでクリスお兄様とコニングさんとカミルが座っていた。

お兄様の横にはセバスが控え、コニングさん達の背後にヒューとお兄様の側近のライが控えている。私にレックスがついてきたから、コーレイン商会のふたりはすっかり囲まれてしまっている形だ。

でも仕方ないのよね。こっちはベリサリオ辺境伯嫡男と長女。あちらは異国の平民の商人。なにか事故でもあったら国際問題になりかねない以上、こちらが扉近くに護衛を立たせているのも彼らは承知しているだろう。

ナッツ類を仕入れているとはいえ、たいした量ではないので付き合いは浅い。彼らとの信頼関係はまだまだ構築中なのだ。

「四年ぶりかしら。お久しぶりですわね」

クリスお兄様の座るソファーに歩み寄りながら話しかけると、コニングさんもカミルもすぐに立ち上がり、一歩横にずれてソファーの脇に跪こうとする。

「かまわないわ。座ってらして」

「ありがとうございます」

胸に手を当てて一礼するふたりに笑みを向けて腰をおろす。ふたりが座るのを待ってクリスお兄様が口を開いた。

「僕はカミルとは初対面なんだけど、ディアは彼と会ったことがあるんだって？」

「ええ、港近くの公園で偶然に。まだ六歳の頃ですわ。私、カミルを女の子だと思ってしまいましたの」

「ああ、そんな話をジェマに聞いたことがあったな」

「今なら間違えませんわ。ずいぶん背が伸びたのね」

平気な顔をして笑顔を向けているけど、テーブルを挟んで前の椅子にカミルが座っているもんだから、近すぎてドキドキしてしまう。すぐそばで見ても、日焼けしているくせに肌がつやつやよ。若いってすごいね。いや、私もまだ見た目は十歳だけど。

なんかね、眼力がすごいんだ。じーっと見られてしまって落ち着かない。

近くで見るとやっぱり琥珀《アンバー》色の瞳だ。光の角度で黒く見えるんだな。

「……」

話題を振ったのに反応が返ってこない。

これ、私のせいじゃないよね。

「で、何を見せてくれるんだい？　ディアに食べてもらいたい物なんだろう？」

クリスお兄様の笑顔が心なしか冷ややかになっている。カミルを見る目が怖い。

礼儀を知らないガキだとでも思ってしまったかな。

「はい。トマトケチャップを考案したのがディアドラ様だとお聞きしまして、是非とも今回お持ちした物を試食していただきたいと思ったのです」

トマトケチャップはね、本当は作る予定になかったのよ。

でもミーアにはよくしてもらっているし、彼女の妹のネリーも頑張っているのに、お給料のほとんど全部を実家に送っていたの。

彼女達の実家であるエドキンズ伯爵の領地は小さくて、海に面していないせいで主だった産業がないくせに、父親の伯爵はのんびりしていて役に立たないし、跡継ぎの長男は真面目が取り得なだけの男で、ただ使用人をクビにして節約することしか考えていなかった。

それで私、去年エドキンズ伯爵領に乗り込んで、伯爵と長男を捕まえて、ちゃんと領地経営しないのならミーアとネリーが仕送り出来ないようにすんぞこら！　とお話をさせていただきましたの。穏便に。

その時に特産品もないし、何をすればいいかわからないなんてふざけたことを抜かすもんだから、トマトを栽培させて、トマトケチャップを作らせたのよ。

調味料って一般家庭にも売れるでしょ？

アメリカかどこかでソースで億万長者になった人もいたはず。

トマトのまま出荷するより加工した方が、多くの人の就職先が出来るしね。

トマト自体もブイヤベースを始めとした料理に使うから、質のいいものを栽培出来るように人を送り込んで、ケチャップを売り出すと同時に、こんな料理に使えますよってレシピ本を配って、フェアリー商会のカフェでもパスタを出したのよ。レジの横にケチャップ並べて。

それだけじゃなくてホットドッグも作ったの。こっちは屋台用ね。

港近くの公園の一部を、屋台で食べ物を買って食事が出来るフードコートみたいな広場にして屋台を並べられるスペースもベリサリオ直轄で用意して、安い使用料で場所を貸し出すようにしたの。今では立派な屋台街よ。

そこにホットドッグの屋台を出したら意外なことに観光客じゃなくて、港で作業をする人達が朝食や昼食代わりに食べてくれて大人気になったから、港にも屋台を出したわよ。

おかげでケチャップが売れに売れて、エドキンズ伯爵領は驚きの黒字経営。ケチャップの加工場や出荷のルート作りはフェアリー商会でやったから、直接の利益はこっちに来るんだけど、税金はちゃんとエドキンズ伯爵に納めるでしょ。その収入が馬鹿にならないし、領民は就職先が決まって生活が安定したもんで、うちが手を引くと言い出さないように、それはもう丁寧な対応をしてくれる。

その噂が広まったせいで、一緒に商売をしないかというお誘いをたくさんいただいたけど、もうお金はあるんだわ。十歳にして一生生活出来るだけのお金を稼いでいるから、一生独身でも困らないわよ。

……あれ？　私の目標なんだっけ？　長生きと……長生きだわ。うん。

そんなことを私がグダグダ考えている間にコニングさんが鞄から出したのは、中の温度調節が出来る魔道具の四角い箱だ。そこから銀色のポットを取り出し、カップに注いだのはとろりとした黒い液体だった。

言わせてくれ。

叫ばせてくれ。

転移転生と言えばお約束、これはチョコレートではないか?!

精霊達がテーブルの上をふわふわ浮いて毒がないことを確認して、すーっと私達の頭上に戻っていく。

震えそうになるのを堪えてカップを持ち上げ、添えられていたスプーンで掬《すく》おうとして……濃度が高くてねりねりだった。

私さ、待っていたのさ。この日を。

何度も何度もウィキくんでチョコレートの項目を開いて、隅から隅まで読んだのよ。好きだったから。チョコレートが。

だから知っている。

これは、ヨーロッパに初めて伝えられた頃のチョコだ。

水がないと飲めないんだけど、飲み物だったのよ。

「色が黒くて気になると思いますが、甘くておいしいと思いますよ」

おお、カミルが喋った。

さっきからあまり動かなかったから、この子はなんのためにいるのかと心配になったよ。

コニングさんは後ろに控えている者達にもチョコレートを配っていく。

一口飲んだクリスお兄様は、初めて食べる甘い飲み物が気に入ったようだ。

「ほお」

新しいものが好きなヒューも気に入ったのかもしれない。

ならば私も。

スプーンに掬って、一口食べてみて。

「……」

おもむろにカップをテーブルに置いて水を飲んだ。

たぶん、この世界の人達にとっては感動の出会いがそこにはあると思う。

彼らがわざわざ私を呼んだのもわかる。きっと私が食いつくと思ったんだろう。

でも日本のチョコを、フランスのチョコも、ベルギーのチョコも、世界各国のチョコレートを買って食べていた私には失望しかなかった。

見た目で想像した味を期待して口に入れた時に、違う味が口の中に広がった時の気持ちをおわかりだろうか。

日本の菓子パンの味を期待して外国で見た目は同じパンを食べたら、砂糖ジャリジャリで歯が浮きそうなほどの甘さだった時の感じ。

わかってる。これは地球でも歩んだ歴史の途中の段階だ。ここからココアパウダーとココアバターに分離させる方法を発明し、やがて固形化出来るようになっていく……ってウィキくんに書いてあった。

つまり私はだいぶ早い段階でチョコレートに出会えたってことよ。

まだ誰も固形化していないのよ。

今はがっかりしている場合じゃないぞ。むしろラッキーなんだ。

「あの……お気に召しませんでしたか？」

すごいね、カミルくん。

きみは私に待ちに待ったものを持ってきてくれたよ。

でも私が欲しいのはこれじゃなかった。

「これは、もう他で売りに出しているんですか？」

「ルフタネンではここ何年かで広まっている飲み物です。帝国ではまだ、どこにも出していません」

「では、クリスお兄様にお任せしますわ」

「ふーん。乗り気ではないみたいだね。でも、他所で売られるというのも問題だ」

私の反応にカミルはかなり落胆しているようだ。あまり表情は変わらないが、眼力が弱まっている。コニングさんにとってもこの反応は計算外だったらしい。はっきりと顔色が悪くなっている。

ようやくフェアリー商会と大きな取引を結べて、帝国へ商売を広げる足掛かりになると思ったんだよね、きっと。

大丈夫だ。まかせろ。

「気に入らないわけではないんですよ？　ただ私が欲しいのはこれじゃないんです」

ふたりは不思議そうな顔で私の次の言葉を待っている。

「私にはこのチョコではなく、原料をそのまま売ってください」

「はい？」

「ですから、カカオ豆を買います」

目を大きく見開いて、カミルとコニングさんが顔を見合わせた。

取引は嘘とはったりで

「カカオ豆を御存じなんですか？」

訝《いぶか》しげな顔で聞かれたから、営業スマイルを浮かべて小首を傾げた。

あれ？　知っていたらやばかった？

ルフタネンではここ何年かで広まっているって言ってたよね？

「あら、当然ですわ。私これでも勉強熱心なんですのよ。あなた方もこうして帝国に来て商売をしているように、私達も……ねえ、お兄様」

やばいという顔はしちゃ駄目だから、適当に言ってクリスお兄様に丸投げだ。

「僕は食べ物に関してはディア任せだからね。これは調べさせてないよ？」

やっぱり他のことは調べさせているよね。辺境伯が隣国に諜報員を紛れ込ませていないはずないもんな。

「なる……ほど。どのくらいの量を御所望でしょうか」

なんだろう、ちょっとコニングさんの顔色が悪い気がする。

「ディア、アイデアがあるのかい？」

「ええ、それはもう」

興奮を抑えてクリスお兄様の上着の袖を引っ張る。たぶんお兄様は、私が嬉しさで踊りだしそうな状態だって気づいているはず。レックスもソファーの背後に立って、私が椅子の上に立ちあがったら押さえようと思っていたでしょう。でもこのチョコレートじゃ踊らないぜ。

「じゃあ、あるだけ全部」

「ぜ、全部?!」

さすがクリスお兄様、太っ腹!

「そんなに何に?」

「なぜ説明しなくてはいけないのかな?」

「し、失礼しました」

まさかこんな話になるとは思わなかったんだろう。チョコを喜んで買ってもらって、フェアリー商会との結びつきが強くなって、帝国への商売の足掛かりにして、いずれは中央へって商人なら考えるところだ。

だから商会長の孫まで連れて来たんだよね、たぶん。今のところ役に立っている気がしないけど。子供同士だから、クリスお兄様や私が仲良くなると思ってたのかな。

「売っていただけるのなら、毎回一定量を定期的に購入する保証をいたしますわ」

「それは……ありがたいですね」

「大量に買った場合はお安くしてくださるんでしょう?」

「はい、それはもう……」

「ああ、でも、ひとつ約束してほしいわ。最低でも三年間はカカオ豆をうち以外に輸出しないって」

せっかく作ったのにすぐに真似をされては困るのだ。

チョコレートと言えばフェアリー商会というイメージは大切。

「三年間ですか⁈　……これはフェアリー商会としての正式なお話だと思ってよろしいのでしょうか」

「当然だよ。ディアはうちのスイーツ部門の責任者なんだ」

またもや驚いた顔で見られて、にっこり笑顔で答える。

「しかし……三年間というのは……その場合、うちにも何かメリットがありませんと」

おおう、コニングさんも貴族相手に頑張るね。

「メリット？　うちと本格的に取引出来るというメリットがあるだろう。それでは不満か」

「い、いいえ。とんでもない」

貴族と取引をする商人は大変だ。強力な後ろ盾がないとフェアな取引なんてさせてもらえない。

だからうちを始めとして、貴族が商会を立ち上げて優秀な商人を抱え込んで保護するところは多い。

自分の領地の特産品を他領で買い叩かれては困るからね。

そこいくとコーレイン商会は帝国で商売をするには、基盤が弱いんだよな。

だから、うちと仲良くしたくて一番にチョコを持ってきたんだろう。今帝国で、ベリサリオのお墨付きって一番力があるからね。

「このチョコも、暫《しばら》く他所で売らないでほしいな」

それがチョコって名前だって、コニングさんは認めてないのに、否定しなかったからそのままちゃっかり使うクリスお兄様素敵です。しかも更に追い込んでいる。

「いや……あの……」

コニングさんが汗を拭きながら話をしている横で、カミルは太腿に乗せた手を握り締めて、ずっと俯いている。あのおしゃべりな精霊達もさすがにこの場では喋らない。心配そうにカミルの頭の後ろでぐるぐるしているのが、仏像の頭光部《ずこうぶ》みたいに見えて、ありがたさ倍増よ。

「そろそろうちの店をルフタネンに出そうと思っているんだ」

「……そうなんですか？」

お、急にコニングさんの声が明るくなった。

「うちの店には行ったことが？」

「カフェは混雑していたので、ケーキだけ買って帰りました」

「ルフタネンで通用するかな？」

涼しい顔で尋ねるクリスお兄様を相手に、コニングさんは目を輝かせて頷いた。

「もちろんです。帝国の流行は必ずルフタネンに入ってきますから」

「では、店を出すときにはコーレイン商会に運営をお願いするというのはどうだろう」

「それは……大変ありがたいお話で」

「あと、カカオ豆をもとに私が何か作ったら、それもルフタネンに輸出する時には、コーレイン商会だけを通すっていうのはどうかしら？」

「ディア、そんな約束をしていいのかい？　チーズケーキもジェラートもきみのアイデアだったんだ。今回だって間違いないと僕は確信しているんだよ」

「ありがとうございます、クリスお兄様。その期待に必ずお応えしますわ」

仲良く小芝居をうってから、ふたり揃ってコニングさんに視線を向ける。

まさか断らないわよねって言う威圧も忘れない。

だってカカオ欲しいもん。

「私ではすぐにはお答えできませんので、持ち帰って改めてお返事させていただいてもよろしいでしょうか」

「なんだ。コーレイン商会は、うちにその場で決断出来ない担当をよこしていたの？」

「クリスお兄様、あちらには島ごとの問題もありますし、すぐには返事が出来ないのでしょう」

「ああ、そうか。カカオはどこの島？」

「おそらく南では？」

「じゃあそこから直接……」

「お、お待ちください。三日いただければ値段等についてもお話出来ますし、少量ですが現物もお持ちします」

おおおお。三日後にカカオに会える?!

素晴らしい!!

「あの、今おっしゃられていたご希望に出来るだけ沿う形にさせていただきますので、一つお願いがあるのですが……」

せっかくこれだけいい条件の話があるのに、ここでまだ欲張るの？

「つまり完成品の専売はいらないということか？」

「い、いえ……しかし……その……」

変な話の流れだな。商人の割に受け身だし、売り込もうという態度じゃないんじゃない？

これはもしかして、そのお願いのためにチョコを持ってきた？　これが目的か。

「クリスお兄様、お話を聞くだけ聞いてみませんか？　長いお付き合いになるかもしれないですし」

「ふん。まあいいか。話してみろ」

こういう時のクリスお兄様の冷ややかな感じは、親しくない人から見たら傲慢な子供に見えるんだろうな。わざとやってるからね、うちの長男は。

「こちらのカミルはコーレイン商会長ブラントン子爵の孫でして、彼からディアドラお嬢様へ、精霊獣のことで是非ともご相談したいことがありまして」

「私？」

「……」

カミルは無言でコニングさんに視線を向けて、眉を顰めている。

とても私に相談したいことがあるように見えないんだけど、どうしたんだろう。

それにコーレイン商会って貴族がやっていたのね。

……なのに平民のコニングさんを、うちの商談相手にしたの？

「ああ、ブラントン子爵の孫か。彼の息子にはまだ子供がいないとは聞いていたが、まだ若いのに養子をもらったのか。全属性精霊獣持ちとは、さすが精霊の国と言われるだけはあるね」

「……っ」

クリスお兄様に正面から冷ややかな視線を浴びせられても、カミルはぐっと堪えて視線を返している。四年前に泣いていたからか、おとなしい子だというイメージを勝手に持っていたけど、そうではないみたい。

「ありがとうございます」

あ、コニングさんのほうは駄目な人かも。

クリスお兄様の嫌味に気づいてない。

「彼は全属性精霊獣を持っているので、北島で精霊の育て方を広めているんです。それでお嬢様が精霊について他領に講義にお出かけになることもあるとお聞きして、少しの時間でかまいませんので、ふたりでお話をさせていただきたいと」

あーー、彼はそのために来たのか。

ルフタネンで私と同じようなことをしていたのね。

「ほお、他国の、子爵の孫が、妖精姫と呼ばれる我が妹とふたりで会話させてくれと」

クリスお兄様、そんな低い声が出せたんですね。ハスキーさが際立ちますわ。

じゃなくて、顔つきこわいから。せっかくの美少年が台無しだよ。一部に根強い需要はあるだろうけども。

ああ、お兄様だけじゃないや。室内にいるみんなが殺気立っている。

コニングさん、気絶しそうになっているじゃない。

「いえ、コニングは何か勘違いをしているようです。辺境伯の御令嬢とふたりでお話をなどと考えてもいませんでした」

一度大きく息を吐いてから、意を決したようにカミルが話し始めた。

「お忙しいでしょうがもしお時間がいただける時がありましたら、どなたかに精霊王に関するご相談をさせていただけませんか？」

それにしても、子爵の家系で全属性精霊獣持ちはすげえな、ルフタネン。

うちの国の全属性精霊獣持ちって、みんな高位貴族だよ。

さっきのお兄様の台詞からして、たぶん養子縁組して子爵家の跡取りになったんだよね。

その子爵の孫が精霊王に関して相談？

うわー、これはなんかあるわ。これは要注意だわ。

「そうですわよね。あなたは今更、精霊について質問なんてないですわよね？」

ちらっとこちらを向いたカミルは、目が合うとすぐに視線をそらした。

怪しい。

「商人としては便利ですよね？　空間魔法を使えるんでしょ？」

「え？」

驚いて見開かれた琥珀色の瞳が綺麗だね。

気付かれていないと思って私と話したいと言ってくるのは甘すぎる。私、精霊ソムリエみたいなものよ。

「おふたりは、私の立場は御存じですわね」

カミルとコニングさんが頷くのを待って話を続ける。

「国内の有力貴族の方でも、私に精霊王について直接聞きたいとおっしゃる方は多いんです。でもきりがありませんでしょう？　まだ私は十歳の子供ですし、お父様と皇太子殿下が精霊省を通すようにと通達してくださいましたの。その方達を差し置いて、あなたの相談を受けろと？」

「いえ。ですからお嬢様ではなく……」

「私以外に精霊王に関する質問に答えられる人間がいると、本当に思っていらっしゃるの？」

「……」

「精霊省を通してくださいな」

「たとえ精霊省がいいと言っても、ディアとふたりだけで話をすることはありえない。最低でも僕とアランは同席する」

クリスお兄様はぶれないなあ。

「それに、妖精姫である妹に直接個人的に話をしたいなどと、分不相応なことを言い出したんだ。誠心誠意、嘘偽りのない話をすると誓ってもらう」

「それは……どういう……」

「わからないか？」

「も、申し訳ありませんでした！」

突然、コニングさんが大きな声で言いながら床に跪いた。

「お嬢様がお優しいからと甘えて、分不相応な態度と申し出をしましたことをお許しください」

「……コニング」

いったい何が起こった？　この態度の豹変はどうしたんだろう。

カミルまで驚いた顔でコニングさんを見ている。

「カカオ豆は必ず三日後にお持ちします。お納めください」

コニングさんは土下座状態で謝り続け、チョコもカカオもうちが許可を出すまで他所では売らないと約束して帰っていった。ずっと何か言いたそうに、でも言えなくて悔しそうにしているカミルの眼差しが印象に残っている。

前に会った時の私のフリーダムさを見て、話？　いいよ、聞いてやんぜ！　っていうと思っていたのかな。チョコでご機嫌になるだろうしって。

そりゃね、また街ですれ違ったんなら、やだーひさしぶりって会話出来たかもしれないけど、さすがに商会に正式に取引しに来た相手に、それは出来ないわ。

「クリスお兄様、何を御存じでしたの？」

「なんの話？」

「カミルのことですよ」

「何も知らないよ？」

「え？」

「カカオもチョコも初めて聞いたし、カミルの名前も初めて聞いた」

あれえ？　嘘偽りなくなんちゃらかんちゃらって言ってなかった？

「諜報員については、僕はまだ父上から引き継いでないよ。必要なことは父上にお願いすれば調べてもらえる。でもあれは何かあるでしょ」

「ですよねー」

少なくともコニングさんは、私達がルフタネンや彼らのことをいろいろ調査済みだと思っただろうな。

「コニングさんは何回か見かけていますから、うちの担当なんですよね」

「いや、コーレイン商会のうちの担当はリアという女性だ。コニングは……あれは商人じゃないだろ」

「じゃあ、なんなんですか」

「孫のお守りじゃないか？」

カミルのお守りが、以前から商会にちょくちょく顔を出していたってこと？

なんのために？

クリスお兄様はさっそくいろんなところに連絡して、情報集めと報告を行っているみたい。子供とはいえ他国の貴族が、妖精姫とふたりだけで精霊王の話がしたいと言い出したんだ。このままっていうわけにはいかないもんな。

私はそそくさと自分の部屋に戻り、ひとりだけになってウィキくんを開いた。

……気になるじゃん。

頼りっきりはいけないと思うのよ？　でも情報は武器になる。ウィキくんの情報を早めに見ておいた方が、知り合いを助けたり、問題を大きくしないで済むかもしれない。

うん、うん。今回は見た方がいいと思う。

コーレイン商会の、カミルくん。

……お、あった。　カミル・イースディル公爵。

は？　公爵?!　子爵の孫って公爵になるんだっけ?!

いやいやいや、ないないないない。

落ち着け、私。

えーーーーーーーっと…………王位継承権を放棄した元第五王子。

王族かよーーーーー!!

精霊の国

ルフタネン王国は日本のような島国だ。

ルフタネン語で東西南北という意味の名前がそれぞれついた四つの島を、全部まとめるとパプアニュージーランドくらいの広さはあるんじゃないかな。

王都があるのが東島で一番でかい。大陸側にあり帝国との貿易で栄えているのが北島。カカオがあるのが南島で、海峡の向こうの国々との貿易が盛んなのが西島だ。

平和路線の王様はもう何年も体調が思わしくなく、ほぼ王太子が仕事を代行している。

王太子は二十四歳。まだ独身。

シュタルク王国の王女との縁組が整いそうになった時に、第二王子の暗殺で話が流れて、それ以降は王位継承争いの真っ最中で結婚どころではないらしい。

昔、四つの島はそれぞれ別の国で、民族は同じでも、戦国時代の日本のように領土を取ったり取られたりしていた。それを東島の王が統一したのが二百年前。その百年後に転生者が東島に現れた。

転生者が生まれたのは王家だったので、精霊王と懇意になって王になり、王族が力を確固たるものにして栄え、ルフタネンは精霊の国と言われるようになった。

アロハの転生者は国王になったのか。

国家規模でのアロハ推進運動だったのね。

王族に生まれて広めたのがアロハって、ほんまもんのハワイアンか日本人の二択だな。

転生者が亡くなった後、精霊王と人間の関係が徐々に希薄になっちゃって、今では帝国の方がずっと精霊の国に相応しくなっている。

東島の王族の影響力も弱まっちゃって、前の王様は若くして暗殺されて、現王が即位したのが二十二歳。まだ若い国王に発言力なんてあるわけもなくて、どこの島の娘を嫁に迎えるかで揉めに揉めて、結局、全部の島から嫁を貰うしかなかった。

お嫁さんが四人だよ？　体力も気力もよくもつな。そりゃあ体調悪くなるだろう……と、笑い話には出来ない。なぜなら体調不良の理由は、毒を飲まされ続けたからだという噂があるからだ。

精霊は何をやっていたんだよと思うでしょ？

どうやらペンデルス共和国は精霊獣の実験の成果として、精霊を一時的に動けなくさせるような道具を開発しているらしいのよ。

つまりルフタネンにもペンデルスとニコデムス教の魔の手が伸びているってことだね。

そんなもんを大事な精霊に使われたら、ブチ切れものよ。

ともかく嫁が四人。王子が五人。王女が四人。そりゃあ、争いも起こるわ。

第一王子と第二王子は東島出身の第二王妃の子供達。西島出身の正妃は女の子ばかりが生まれて、王子は第三王子になってしまった。ルフタネンの法律では、正妃の子供でなくても妃の子供であれば年齢順に王位継承権が与えられる。

そして第四王子が南島。第五王子が北島出身の妃から生まれている。

カミルが帝国に訪れているのも、母方の出身が北島の侯爵家だからだろう。

ただ元はそれぞれの島が別々の王国だったせいで貴族が多くて、公爵になってもカミルは今のところ領地を持てていない。母方の侯爵家は広大な領地を持っているけど、そっちにだって後継者はいるし、王位継承者争いが激化しているから下手に領地を持たせると、王位継承権を放棄しているからって生かしておいてくれるとは限らなくなってくる。だからコーレイン商会の世話になるしかなかったんだろう。

今思えば、以前公園で会った時にカミルが泣いていたのは、第二王子が暗殺されたからかもしれない。時期が同じだったはずなんだよね。

北島って金持ちなのよ。精霊との関係も一番よくて、精霊獣持ちも多くて、おかげで安全に航行出来る船舶も多い。

余裕があるから王位継承権にも興味が薄いし、カミルは末っ子だし、王太子と第二王子との関係も良好で、可愛がられていたみたいだ。

南島も似たようなもので、カカオやナッツなどの特産品が多いから、それほど王位に興味があったわけじゃなかったのに、第四王子だけは違っていた。

王としての資質は自分が一番高いと言って、暗躍しているらしい。

でも一番やばいのが、正妃なのに生んだ王子が第三王子になってしまった西島だ。

第二王子を暗殺したのも、ここのやつらだと思われている。

なんでそんなに王冠が欲しいかね。

王様になれれば幸せになれるとでも思っているの？

今まで暗殺を仕掛けていたやつが、暗殺される側になるだけじゃないの？

私には関係ないし、カカオが手に入ればそれでいい。

チョコレートをそう簡単に作れるとは思っていないけど、ココアはいけるでしょう。学園にもっていけば話題になるよね。

ココアと言えばミルク。

ミルクと言えばバート。

バートってリーガン伯爵の嫡男で、イレーネのお兄様ね。

牛を愛し、牛を研究し、牛のために生きている。

食べ物を変えると乳の味がどう変わるかとか、美味しさを失わない殺菌の仕方とか、いろいろ研究しているのよ。そのために魔法を使いたくて精霊を三属性精霊獣にした男なのだ。

牛乳はそこから買えば問題ない。

あの美味しい牛乳を確保するためなら、ミルクチョコレートの共同開発をしてもいいかもしれない。

よし。政治的な話は大人に任せて、私はチョコレートづくりにまい進するぞ！


……と、楽しいことに逃避していたのに、翌日、ブラントン子爵から使いの者が来た。

明後日のコーレイン商会の打ち合わせに子爵も顔を出して、商売の話とは別に直接相談したいことがあるんですと。私に。十歳の子供に。

やだーーー。絶対に面倒な話じゃないですかー。

「西島がベジャイアを後ろ盾にするなら、王族は帝国を後ろ盾にという話でしょうね」

「違うだろ。ディアドラに相談ということは、精霊王を後ろ盾にしたいんだろう」

呆れた顔のパウエル公爵と、にやにやとおもしろがっている皇太子。

まったくさあ、なんで私宛に使者を寄こしたのよ。これがお父様宛なら、皇宮に話を持ち込まないで、ベリサリオの判断で断っちゃえばよかったのよ。

でも私宛なうえに、前回、カミルが精霊王のことで相談があるって言ってたじゃない。

そうなると勝手に断れないじゃん。

だからお父様に相談して、皇太子にも話が行って、只今、皇宮の一室でお話中ですよ。

皇太子殿下と、その後ろ盾の辺境御三家とパウエル公爵、近衛騎士団長のビジュアル系公爵までいるよ。

友人だったジーン様が亡くなって、一番近くにいたのに何も出来なかったと落ち込んだランプリング公爵は、せめて国のために何かしたいと、あれ以来仕事の鬼になっているらしい。少し痩せたかな。

「ディアドラはどうしたいんだ？」

「断ればいいんじゃないですか？」

「ぶふっ」

噴き出したのはノーランド辺境伯だ。

もうみんな、四年前のバントック派の事件のせいで私の性格をわかってるし、四年間後ろ盾をしてきたから皇太子の性格もわかっているから、自分達しかいないと態度がだいぶ砕けているのよ。

「貸しを作るいい機会かもしれませんぞ」

「貸しを作っても得することなど何もないでしょう。ディア宛というのが気に入らん」

コルケット辺境伯は会って話だけは聞いた方がいいと言うんだけど、お父様が怒っちゃってて聞く耳を持たない。

「クリスはどう思うのだ?」

「そもそも、なぜ僕がここにいるのでしょう」

「オーガストが私の後ろ盾の仕事をおまえに任せて、自分は領地に帰ると言い出したからだな」

すげぇな。皇太子の後ろ盾のひとりが十五歳の少年ってありなの?

次の新年の祝賀会ではお兄様が皇太子と一緒にテラスに立つのか。

……私、下の広場に紛れ込めないかな。

ビジュアル系公爵も護衛のために一緒に並ぶんだよね。うわ、最高。

「ディア、聞いているのか?」

「あ、はい。なんでしょう」

「おい」

ついつい現実逃避してしまっていた。

もうさあ、私の頭の中はチョコレートと初めての学園生活でいっぱいなのよ。

悪いけど、他国のためにうちの兵士達を戦場に送る気はないし、私自身も動く気はないから。

「子爵と会う時にはパウエルも同席させる」

「はい」

「パオロ、近衛騎士団からも何人か護衛をつけろ」

「私が同席しても?」

「かまわんぞ。子爵が不敬な態度を取った時には、すぐに捕らえろ。歯向かうようなら殺しても構わん」

は？　何を言っているの？

「殿下。そこまでする必要がありますか？」

「ある。たかだか子爵風情が簡単に会えるとなれば、他の国も黙っていない」

「元王族が一緒です」

「元王族なら会うのか」

「全属性精霊獣持ちで精霊王に関する相談がある元王族なら会いますよ」

「……」

皇太子もうちの家族も、いや、ここにいるみんなが心配してくれているのはわかる。

精霊王の後ろ盾を持つ私は、この国ではかなり特別な存在になってしまっているし。

だからって調子に乗って、私にまかせろーなんて思ってないからね。出来るだけめんどうなことには関わりたくない。

「近衛騎士団が動く時には、私の許可が必要だと命じていただきたいです」

「駄目だ。どうせおまえは、穏便に済ませることを第一に考えるだろう。それに、自分が命じて誰かの命を奪う覚悟があるのか」

「……何をいまさら。私の行動の結果として、何人もの人が処刑されているんですよ」

「それは間接的だろう。おまえが殺せと命じたわけではない」

なんで会うだけで殺す話をしないといけないの？

いくらなんでも大袈裟でしょう。

「では近衛騎士団は来ないでください」

「おまえはまだ自分の価値を理解出来ていない」

「そんなことはありません」

「ならば騎士団については団長のパオロに任せる」

「必要ないと……」

「ディア」

お父様とクリスお兄様に止められた。皇太子の決定に不満を言うのは本来なら許されない。それが許される立場なのだから、注意が必要なのはわかっている。

でも皇太子は、私が利用されると思っているんでしょう？

ブラントン子爵は私を利用する気で、私がころっと騙されると思っているんだ。

「僕達も傍にいるから大丈夫だよ」

「そうだよ、ディア。少し落ち着こう」

「落ち着くのは殿下ではないですか？」

「なんだと」

パウエル公爵に殿下は押さえられ、私は家族に押さえられ、その場はお父様に任せて私は退室した。

だってさあ、バントック派の時には私が矢面に立つのに賛成したじゃない。

何かまずいことがあった時、皇太子ではなく私のせいに出来るようにって考えだって少しはあったはずなのよ。精霊王が後ろ盾の子供がやったことだから仕方ないよねって、言い訳にする気だったわけでしょう。

なのに、なんで今回は皇太子が決めるのよ。

近衛騎士団が出てきて捕える気満々なのはなんなの？

「アンディはディアを守りたいんだよ」

こういう時だけ男共は、私をか弱い女の子扱いするんだから。

……うちの家族はいつもだけど。

守ろうとしてくれるのはありがたいよ。だけどさあ……子供扱いしたり大人と同じように扱ったり。便利に使い分けるのはずるいと思うわ。

ルフタネンの精霊王

そして当日。

フェアリー商会の建物ではなく、本館に招かれたカミルが連れて来たのは、いつもの毛深い色男のコニングさんと、グラマーと言えばいいんだろうか。アマゾネス系美女のリアさんと、うちに顔を出すのは初めての十代半ばくらいの目つきの鋭い長身の青年だった。

あれ？　この青年がブラントン子爵？

「先日は身分を偽り申し訳ありませんでした。私はイースディル公爵。王位継承権は放棄しましたが、ルフタネン王国の第五王子です」

うはっ！　しょっぱなからぶっちゃけやがった。

さすがにうちの家族もパウエル公爵もビジュアル系公爵も、目が点になっている。

家族全員顔を出しているベリサリオもどうかとは思うのよ。お母様までいるんだから。

過保護すぎて恥ずかしいって思っていたんだけど、そんなことは吹っ飛んだよ。

カミルの顔つきの変わりようもすごいよ。

この間は俯いていたり、私や精霊をじっと見て考え込んでいたのに、今日は口元に笑みを浮かべて瞳をキラキラさせて、顔つきが明るい。

吹っ切れた顔ってこういうのを言うんだろう。

「……ブラントン子爵は、どちらに？」

お父様の頭の上に「？」マークが見えるような気がする。

きっと私も同じような顔をしているはず。

「ああ、彼とは意見が相容れませんでしたので、連れてはきませんでした」

皇太子と喧嘩までした原因の近衛騎士団が、全く無駄になったぜ。

「最初からこうして正直にすべてお話するべきだったんです。しかしブラントン子爵は、私をベリサリオ辺境伯の元で匿《かくま》ってもらおうと画策していましたので、仲間にも正直な話を告げることが出来ませんでした。それに……実は今回の話にはルフタネンの水の精霊王が絡んでおりまして」

「モアナ様？」

「御存じでしたか」

カミルは嬉しそうな笑みを浮かべて頷いた。

彼の笑顔を見たの、今回が初めてかもしれない。

「それで精霊王について、どなたにどこまでお話ししてよいものかわかりませんでしたので」

「だから私と話したいと？」

「はい」

そう言えよ。

でもそうか、コニングさんは子爵側の人か。今日は今までと違って顔が引き攣《つ》り気味だわ。彼の前でぶっちゃけるには勇気がいったのか。

「まずは自己紹介をさせていただいても、よろしいですか？」

「あ、申し訳ありません。話をひとりで進めてしまいました」

おっとりとした様子でパウエル公爵が話し始め、カミルはぴしっと背筋を伸ばして座り直した。

「それは私が質問したからでしょう。私がベリサリオ辺境伯。彼女が妻のナディア。後ろに立っているのが息子のクリスとアランです」

すごいでしょ。三人掛けの中央に私が座って、左右は両親が、背後はお兄様ふたりがガードしているのよ。

私から見て右手にひとり掛けのソファーがふたつ並んでいて、そこにパウエル公爵とパオロが座っている。

パオロってランプリング公爵ね。

この前つい、ビジュアル系……って言いかけちゃって、名前をちゃんと覚えられていないなと思った彼に、パオロでいい、「様」もいらないと言われちゃったの。

それでお父様が、それは馴れ馴れしくてよくないとか、嫁にはやらんとかわけのわからないことを言い出して、パオロの方もいくら何でも年齢差ありすぎて、そんなこと考えてないと怒りだして、面倒な一幕があったのよ。

で、部屋の入り口近くにうちの護衛がふたり。

カミル達の近くに近衛騎士がふたり。

逆の立場だったら私は、さっさと帰りたいと思うだろう。

「コニングとリアはフェアリー商会へは何度も伺っているので御存じでしょう。彼らはコーレイン商会の人間です。そして彼が私の側近のキース・ハルレです」

帝国側の自己紹介がすんだあと、今度はカミルが同行者を紹介した。

この青年は側近だったのか。唯一カミル側の人間だって思っていいのかな。

かなりのイケメンだし、全属性精霊獣持ちだよ。苗字持ちだから貴族だね。

カミルは帝国を相手にする危険を正しく理解しているのかも。

いざという時は転移魔法で逃げるつもりか。

「まずはお約束のカカオをお受け取りください。これは前回のお詫びです。この後の話とは一切関係ありません」

キースが持っていた小さな袋から、麻袋が次々と出て来る。

宮廷魔道士長と私で協力して、侯爵以上の貴族の当主にはマジックバッグをプレゼントしておいてよかった。じゃなかったらこの光景で、みんなが驚いていたところだ。

いや、みんな目を丸くしているか。

今現在、帝国で空間魔法を使えるのは宮廷魔道士長と副魔道士長。ノーランド辺境伯次期当主とラーナー伯爵。そしてうちの魔道士長のアリッサと私と、なんとお母様の七人だけだ。

マジックバッグを手に入れられるのは高位貴族だけだし、精霊車と空間魔法を組み合わせて使っているのはうちと皇族だけ。

さすが精霊の国と言われたルフタネン。

この場にふたりも空間魔法を使えるやつがいるなんて。

出てきたのは大きな麻袋十個。中身は全部カカオだよ。

「こんなにたくさん?!」

カカオだ。カカオだよ。

嬉しくて泣きそう。

もう難しい話は大人に任せて、あのカカオを抱えて調理場に駆け込んでしまいたい。

「ルフタネンではマジックバッグは普通に出回っているのですか?」

おそるおそるという感じでパウエル公爵が聞いた。

「貴族の中では……まあそれなりに。でも高価ですので平民で持っている者はまずいません」

「それはすごいですね。さすが精霊の国と言われるだけある」

「いいえ。我が国の精霊との関係はどんどん希薄になっています。精霊獣の数に関しては、もう帝国の方が多いと思いますよ」

ベリサリオはマジックバッグより精霊車改造に力を入れている。

今度の皇太子の誕生日には、見た目も大きさも普通で、中に入ると居間と簡単なキッチンと仮眠ベッドがある精霊車をプレゼントしようと頑張っているのよ。

一番の目的は輸送量を増やすことだけどね。

「ここにいる帝国側の者は、精霊王に面会したことがある者ばかりですので、このままお話してもらってかまいません」

「わかりました。実は今ルフタネンは、ベジャイアと戦争一歩手前の状態です」

「は？」

「正妃と第三王子の実家、つまり西島の一部の貴族がベジャイアのニコデムス教と結託し、他の王族を殺して、自分が国王になろうとしているんです」

でたな、ニコデムス教。

「第三王子は私の殺人未遂で捕えられましたが、西島に入り込んでいたニコデムス教がそのようなことで止まるはずがありません。すでにニコデムス教に与する側と他の貴族との間で、一部の地域で戦闘が始まっています」

私の殺人未遂？

第二王子が殺されただけでなく、カミルも狙われていたの？

子爵はカミルをうちで匿ってもらおうとしていたと言っていたよね。

王族を他国に逃がさなければいけない事態なの？

「つまり西島は精霊と共存するのをやめたということですか」

「そのようです。ニコデムス教は精霊を目の敵にしており、西島にいる精霊を一カ所に集めて消し去るという話が出ているようです」

「はああああああ?!」

思わず大声を出してテーブルに手を突き、身を乗り出す。

カミルはびっくりして、慌てて身を退いた。

「ディア、落ち着いて。この子に文句を言っても仕方ないし、話は聞いておきましょう」

お母様もかなりお怒りのようで、眼差しと声が氷点下の冷たさだ。

部屋の中が少しひんやりしてきた気がする。

「ベジャイアは今、内乱状態でしょう。ルフタネンに手を出す余裕があるんですか？」

「ニコデムス教の大本はペンデルス共和国の王族です」

「ああ……つまりベジャイアの方はもう、ペンデルスとの戦争になりつつあると」

「はい。ペンデルスは砂漠化の止まらない自国を捨て、ベジャイアを乗っ取るつもりです」

お父様とカミルの会話を聞けば聞くほど怒りが募っていく。

人類が一番優れていると思ってもいいよ。

精霊なんていらないと思ってもいい。

でもそれを他国の関係のない人達にまで押し付けないでよ。

「ペンデルスとニコデムス教は、ベジャイアも砂漠化するとは思っていないんですか？」

「砂漠化したのは精霊の実験のせいで、人間同士の争いには精霊王は手を出さないのだから、問題ないはずだと思っているようです」

それよ！

私がずっと引っかかっていたのはそこよ！

「モアナは私の身を心配して、戦争が始まった時に保護してほしいと、帝国の水の精霊王に助力をお願いしたそうなんです。こちらの湖に私が転移出来るようにしたいと」

「それはダメでしょう。うちの城に他国の王族が自由に出入りするつもり？」

またもやテーブルに手を突いたら、今度は両方の掌を私の方に向けてガードしながら、カミルは首を横に振った。

「私もまずいと思いました。それでこうしてお話をしに来たんです。出来れば水の精霊王に会わせていただき、私からお礼とお断りをさせていただけないでしょうか。モアナは平気平気と笑うばかりで……なんというか、自由な性格で……」

「……つまり、瑠璃はすでに了承しているってこと？」

「そう聞いています」

「るりーーーーー!!」

拳を握り締めて天井に叫ぶ。

この城は砦でもあるのよ。

城に仕えるたくさんの人と騎士達が暮らしているの。

いざとなったら街の人を避難させる場所でもあるの。

そこに、辺境伯と相談もしないで、他国の人間を引き入れるのは裏切り行為よ。

それは精霊王でも駄目でしょう。

「る……」

『やっと呼んだか』

頭の上に手が置かれた感触がしてはっと振り返ったら、瑠璃がソファーの背凭れの上にしゃがみ込んでいた。

猫じゃあるまいし、器用だね。

違和感がすごいよ。

『怒っているということは、我は信用されていないということだな』

「……瑠璃」

『ん?』

「その体勢はダサい」

『ほおお。我を呼びつけておいていい度胸だ』

両手で髪をぐしゃぐしゃにかきまわされたけど、確かに瑠璃の言う通りなので文句は言えない。

「ごめんなさい」

『場所を移そう。連れて行くのは誰だ』

「うちの家族とこっちのふたり」

パウエル公爵とパオロを示してからカミルに視線を向ける。

「こちらは私とキースだけです」

「カミル様!?」

「きみ達は精霊王と面会出来る立場ではないだろう?」

「……」

コニングさんとリアさんは子爵側の人だからね。

コニングさんとカミルって仲がいいのかと思っていたけど、違うみたいだね。

「ではそちらのふたりには、この部屋で待っていていただこう」

お父様が警護についていた騎士に目配せをすると、彼らが無言で頷いた。

「おまえ達は彼らと協力してここで待機。ひとりは途中経過を殿下にお伝えしてくれ。心配なさっているだろう」

パオロに言われて近衛騎士達も頷く。

心持ちコニングさんとリアさんの顔色が悪いけど、何もしないよ。

お客様だし。

『では行くぞ』

「ま、待って。みんな立って。座っているところ……」

光が部屋中を包み、一瞬眩しさで周囲が見えなくなり、光が消えると私達は湖のすぐそばの草原にいた。

「ころぶからって、瑠璃。乱暴！」

『そうか。転ぶか』

楽しそうに笑うところじゃないからね。

ソファーが突然消えたら、座っていた人は尻もちをつくでしょう。

パウエル公爵が転びそうになって、素早く反応出来たパオロに支えられ、うちの両親はお兄様達に支えられ、慣れているのかカミルとキースは無事だった。

「モアナによくやられるので……」

カミルくん、苦労させられているな。

いつも通りみんないっせいに跪こうとして瑠璃に止められた。

カミルとキースは周囲を見回して、初めて見る風景に見惚れているみたいだ。

綺麗でしょう。

精霊が増えたから魔力が満ち溢れていて、いつ来ても緑豊かで湖は青く澄んでいて、城の敷地内にあるとは思えない風景なんだよ。

『やっと来た！　カミルくーーーん』

瑠璃と同じスモークブルーの長い髪を揺らし、手をひらひらと振りながら、それは可愛らしい女性がこちらに走ってきた。

見た目がほぼ二次元。

これ以上目が大きかったら、スマホのアプリで加工したみたいになって違和感あるんだろうけど、彫りが深いせいかクリッと大きな目でもまったくおかしくない。むしろかわいい。

スタイルも九頭身くらいで手足が長くて、胸のふくよかな女性らしい体型をしている。

このまま下半身を魚にして人魚姫ですって言ったら、聞いた人が全員納得するような、エメラルドグリーンの瞳の十代後半に見える女性だ。

『モアナ』

『はいっ?!』

不機嫌そうな瑠璃の声に、カミルに駆け寄ろうとしたモアナはその場でピタッと足を止め、恐る恐るという感じで瑠璃の顔色を窺った。

『我が許可を出したと、この子供に伝えたそうだな』

『……え、だって……協力してくれるでしょう？』

『ベリサリオと話をしてからだと伝えたはずだが？』

『あまり時間がなかったのよ』

『我の湖はベリサリオの城の中だ。せめて海岸側にすればよかろう』

『あそこじゃ危ないじゃない。カミルくんは信用出来る子よ』

そう言われて、はいそうですかとはいかないんだよな。

『では私が、ベリサリオの子をおまえの住居に送るぞと言って、すぐに送っても問題ないというのか？』

『どの子？　みんな可愛いし、まとめて来てもいいわよ！』

これは……もしかして。

「ねえ、カミル……様？」

「呼び捨てでいいよ」

「じゃあ、カミル。もしかしてルフタネンておおらかというか、ルーズというか？」

ため息をついて頭を掻く様子からして、私の予想は当たっているな。

「貴族はそうでもないんだけど、平民は……待ち合わせで一時間遅れるのは許容範囲かな。干してある知り合いの服を、勝手に借りていっても返せば誰も怒らない」

「それはすごいね」

「信じられない」

いつの間にか私の後ろにいたお兄様達が、話に加わってきた。

「モアナだけじゃなくて、ルフタネンの精霊王達はみんな自由というか……。そもそもモアナ以外は百年以上姿を現していないんだ」

『みんな、後ろ盾になっていた王が死んでから、ショックで人間と付き合わなくなっちゃったのよ。私はラデクとカミルくんを気に入って祝福してあげたから、顔を出しているけどね』

転生者が死んで、その衝撃から立ち直れずに引き籠っているってこと?!

精霊王の仕事はどうした。

『すまない。モアナは我の妹だ。人間の感覚と我らの感覚は違うと話してはあるのだが』

『だって他の精霊王がずっと不貞寝しているんだもん。西島が大変なことになっているのに』

そりゃあニコデムス教に好き勝手されていたら、大変なことになっているだろう。

でもテレビ中継もネットもスマホもないこの世界では、船で何時間も移動しないと辿り着けない他所の島の様子は、実際に訪れた人の話を聞いて知るしか術がない。

実際どうなっているかは、行ってみなくちゃわからないんだろう。

「精霊王が仕事をちゃんとしなかったら、精霊だってどんどん減っちゃうんじゃないの?」

『そうなのよ。でもみんな、何度言ってもすぐ忘れちゃう人間に愛想をつかしていて……それにすぐ死んじゃうでしょう?』

精霊王の言い分もわかる。人間は短命だから、百年前のことはもう歴史の授業で習うことくらいしか知らないし、何を教えるかは、その時の権力者次第だ。

人間が痛い目に合うのは仕方ない。自業自得だ。

でも精霊は守らなくちゃ駄目なんじゃないの?

引き籠って不貞寝はダメでしょう。

「引き籠ってるんじゃなーーーーい!! はたらけーーーーーー!!!!」

私の絶叫にみんなが目を丸くした。

はたらけ

「あの……ディアドラ様？」

「私が呼び捨てなのに、王族のあなたが様をつけるのはおかしいでしょう」

遠慮がちに声をかけて来たカミルの方を、腰に手を当てたままくるっと振り返ったら、顔が若干引き攣ってるような気がするのは気のせいかしら。

「でも私はもう……」

「細かいことは気にしない」

「……細かい」

ルフタネンはおおらかな国だって、今言ってたじゃない。他人《ひと》の服でも着ちゃうんでしょう？

そんな国の人が細かいことで遠慮しちゃ駄目よ。

「未だに不貞寝してるってことは、後ろ盾になっていた人をよっぽど気に入っていたんでしょ？

だったらアゼリアの精霊王達が後ろ盾になっている子供がいるって聞いたら、気にして覗いているんじゃないの？　あ、そもそも情報集めてない？」

『さすがに彼らの周りの者が、情報は知らせていると思うわ』

「じゃあきっと聞いているはずよ。はたらけーーー!!」

「ぶっ」

もう一度拳を握り締めて叫んだら、隣でカミルが吹き出して、慌てて背中を向けたけど肩が震えている。そんな遠慮しなくても。思いっきり笑えばいいのに。

「ねえ瑠璃、私気になっていて聞こうと思っていたことがあるんだ」

『ふむ、なんだ？』

「精霊王は精霊と精霊王の住居を害さなければ、人間はほっとくんだよね」

『そうだな』

「害するってどこからなの？　故意に傷つけたら駄目ってこと？　だったらわざと魔力を与えないのは？」

学園の森でダリモア伯爵達と話した時のこと、たまに思い出していた。話の内容じゃなくて、その時ダリモア伯爵の肩の上にいた、今にも消えそうな状況だった精霊の様子を。

あの時、あの精霊は琥珀に保護されたけど、魔力をもらえずに消えてしまった精霊も多かったはず。魔力をあげなくちゃいけないって知らなかったのなら、まだ仕方ない。うちの家族だって元はそうだった。魔力量が多くて、剣や魔法の鍛錬をしていたから、精霊がご飯にありつけていただけだ。でもわかっていて魔力をあげないのはどうなの？　それだって故意に傷つけているよね。食べ物の恨みはこわいんだよ。

『難しいな。なぜなら、人間には精霊を育てなければいけない義務はないからだ。つい最近までの中央がそうだったように、精霊がいなくても人間は生活出来る。ただ少しずつ自然の力が失われ、作物が育たなくなってはいくがな。選ぶのは人間だ。精霊は無理矢理に力をよこせとは言わん』

「じゃあ、ちゃんと魔力をくれない人の元に行っちゃったら、諦めるしかないの？」

『まさか。戻りたいと言えば誰かを迎えに行かせる。魔力がなくても人間と共にいる精霊は、いずれ共存してくれるのではないかと期待しているか、その人間が好きで傍にいたいと思っているのだ』

そばに……いたい。

魔力をくれなくても？

そのせいで消えてしまうかもしれなくても？

あの時、ダリモア伯爵と一緒にいた精霊もそうだったのかな。

子供の頃にダリモア伯爵の精霊になったのなら、何十年も一緒にいたんだもんね。

ジーン様と一緒にいた精霊獣達だって、ひとりぼっちだったジーン様にずっと寄り添って、何年も何年も一緒にいて。

最期まで。

あ、まずい。

私、こういうの駄目。

前世でも動物関連の番組や映画は、すぐに泣いちゃうから見ないようにしてたんだった。

「これ使って」

目の前にカミルがハンカチを差し出してくれた。

「やだ、平気平気。気にしないで」

だめだー、こういう時に泣くのは恥ずかしー。

普段大人と同じような言動しているくせに、子供だからなんて言い訳出来ない。

他国の人もいるのに。

社会人が仕事中に泣くのと同じくらいに恥ずかしい。

「いいから。私にも前に貸してくれただろ」

恥ずかしくて俯いていたら、手に水色のハンカチを押し付けられた。

男の人のハンカチは黒か紺のイメージだったから意外。

あれって日本だけ？　お返しでもらう男物のハンカチも黒や紺だよね。

うん。ハンカチの色を考えていたら落ち着いた。

「ディア？」

心配そうなクリスお兄様の声が聞こえたから、照れ臭さもあって、でも顔は見られたくないから俯いたまま小走りに近付いたら、頭突きしたみたいにぶつかってしまった。

「どした？」

「なんでもない。ちょっと思い出しただけ」

何をだよ！　って自分で自分に突っ込んでしまったけど、クリスお兄様は何も聞かないで抱きしめてくれた。たぶんすぐ横に来てくれたのはアランお兄様だ。

『ちょっと、うちの子を泣かせたのは誰よ。モアナ、あなたなの？』

あ、まずい。

翡翠が心配して来ちゃった。

「違うの。私が勝手にひとりで泣いたの」

『理由もなく泣くわけないでしょ?』

「どっちかっていうと瑠璃様のせい?」

アランお兄様?!

『瑠璃?』

『待て待て』

美人が怒るとこわぃよ。

琥珀とはまた違った怖さだよ。

「翡翠様、ディアは人と共存できずに消えてしまう精霊を想って泣いたのです」

ママン、さすがです。その通りです。

『そうなの? 優しい子ね』

「それでわざわざ来てくださったのですか?」

『それだけじゃないけどね。最近ちょっと、他の国が面倒なことになっているでしょう? 気になっていたところに、またベリサリオで何かやっているから来てみたのよ』

精霊王にまでベリサリオのおかしなイメージが定着している。

「瑠璃様、私からも質問してもいいですか?」

カミルくん、モアナは呼び捨てなのに瑠璃には敬称をつけるのか。

『なんだ？』

「なぜニコデムス教を放置しているのですか？　彼らは精霊との共存を望む人間を殺しています。人間が死ねば精霊も消えますよね。西島でも、まだ精霊を育てている途中の子供達がたくさん犠牲になっているそうです」

『人間の争いには手を出さん』

「人間同士の勢力争いはそうでしょう。でも今回は、精霊と共存を望む人間とこの世界から精霊を抹殺しようとしている人間の戦いなんですよ」

そうだよ。それは重要だよ。

私も今、そういう話の流れにもっていこうとしていたんだよ。泣いちゃったけど。

別にみんな、精霊王に助けてほしくて精霊を育てているわけじゃないだろうけど、こういう時くらいは少しはなんとかならないのかな。

ニコデムス教は間違いなく精霊を傷つけているしね。

放置しっぱなしなのはどうなの？

『だがそれも人の争い……』

『あら、私はやつらがコルケットに来たら消すわよ。せっかく人間といい関係が出来て、子供達も精霊と一緒に来てくれるようになったんですもの。滅びたいやつらは、他人に迷惑かけずに滅びればいいのよ』

髪をポニーテールにしているから、翡翠ってちょっと目尻があがってきりっとしているのよ。普段は表情豊かで楽しそうにきらきらな目が、今は物騒に細められているから、とってもきつい感じに見える。

『瑠璃だってニコデムス教のやつらがベリサリオに攻めて来て、戦いになったら黙って見ていられないでしょう？』

『それはディアの後ろ盾だからな』

『えー、ディアだけ無事ならいいの？　手を出さないの？』

『それは……』

翡翠が話しながら瑠璃にどんどん近付いていくもんだから、珍しく瑠璃の腰が引けている。

「子供達が犠牲に……」

クリスお兄様が俯いて小声で呟いた。

「戦争って弱い者が犠牲になるんですよね」

クリスお兄様から少し身を離して、私も俯いて呟く。

「精霊も、やっと出会えた子供が死んじゃったら悲しいだろうな」

アランお兄様まで呟いたら、

『おまえ達……』

瑠璃がうんざりした声で言いつつ、どうにかしろと言いたげにお父様を睨むけど、お父様は気付かないふりで遠くを見ていた。

『どちらにしても他所の精霊王の土地に手出しは出来ない。我らに出来るのは精霊王同士で話をすることだけだ』

『そうそう、よその精霊王と私達とじゃ考えが違うかもしれないわよ？　ねえ、モアナ』

『うーん。みんなまだ顔を出さないから、どういう考えかわからなくて』

『あいつらまだ引き籠ってるの?!　ちょっと蘇芳！　琥珀！　どうせ見てるんでしょう?!』

今度は翡翠が叫んでいる。

そうでしょう、叫びたくもなるよね。

何年不貞寝してるんだっての。

『まったくしょうがないな。俺は忙しいって言っただろう』

『あなたがあんな不便な場所に住処を作るからいけないいんじゃない』

『だから転送陣を作ればいいだろう』

他の国の人達は精霊王に会えていないみたいなのに、アゼリアの精霊王ってすぐに集合するよね。

仲がいいのかな。暇なのかな。

カミルとキースは、精霊王が次々に現れるものだからびっくりしちゃっている。

特にキースはカミルの身を守らなくちゃいけないって思っているらしくて、さっきから一歩前に出ようとしているんだけど、彼らの精霊がね、湖の魔力の多さと精霊王の存在に大喜びしちゃっているのか、ぶんぶん飛んじゃってキースにべしべし当たっている。

『おい、泣き虫。何か言いたそうだな』

「泣き虫じゃないし」

クリスお兄様から離れて、腰に手を当てて仁王立ちして見せたら、蘇芳に指でおでこをつんと押された。

「それよりほら」

キースの周りを飛び回っている精霊を指さして教えてあげる。

みんな、カミルに注目していたからキースの様子もわかっていたはずなんだけど、真面目な話を瑠璃としていたから言い出せなかったんだろう。精霊にぶつかられて、わたわたしているキースはちょっとかわいいいし。

『瑠璃、そこのやつらの精霊獣を暫く遊ばせてやれよ』

『うん？　おい、ぶつかっているじゃないか』

「す、すみません。いつもはこんな騒がないんですが」

うっほーーーーい!!　って感じで飛び回っていた精霊達は、蘇芳の遊ばせてやれという言葉を聞いて、今度はカミルとキースに、遊んでいいの？　いいの？　ってすり寄っている。

「こんな魔力が溢れた場所に初めてきたからだと思います」

『精霊獣にしてかまわん。ただし小さくしておけ』

「ありがとうございます」

『おまえ達も構わないぞ』

瑠璃に言われて、みんなで顔を見合わせた。何しにここに来ているんだっけ？　って感じよね。

でもカミルの東洋風の竜の姿をした精霊獣や、キースの本当は巨大な狼なんだろうけど、小型化しているからころころしているぬいぐるみに見える精霊獣が、すっごい楽しそうに走り回っているのを見て、みんなの精霊達の方が自分達も遊びたいとそわそわしだした。

精霊獣があっちでもこっちでも走り回って、草原が遊戯場になっちゃったよ。

精霊獣同士がじゃれているのが可愛くて、ほんわかした気分で眺めてしまう。

『蘇芳、ちょっと島まで引きこもりを引きずり出しに行くわよ。他の国の精霊王がさぼっているせいで、この光景が見られなくなったら許せないもの』

『おう。西島は精霊王が引き籠っているうえに、精霊を持つ人間が殺されているんだろう。もうだいぶ土地が枯れているんじゃないか？』

精霊が減ると徐々に作物が育たなくなり、そのまま放置すれば、ひび割れた固い、人間が住めないような土地になってしまう。

ニコデムス教のやつらは、治水と魔道具で土地を改良すれば作物が出来るって言っているけど、この世界ではそれは無理なはずなんだ。

出来るんだったらペンデルスはとっくに緑豊かな国になっているでしょう。

同じノーランドの苗を使った学園からアーロンの滝までの土地は、魔力と精霊の力で三年で森が出来ちゃったんだから。

「第三王子の陣営がニコデムス教と手を結んだと言ってましたよね。彼は西島をニコデムス教に与えたということですか？」

今までずっと黙っていたパウエル公爵が口を開いた。

でも私は、パウエル公爵が嬉しそうに目を細めて精霊獣達が遊ぶ様子を見ていたのを、しっかりとチェックしていたよ。

「自分の母親の実家、つまり後ろ盾は西島にいる貴族なのに、その島を不毛の大地にする気だということですか？」

「自分が王になれば王宮のある東島に住むので、主だった貴族にはそちらの土地を与えると約束しているそうです」

「東島に、そんなに土地が余っているんですか？」

「いえ、もともと東島にいる貴族を追い出すと……」

自分の考えを話しているわけでもないのに、カミルは情けない顔になってしまっている。

だってさあ、その第三王子、

「馬鹿なの？」

そんなんで国が治められるわけがないじゃん。

その馬鹿に母親の実家は何も言わないの？

「私はそこまでは言ってなかったんですが？」

「代わりに言ってみました」

「そうですね。かなり馬鹿だと思います。第三王子と第一王妃が暴走してニコデムス教を島に迎え入れたというのに、暗殺未遂で王位継承権を剥奪されて牢に入れられてしまったんですから。それで第三王子を解放したい貴族がニコデムス教と組んで、港近くの街が戦場になってしまっています」

「それでもう瑠璃様達を頼るしかないと」

「え？　そうじゃなくて私は、モアナがここに転移出来るようにすると言ったので、その確認とお断りに来たんです」

「ああ、そうだった。そういう話でしたね」

え？　なんでそこでパウエル公爵とカミルとふたり揃って私を見るの？

「戦争のことを質問したのはカミルでしょう？」

「それは……たしかに……」

『ともかく、私達に出来るのは不貞寝している奴らを起こすことだけよ』

『いや、文句は言うぞ』

『それはそうね。モアナ、行くわよ』

すっと蘇芳と翡翠の姿が一瞬で消えた。

『待って。カミルくんを』

「私は普通に馬車で城に入ったんだから、また馬車で帰るよ」

『そっか、じゃあまたね』

慌ただしくみんなに挨拶して、モアナも姿を消した。

美人なのに残念な感じだなあ。

ルフタネンの精霊王って、みんなあんな感じなのかな。

『瑠璃、私達はベジャイアに行きましょう』

『話をするだけだぞ』

『他に何をするの。張り倒したりしないわよ』

琥珀先生なら、しそうな気がするのは私だけでしょうか。

友達はモテモテ

木々が色づき、秋の気配が強くなってきた城内を、精霊獣に囲まれながらてくてくとお散歩。

走り込みはちゃんと続けているんだけど、ダンスの練習のある時くらいはやめてもいいんじゃないの？　と、お母様に言われてしまった。

たぶん、娘がムキムキになったら困るからだろうね。

確かに普通の令嬢と違って、足にも腹にも腕にも筋肉はついている。でも運動選手みたいにガッチガチじゃないいんだけどな。あんまり筋肉をつけると身長が伸びないって聞いたことあるし、胸まで筋肉になって育たないと困る。

ということで、ダンスの授業のある日はお散歩をすることにした。

今日ものどかでいい日だなあと空を見上げたら、いつものバルコニーの欄干の上にいた皇太子の精霊獣の大鷲が、私を見つけてバサバサと飛んできた。

ああ、お兄様達もいるのか。

「イフリー、乗せて。あそこに行く」

『わかった』

私が腰を下ろすとすぐに、イフリーは私を落とさないように気を使いながら浮かびあがった。精霊は見た目の姿に関係なく、みんな浮くし飛ぶ。

「よう」

この皇太子、ベリサリオの城を自分の城と間違えていないか？

すっかり気を許しているらしくて、椅子に浅く腰かけて背凭れに寄り掛かり、お行儀悪くテラスの欄干に足を乗せ、すっかりリラックスモードだ。

隣にはクリスお兄様がいて、テーブルに地図を広げていた。先日のモアナとカミルの話をしていたのかもしれない。

アランお兄様はふたりとは少し離れた席に座って、ケーキを食べていた。

仲のいいイケメン三人の日常の一コマ。

乙女ゲーのスチルにあったら喜ばれそうだ。

「おい、空中でにやにやしていると不気味だぞ」

「失礼な。ディアは今日も可愛いだろう」

「おまえら兄妹のその残念さはどうにかならないのか」

クリスお兄様と皇太子って、最近以前にも増して仲がいいよね。側近達は悔しくないのかな。自分達を放置して、違う男の元に行くなんて……ああ、側近ってエルトンさんはじめ、今はみんな皇太子より年上の、実力を買われた人ばかりになっているんだった。それに、エルトンさん以外、みんな婚約者がいるんだったわ。

「ディア、危ないからこっちにおいで」

「はーい」

現実なんてそんなもんさ。

いい男はさっさと捕まって、婚約者持ちになるんだ。

中には婚約者が出来てから、いい男になるやつもいるけどね。

「カミルにハンカチは返せたのか？」

アランお兄様に聞かれて首を横に振る。

「あれ？　まだあれから来てないんだっけ？　うちの担当はカミルになったんだよね」

「担当というか、コーレイン商会を、カミルが作ったイースディィル商会で吸収合併したの」

「ブラントン子爵は引退したと聞いたぞ」

「正確には引退させられたんだろうな。カミルの意思を無視して動き、帝国まで巻き込もうとした罪で。息子は男爵に降格になったらしい。それに、もともとうちは北島のいくつかの商会と取引していたんだけど、今後は全てイースディィル商会が取引の窓口になるらしい」

クリスお兄様の説明に、皇太子はいやーーな顔をして空を見上げた。

「まだあるぞ」

皇太子の表情を見て、クリスお兄様は楽しそうに笑っている。

「カミルの母親の実家が北島の代表の侯爵なのは知っているな。どうもその家も何かあるらしい。モアナはカミルに祝福を与えて、侯爵家の人間には与えていないんだ」

うん。一波乱ありそうでしょ？

でもカミルは問題ないって言うんだもん。

精霊王がみんな出かけちゃったあと、あまりに精霊獣達が楽しそうにしているから、そのままここで話をしようと、草原の端に設置されている木のテーブルでお茶を飲んだの。

城に精霊獣を使いにやったら、執事や護衛達が慌ててやってきて、私達が精霊獣と戯れている間に、お茶と軽食とお菓子を用意してくれたのさ。

あとからミーアに、湖と城の往復はものすっごく大変だったと愚痴られたけどね。

カミルの後ろ盾になっていたはずの子爵と意見が分かれて、カミルは自分の意志を押し通した形になっていたから、私達としてはカミルの身の安全を確保したかった。んで、精霊王達がカミルのことも気に入ったようだから、ルフタネンとの貿易の窓口はカミルにしてくれって申し出ようかって話になったのよ。

でも、それ自体が誤解だった。四年前にカミルを帝国に避難させた時、商会長の孫という肩書が無難だっただけなのに、子爵が勝手に自分が後ろ盾だって広めちゃったんだって。何やっとんねん。

それで本人が引退で、後を継いだ息子は降格って処罰が甘くない？　カミルは王子なんだよ？

私にまで接触しようとしたんだよ？

公爵の後ろ盾が子爵なんて、名ばかりの身分で、かなりひどい扱いを受けているんじゃないかって思うでしょ？　第二王子が暗殺されちゃうわ、第三王子がニコデムス教と結託して自滅するわ、第四王子の話が全く出てこないわ、国として大丈夫かおまえら！　って他国のことながら心配になるよ。

それで帝国との繋がりをアピールさせようってことになったんだけど、それってよく考えれば、帝国の後ろ盾が欲しいんじゃないかってカミルが来る前に話していた予想を、自分達から積極的に現実化させてたってことだよね。

まだ成人していない綺麗な男の子がふたり、精霊獣に懐かれている様子を見せられて、一生懸命大人と渡り合っている様子も見せられて、ほっとけなくなってしまうパウエル公爵もうちの両親も甘いけど大好きだ。

むしろカミルが慌てちゃって、大丈夫ですから心配しないでくれって断られてしまった。予想大外れだよ。後ろ盾なんて求めてなかったよ。

確かに王子に後ろ盾はいらないよね。カミルが帝国に知り合いが多いなんて広まったらそれだけで、次期国王はカミルがいいんじゃないかなんて言い出すやつが出て来るだろう。いまだに帝国だってエルドレッド殿下を王太子にって言い出すやつが後を絶たないんだから。

前回の商談でずっと黙っていたイメージや、四年前の泣いていたイメージが大きかったせいで、カミルの性格を見誤っていたかも。

王太子の仕事を手伝ったり、南島の作物を他の島や外国に広めたり、今では王太子の弟で公爵という立場を王宮でもしっかりと認知されているみたいだ。

「四年で王太子の周囲に自分を認めさせ、北島に基盤を作ったということか？　歳は？」

「アランと同じだから……十二だな」

「ほお、それでも王位継承権は放棄したまま。兄の補佐につくと言うわけか」

「王太子も全属性精霊獣持ちで、モアナの祝福を受けているそうだ。空間魔法も使えるのかもしれない」

「ふむ。下手に中央までこの問題を持ち込むなよ。我が国は今、他国の問題に手を出すほどの余力はない。それに今は貴族が足りなくて、何かしらの功績があれば爵位を与えたり土地を与えたりしているんだ。ルフタネンとの関係を元に褒賞をもらおうと、余計なことをするやつが出ると面倒だ」

「そういえば、エルトンが男爵になると聞いたぞ」

「エルドレッドを守った功績があるからな。それにベリサリオとも近しい。中央に囲っておきたいのさ。ああ、アランにも成人したら爵位が与えられるぞ。功績がありすぎる……」

「いらないんですが」

「騎士爵ぐらいは最低でも持っとけ。だが、それだと一代限りだし、他の貴族との褒賞の違いに問題が出るな。それと俺の護衛騎士に抜擢するのは決定済みだ。パオロが近衛に顔を出せと言っていた」

「……はあ」

近衛騎士団に入団したいと言っていた割には、反応が薄い。

自由気ままにやりたいらしいけど、ベリサリオの次男を放っておいてくれるわけがないよね。

土地が余っているとか、ルフタネンの貴族が聞いたら羨ましがるだろうなあ。

ダリモア伯爵派が失権して貴族が減ったところにバントック侯爵派の毒殺事件が起こって、主だった当主と跡継ぎが亡くなっちゃっているから、一気に高位貴族が減っちゃったんだよね。

「おかげですり寄ってくるやつらが多くて、宮廷にいると気が抜けない」

それでベリサリオに逃げ込んでいるのか。

ここなら誰も文句を言えないから、便利に使っているな。

「殿下！　せめて伝言だけは残してくれと言っているでしょう！」

ああ、文句を言う人がいたわ。エルトンが乗り込んできた。

「学園が始まる前の打ち合わせだよ。そろそろ真剣に婚約者を決めろと周りがうるさいだろう」

「……まあそれはそうですけど」

そんな話、いっさい出ていませんでしたけどね。

「うちはまた妹ともどもよろしくお願いします」

「おまえは皇族の寮に行くんだろう？」

エルトンが礼儀正しく頭を下げたのに、クリスお兄様ったらそっぽを向いたままだ。

「さて……まだはっきりとは決まっていません」

「そっか。ブリス伯爵家とエドキンズ伯爵家は、いつもうちの寮に来るんだっけ？」

「ディア、まだ決まっていないそうだ」

「エルダは来ますよね。楽しみだわ」

クリスお兄様の愛想のなさに慣れているエルトンは、お兄様の言葉は聞き流して私の傍に近寄ってきた。

「それで……この間の話を」

「はいはい。まかせなさい。イレーネにはもう話してあるから」

「おまえもか……」

皇太子が呆れた顔をするけど、あなただって私に見合いを頼んでいるじゃない。

「みんなディアに頼りすぎじゃないかな」

「アランも他人事じゃないぞ」

「でも私に頼むだけじゃなく、自分達でもなんとかしてくださいよ。エルトンはリーガン伯爵家とうちの合同開発の話が出る前から、イレーネに声をかけていたんですからね」

「合同開発って？」

エルトンがぐっと身を乗り出した。

「カカオを商品にするのに、ちょっとお手伝いしてもらおうかと」

「それはもう発表しているのか？」

「まだだけど……」

「あー、それが知られたらイレーネ嬢と結婚したがる男が急増するな」

あ、そっか。

トマトケチャップ作ってから、ミーアとネリーにお見合いの話が続々と舞い込んでいるらしいからね。

「まだ彼女が成人するまで二年もあるのに、ライバルがまた増えるじゃないか」

「そんなこと言われても……」

イレーネはいまだにエルトンが本気で自分に惚れているって思っていないみたいだから、ライバルの心配より、イレーネを口説く方が先だと思うわ。

「そういえばこの間、皇宮の中庭でランプリング公爵と話し込んでいたけど、あれはなんの話だい？」

エルトンが言った途端に、みんなの視線がいっせいに私に向けられた。

なによ、この空気。こわ。

「ランプリング公爵？」

「パオロだよ」

「あーー、はいはい。あれはイレーネの話じゃないですよ。でもね、いいお話なの。うふふふ」

みんなの目がじっとりと細められる。

だからこわいっつーの。

「なんの話？」

「僕達にも言えないこと？」

お兄様達の目がマジだ。

これは変な誤解をしているな。

「ここだけの話ですよ。絶対ですよ。ばらしたらしっかり報復しますからね」

「こわ」

「皇太子を脅すのはどうなんだ」

「じゃあ殿下は話を聞かないと」

「聞く」

噂を広げられて、せっかくのいい雰囲気をぶち壊されるのが嫌なんだ。

話を聞いた時に本当に嬉しかったんだから。

「パオロにやっと気になる女性が現れたんですよ」

「誰!?」

「ミーア」

四人共、目を丸くして固まった後、えーーーーーーーーっと絶叫した。

よっぽど意外だったらしい。

「え？　でもミーアって……あ、伯爵令嬢か」

「でもエドキンズ伯爵には借金が……あ、トマトケチャップで完済したんだ」

「しかも妖精姫の側近」

「あれ？　良縁じゃないか？」

だからそう言っているじゃん。

さすがビジュアル系、女を見る目も確かだったよ。

バントック侯爵派の事件以降、パオロとも会えば会話するようになって、いつも私の横に控えているミーアとも言葉を交わすようになったのよ。

ミーアはしっかり者だし、以前は父や兄を手伝って領地の運営の仕事もやっていたくらいに聡明だ。

パオロは見た目はビジュアル系で派手でも、実は夜会に行くより剣の練習をしているほうが好きで、華やかな女性は苦手なんだって。

ジーン様が亡くなってから、ずっと自分を責めていたパオロがやっと幸せに手を伸ばしてくれそうなんだから、私としては最大限の応援がしたい！

「エルトンはエルダの相手も考えてあげてよね。人気あるんでしょう？」

「まだ十二だよ。十五になってからだって」

「でも、エルダなら金髪なんだから皇太子の婚約者候補になったって、クリスお兄様の婚約者候補になったっていいのに……」

「義兄が側近はいやだろう」

「エルダは妹というか、今更恋愛は……」

アランお兄様は中央に行くから赤毛の女性から選びたいでしょ？

でもこの三人が近くにいるから、口説くのに遠慮する人が出たりしない？

うーん、相手が見つかるか心配だなあ。

「おまえよりは見つかるだろ」

「ディアはゆっくり見つければいいんだよ」

私が文句を言うよりも早く、クリスお兄様が私の頭を撫でた。

「本当におまえは妹に関しては残念だな」

「アンディはディアの扱いが雑すぎだ」

「どうも最近、ディアドラという新種の生き物に見えてきた」

見た目だけは可愛い少女に向かって失礼しちゃうわ。

カカオ担当

皇太子がエルトンと皇宮に帰ったので、私は散歩の続きでもしようかと思っていたら、瑠璃が呼んでいると精霊獣達が教えてくれた。

空間魔法は本当に便利だ。一度行った場所ならすぐに移動出来る。

私は具体的に空間と空間を繋げるイメージで、某有名ネコ型ロボットのように自分の目の前に、遠いところに繋がる扉を思い浮かべて、空間を一部切り開いて移動する。

それを見たアランお兄様は、とうとうこいつ空間まで破壊していると言っていたっけ。

「瑠璃、呼んだ?」

湖は今日も澄んでいて、午後の日差しを反射してきらきらしている。精霊獣達が楽しそうに水で遊んでいるのを見ていたら、いつものように湖面に光が集まって瑠璃が現れた。

『モアナがまたうるさくてな』

なんでそんな疲れた顔をしているの?

『カミルに会ってくれと言っている』

「フェアリー商会に来れば会うけど？」

『近々商会にも顔を出すらしいが、その前におまえと話がしたいそうだ』

「ここに転移してくるの？」

『人間でここに転移を許しているのはおまえだけだ。モアナが連れてくる』

「ふーん、瑠璃がここに来てもいいって言うなら今回はいいけど」

『モアナ、いいぞ』

水の精霊王は水上に姿を現すのが好きなのかな。

モアナも瑠璃と同じような登場の仕方をする。今回はカミルの肩に手を乗せて、一緒に登場だ。

「ディアドラ」

カミルはこの間よりずいぶんと表情が明るくて、もう何度も会って私に慣れたのか最初から笑顔だ。

平民が着るような飾り気のないシャツに、ダボダボのズボンをはいて裾を捲り上げている。サイズが合っていないのかな。それでも格好良く見えるんだからスタイルがいいってお得だよね。

「こんにちは。突然どうしたの？」

「用事って言うのは？」

「「……」」

おいこら。話が違うぞ。

「モアナ！」

『今回だけよ。もうやらないわよ。仲間が顔を出すようになったんだもの。兄に甘えてばかりもいられないしね』

両手を広げてひらひら振りながら、モアナは慌てて言い訳をした。

『ディアドラ。本当にありがとう。あなたのおかげでやっとまた仲間に会えたわ。みんなで王宮に行って、王太子とカミルと話も出来たの。みんな、翡翠と蘇芳にだいぶ叱られたらしいわ』

「私からも礼を言わせてくれ。力を貸してくれてありがとう」

「私は何もしていないわよ」

「叫んでたじゃないか」

きょとんとした顔で当然のように言うな。そんなことで感謝されたくなーーい。

「でもそれで精霊王達が動いてくれた。まさか、きみに会うことでこんな大きな変化が起こるとは思っていなかった」

『だから帝国に行こうって言ったのに、なかなか動いてくれないんだもん』

「ここに転移するのは不法侵入なんだよ。ここは城でもあり砦でもあるんだから、他国の公爵が勝手に来ていい場所じゃないんだ」

『わかっているわよ。普段ならしないわよ。でもたくさんの子供と精霊が死んでいたんですもの』

「それで、西島はどうなったの？」

私に聞かれて、カミルは一瞬言い淀んで、それでもすぐに口を開いた。

「御令嬢にこういう話を聞かせていいのか迷うんだけど」

「私、普通の令嬢じゃないから」

「きみはいくつ？」

「十歳！」

どうしようって顔で瑠璃を見るのはやめなさい。

もう私が、普通の子供じゃないってわかっているでしょう。カミルも普通の王子とはだいぶ違う経験をしていそうだけどね。

「改めてベリサリオ辺境伯にお礼を言いに行こうと思っていたから、その時に話す予定だったんだけどな。それか、帝国に公式に……」

「あー、それはやめて。ちょっと帝国にもいろいろとあるのよ。うちに連絡を取ってくれれば、皇太子にも話は届くから」

「わかった。ではそうしよう」

「それで？」

ずいっと一歩近づいたら、カミルはすっと横にずれて逃げていく。

もしかして私、こわがられてない？

いや、それはないか。たいして話していないし、見た目は普通の令嬢のはず。

それか、もしかして臭い？

やばい汗臭い？　体臭は今まで言われたことないから平気なはずだけど。

「瑠璃様、この子は何をしているんですか？　突然腕の匂いを嗅ぎだしたんだけど」

『さあ。面白い子だろう？　想像外のことを毎回してくれて見ていて楽しいんだ』

『大丈夫？　ディアドラ』

三人に呆れた顔で眺められた。

「だってカミルが、私が近づくと逃げるから臭いのかなって」

「え?!　あ……いや……逃げてないよ？」

嘘をつけ。今だって警戒しているだろうが。

「あー、実は理由がふたつあって」

「うん」

「きみは魔力が強いから威圧感があるというか。精霊獣があまり近付くなと威嚇しているし」

はっとして周囲を見回したら、体勢を低くしていた精霊獣達がピタッと止まって、自分達は何もしていないよと言いたげにそっぽを向いた。それでカミルの精霊獣達も、さっきからうねうねしていたのか。

「もう一つの理由は？」

「年の近い女の子と話したことも近づいたこともない」

「はあ?!」

「俺の周囲は自分で自分の身を守れる者だけしかいないんだ」

「俺？」

ふーーーん。いつもは俺って言っているんだ。

いい子ぶりっこしているな。

だよねー。自分で自分の身を守れるくらいの戦闘訓練を受けているんだもんね。

平民との付き合いが多いというのも知っているもーん。

「だったらよく見ていけば？　慣れておかないと将来的に困るわよ。ほらほら」

「きみの兄貴達に殺されそうだから近付くなって」

「ああ、たしかに。それで？　西島はどうなったの？　誤魔化されないわよ」

ため息をつかない。幸せが逃げるって言うでしょ。

瑠璃とモアナも、子供を微笑ましく見る親のような顔をしているなら、ちゃんと教えてよ。一番重要な話でしょう。

「翡翠様と蘇芳様のおかげで精霊王達が住居から出て来てくれて、西島の現状を見てたいそう怒って、ニコデムス教徒を全て砂に変えてしまったんだよ」

…………はい？

「つまり侵略してきた者達は全員砂になったの？」

「彼らだけじゃなくて、祖国を裏切ってニコデムス教と協力していた者達も砂になった」

「それ大丈夫？　間違えて関係ない人まで砂にしていない?!」

「ニコデムス教徒になると腕輪を持つんだよ。それを持っている者だけ砂になったんだ」

カミルにとっては憎い裏切り者がいなくなって、ルフタネン滅亡のフラグが木っ端《こっぱ》みじんに吹き飛んだから平然としていられるのかな。

でも人間が、西島の貴族の半分もが砂になるって、ホラー映画だよ。

精霊王の力だと服も残らないからね。建物すら砂にするから。

西島がでっかい砂場みたいに砂だらけになっていて、それがもとは人間ってこわいでしょう！

でも処刑で首を落とすよりは、見た目的には平和？

流血沙汰じゃないし。

「それで更地になったところには、すぐに草木が生えて、もう草原になっているらしい」

人間を養分にして、草原が……。

や、やめよう。違うから、精霊王の力で草原にしたんだから。

ホラーから頭を切り替えないと。

ああそれで、私に話すのをためらっていたのか。

「精霊王を人間の都合のいいように動かせるなんて思ってないよ。むしろ今度のことで恐怖を感じてくれて、二度と精霊を殺そうなんて思わないでくれたほうがいいんだ」

うちの皇太子も同じ立場だったら同じことを言うんだろうな。

クリスお兄様も言うだろう。

「それに西島全土が戦場になっていたんじゃないからね。ベジャイアに近い港町周辺と第三王子の実家の領地が戦場になっていたんだ」

なんだ。西島全部がでっかい砂場になったんじゃないんだ。

よかったー。無事な場所の方が多いのね。

「他はなんの被害もないの？」

「直接はね。ただ兵力を集めるために男達は徴兵されていたらしいから、放置された畑がたくさんあるらしい」

「第三王子は、ほんっとに馬鹿じゃないの！」

「一度傷ついてしまった自然を元に戻すのは大変だけど、精霊王が戻ってきてくれたことだし、みんなで復興するんじゃないかな？」

「他人事みたいね」

「西島に関して俺は手を出せないんだ。あまり功績を上げすぎてもまずいんだよ」

そうか。もう帝国の精霊王に島の精霊王を目覚めさせるっていう、とんでもない功績が出来ちゃったからな。

それを私の功績だと言ったとしても、その私と知り合いだもんな。

他にパウエル公爵でしょ？　パオロでしょ？　ベリサリオ辺境伯一家でしょ？

あれ？　結局私達、カミルの地位を確固たるものにしてあげてない？

「貸し一個？」

「え？」

「カカオはどうなるのかなって」

「必要な量を用意するよ。もちろん他には売らない。フェアリー商会との取引は一括してうちの商会でやらせてもらいたいんだけど、問題はあるかな？」

「今回みたいに変な貴族がベリサリオと親しいぞ、なんて言い出したら困るものね」

「そういうことだ。帝国側の港の周囲は私の領地になったから、入出国をしばらく厳しくする予定だよ。でもベリサリオは信用出来るから貿易に問題はないはずだ」

ん？　土地が余っているのは西島だよね？

「それは平気なの？　もともとその領地はあなたの母親の実家のリントネン侯爵家の領地だったわよね」

「彼らは西島に移住することになった」

「ええ?!　恨まれないの?!」

「答えないと駄目かな」

「駄目！」

「はあ。侯爵の息子はブラントン子爵と組んでいたんだよ。私を王に担ぎ上げようと計画を立てていたんだ」

あーーー。反逆罪で家を取り潰されるところを、西島の復興をする代わりに罪に問わないってことにしたのか。

一番被害の出た場所が領地か。それもきついな。

「ルフタネンはね、精霊王を後ろ盾にした王が亡くなった後、王族や高位貴族が精霊獣の育て方や精霊と自然の関係などの知識を、自分達の特権として外に出さなかったんだ」

「それで精霊が減って、精霊王達が不貞寝したの?!」

「王が死んだ衝撃と、せっかく出来た人間との繋がりが切れてしまったことの両方が理由だと精霊王達は言っていた。だから今後は帝国をお手本にさせてもらうよ」

「お手本？」

「この前、国の違いなんて関係なく精霊獣達が楽しそうに遊んでいただろ？　帝国の人達だって俺のことまで心配してくれた。今まで帝国は多民族の軍事国家で怖いというイメージしかなかったんだ」

「こわいよ？」

「きみはね」

こら待て。こんな可愛い女の子を捕まえて、そんな爽やかな笑顔で何を言っている。

そんなんだから、傍に女の子が来ないいんだぞ。

「だからそれぞれの島の人間代表を決めて、精霊王と定期的に面会することにしたんだ。島によって精霊と人間の付き合い方はいろいろだろうけど、少なくとも貴族は全員、精霊を持てるようにしたいと思っているよ」

「もしかして西島の代表ってリントネン侯爵だったり？」

「……その息子のヘルトだ」

あれ？　復興、ぜんぜんきつくない気がしてきたぞ。

むしろそれで罪に問わないって、甘々な気がしてきた。

「精霊関係の仕事をカミルがするの？」

「しないよ。俺はそういう重要な仕事にはつかないよ。ただ北島の精霊王はモアナだから、俺が代表になることにはなった」

北島がモアナで、東島が土の精霊王のアイナ、西島が風の精霊王のマカニ、南島が火の精霊王のクニ。見事に全部ハワイ語だ。

「そういえばカミルはアロハシャツ着ないのね」

「アロハシャツ？」

あ、やばい。

こっちではなんて名前なんだろう。

「でも領地持ちになったら商会の仕事なんて出来ないんじゃないの？」

「話が飛ぶね」

く、くるしい。

そこは黙ってスルーしてよ。

「公爵は自分で領地運営はしないよ？　もともと侯爵の下で領地を運営していた人達がいるしね。辺境伯は国境警備や移民関係の仕事があるから、領地にいないといけないんだろうね」

あー、そうなのね。

この世界の常識については、まだたまにわかっていないことがあるわ。

そっか。自分の領地の仕事をしていたら、パオロが近衛騎士団団長をやっていられるわけないか。

「次回顔を出すときに担当になる人間を連れていく。たぶんヨヘムだな」

「そう。こっちはレックスが担当だからよろしく」

突然呼び出されて何事かと思ったけど、話しておくことは意外とあったな。

これで次に商会で会う時にスムーズに話を進められるわ。

「ありがとう、ディアドラ。きみには二度も助けてもらった」

「二度？」

「初めて会った時と今回と」

あの時、何かしたっけ？

ハンカチを貸しただけだよね。

「あの時、二番目の兄が暗殺されたばかりだっただろう？　あの頃はあまり強い立場ではなかったし、俺も命を狙われていた。でもきみと出会って、妖精姫と仲良く話していたってコニングが報告してくれたから、北島の貴族達は俺の新しい利用価値が出来たと思ってくれたんだ」

「コニングは信用出来るの？」

「出来ないよ。子爵がフェアリー商会で政治的な動きをさせていたのが、コニングだ。リアは何も知らないから、今後も働いてもらうつもりだよ」

まじか。

そんなに周囲に危険がある中で、信用出来ない人に囲まれて生きて来たの？

私はベリサリオに転生出来てよかった。

「じゃあひとまず商会の仕事をするの？」

「いや、北島に精霊を増やすのは俺の仕事だ。それと兄上の手伝いと、南島もカカオのことで世話

「西島の侯爵も行かせたままにしておけないんじゃないの？」

「……おかしいな。いつのまにこんなに放っておけない人達が増えたんだろう」

わかる。すっごいわかる。

転生してきて、今回は家族を悲しませないように、一緒にいられるようにしようって思って、精霊の存在を知って、精霊獣になるまで何も言えない彼らを守りたいと思った。

精霊王が後ろ盾になってくれたから、彼らと彼らの住居のある場所を領地にしている人達に仲良くしてもらいたくなって、あちこち行っているうちに知り合いが増えて、友達も出来て、守りたい人が増えていく。

この両手で守れる人なんて、そんなに多くはないだろうけど。

友達も家族も、笑顔でいてほしい。

精霊達と人間が仲良く共存出来る国にしたい。

「いや、まだルフタネンのことだけ……」

「パウエル公爵好きでしょう」

「やめろって」

「私は帝国のことで手一杯」

「帝国ってルフタネン王国の三倍はでかいぞ」

「やめて」

ひ、ひとまずチョコと楽しい学園生活に集中よ。

美味しい物はみんなを笑顔にするんだ。

カミルにはルフタネンと周囲の島々の、まだ帝国には来ていない作物を探してもらおう。

感謝してくれているみたいだし。

貸し一だし！

寮生活スタート

学園が始まる前日、私は朝から制服の最終確認に追われていた。

城内は昨日から、生徒達の荷物を学園の寮に転送するために大騒ぎになっている。側近達や手伝いの執事や侍女は、もう寮に移動して準備に追われているはずだ。

寮で一番身分の高い私達兄妹は、最後に転送陣で移動することになるおかげで早起きしなくて済んで助かったけど、着せ替え人形になるのも大変だ。

学園が始まるのは明日でも、領地内の生徒が揃っていることを確認してから食事会があるので、今日も制服を着なくては駄目なんだって。

制服といっても、男子は映画の某有名魔法学校に似た紺色の丈の長い上着だけが決まっていて、あとはズボンの色さえ紺色であれば中は何を着ても自由だ。だからおしゃれを気にする男子生徒は上着の前を開け、シャツの色や形、ベルトやタイにもこだわるのだ。

女子の上着は、前身ごろはウエストまでの長さで、後ろだけが長い形だ。ふわりと膨らみのあるドレスでも、女官達の制服やエーフェニア様が愛用していたような、膨らみのないドレスでも、どちらでも着られるように工夫されている。

今日の私は上着と同色の少し膨らみのあるドレスで、白いレースと豪華な刺繍がアクセントよ。

そういえば前世の制服って、ずっと同じのを着ていたよね。シャツは何枚か持っていたけど、卒業する頃にはスカートが黒光りしていたっけ。

ここではそんなことないわよ。

貴族が娘の制服に金を使わないわけがない。

上着はどうせ成長するからと三着だけ用意して、ドレスの方は親戚からのプレゼントも含めると、すでに十着近くある。

ほんっともったいないよ。二月を過ぎたら来年まで着ないし、一年後には絶対に大きくなっているもん。

それに寮内でも食堂等の公共の場は制服だけど、自分の部屋の中は自由でいいのよ。寮の私の部屋は二間続きで、私専用の侍女の控室や私室にも繋がっているから、前世の実家より広いんだこれが。

でもたくさんの制服は無駄になるわけじゃない。十歳で作った服が十八歳まで着られる人はごく僅かだから、着なくなったら寮に預ければ、あまりお金のない家の子供達に渡されることになっている。

自力で親が用意してくれた制服より、おさがりの制服の方が豪勢だっていうのもよくある話だし、ベリサリオでは新品の制服を安価で貸し出しもしているの。

そうやって工夫して、親が金持ちでなくても優秀な子に学ぶ機会を与えて、優秀な人材を育成すれば、いずれはベリサリオの発展に繋がるもんね。

「ディア、そろそろ行くよ」

「はーい」

クリスお兄様は制服の前を開け、正統派の白いシャツにリボンタイとチェーンの飾りをつけているのに、アランお兄様は上着のボタンを全部閉めている。あれは、中に適当な服を着ているのを隠しているな。

つつつ……と近づいて、ボタンを一個外して中を覗こうと思ったら、察知してさっと避けられてしまった。

「ほら行くよ、ふたりとも。三人揃って寮に行けるのを楽しみにしていたんだよ」

「私もですわ、クリスお兄様。留守番ばかりじゃつまらないんですもの」

ふたりの兄に囲まれて転送陣に乗ると、一瞬で学園の寮に飛んだ。

入学する前に二回も御利用したので、寮の転送陣の間は見慣れていたけど、今日は部屋の隅に荷物が山ほど積み上げられていた。子供の数が多くて、荷物の整理が追いつかないようだ。

控えの間にも荷物がいっぱい積み上げられている。学園はもう明日から始まるのに、こんな調子で大丈夫かな。

左右に並んだ箱を眺めながら部屋を進み、玄関ホールに足を踏み出す。

二階まで吹き抜けのホールは広く、今までは学生寮にしては贅沢だなあと思っていたんだけど、今日は違う。多くの人や荷物のせいで、むしろ狭く見える。

玄関の扉は両面とも開け放たれていて、そこを塞ぐ形でテーブルが並べられていた。こちらに背を向けて座っているのは、執事達だ。なぜかレックスも駆り出されている。商会の仕事はどうした。

テーブルの向こう側には行列が出来ていて、手荷物や封筒を執事に渡しながら話し込んでいるようだ。

荷物や封筒は彼らの後ろにいる侍女に渡され、仕分けされて箱に入れられている。そして、箱がいっぱいになると手が空いている生徒がどこかに運んで行った。

あ、控えの間にあった荷物はこれか！

「これは？」

「きみの入学祝いや、いろんな生徒へのプレゼント。封筒は茶会の誘いだろう」

「これ全部?!」

「今期は僕達兄妹三人に、ブリス伯爵家のエルトンとエルダ。エドキンズ伯爵家のミーアとネリーがいるんだ。それ以外のみんなもモテているみたいだよ」

それでこの行列か。

なら、パティのところやスザンナのところもすごいんじゃないの？

最後尾の人が札持って立っていたりしない？

「兄上、話はあとにして上に行こう」

アランお兄様に腕を取られ、私とクリスお兄様は階段の方に引っ張られていった。どうやら兄妹三人揃って姿を現したことが、外に並んでいた人達にバレたらしい。

アイドルじゃないんだから。姿が見えたくらいで喜ばないでよ。

「妖精姫は幸運を運ぶらしいよ」

「運びません。むしろ私に幸運をください」

「エルトンがまだフリーだと思っている人は多いし、ミーアはトマトケチャップで一躍有名になったエドキンズ伯爵家令嬢でディアの側近ということで人気急上昇中だからね」

トマト姫とか言われたら嫌だろうな。

ミーアは今年十六歳。パオロとの縁談はまだ秘密だから、彼女に近づいてくる男共が多くて多くて。一度勝手にエドキンズ伯爵が縁談を結ぼうとしやがったから、領地まで乗り込んで縁を切るぞとにこやかにお話してきたわよ。なぜかそのあと、伯爵は寝込んだらしいわ。

つい最近、ランプリング公爵との縁談をほのめかしてあげたから、元気いっぱいになって踊っているでしょうけど。

エドキンズ伯爵は悪い人ではないのよ。ただ……あまり頭の回転が速くないというか、子供達に頼りきりで役に立たないのよね。トマト栽培に関しても、妹にいつまでも頼っていてはだめだと、次期当主の長男は頑張ったんだけど、伯爵は今まで通りでいいじゃないかと、のんびり構えて遊んでいた。そのうえ騙されやすい。……あれ、ひどい父親だな。さっさと爵位を長男に譲ればいいのに。

私達が向かったのは、二階にある多目的ホールだ。

普段は生徒達がおしゃべりしたり、のんびり本が読めるように、座り心地のいい椅子や応接セットがいくつも置かれている。年末や卒業式近くには家具を片付けて、ダンスの練習に使っている場所だ。

食堂はもう今夜の食事会の準備で立ち入り禁止なので、生徒達は多目的ホールに集まり、全員揃ってスケジュールや持ち物の確認をするのが、毎年の恒例らしい。

「みんな揃っているかな。来ていない子はいない？」

ホールに私達が顔を出すと、わいわいと話していた生徒達が一斉に立ち上がり、胸に片手を当てて頭を下げた。

ベリサリオ辺境伯家は、領地内に住む貴族達にとっては皇族よりも身近な上司だ。なかなか会えない下位貴族の子供達の中には私と初対面の子も多くて、妖精姫登場に緊張して顔が強張っている。

「全員揃っております」

「そうか。今年はこうして兄妹三人揃うことになった。ディアは今年入学でわからないことも多いだろう。よろしく頼むよ」

クリスお兄様の紹介に合わせ、カーテシーできっちりご挨拶。もちろん笑顔も大事。

おお……と、どよめきが聞こえたのは、どう受け取ればいいんだろうか。

「今年もよろしくお願いします」

「お世話になります」

立ち上がってエルトンとエルダが挨拶に来た。ふたりとも制服がとても似合っている。

「あれ？　エルトンは皇族の寮に行かないのか？」

「学園にいる間は好きにしろと言われているんだ」

「ベリサリオに張り付いて様子を見ていろって？」

アランお兄様が何気にこわいことを言い出した。みんな聞いているからやめて。

「ええ。それと、出来ればアランに側近として顔を出してほしいと」

「えー」

今、さらりと肯定しなかった？

「近衛でアンドリューの警護に就くって言ったじゃないか」

「それって側近？」

「いつもくっついていることになるんだから、似たようなものだ」

「えーーーーー」

側近になれるのに、そんな不満そうにしたら怒られるよ？　なりたくてもなれない人がたくさんいるんだから。

「まあ、アランお兄様は皇族の寮に引っ越すんですか⁉」

「引っ越さないよ！　ここにいるよ！」

「でも皇太子殿下は高等教育課程の建物に通うので、アランお兄様と接点がないですよね」

「そこが面倒なところなんだよ。去年までは同じ建物だったからよかったのに。エルドレッド皇子との兼ね合いもあるだろう？」

最近、とんと接点のなかった第二皇子か。

私と一歳しか年が違わないから、教室が近いかもしれないな。

「あれ？　エドキンズの……なんでネリーしかいないの？」

「ディア様、姉に言ってやってください」

噂をすれば影。ミーアが手紙のたくさん入った箱を手に、入り口から顔を見せた。

「あ、もう挨拶が始まってましたか。すみません、この荷物を置いたらすぐ……」

「ミーア」

「はい！」

「なんであなたがそんなことしているの？」

「なんでって……ディア様の側近なので」

「今日の仕事は侍女と執事に任せる。学園内での側近の仕事は、アイリスとシェリルに任せる。あなたはエドキンズ伯爵令嬢として、やらなくてはいけないことがあるでしょう」

うちの寮で預かることになった伯爵家の子息と令嬢との挨拶だけで、なんでこんなに時間がかかるんだ。私が腰に手を当ててミーアを叱りだしたから、驚いてこちらを見ている子供もいるじゃない。

でもこれは大事よ。ミーアには母親がいないからうちのお母様が言うべきなんでしょうけど、ここにはいない。ならば私が言わないといけないわ。学園にいる間だけでも私の側近をやめさせて、未来の公爵夫人としての自覚を持たせないと。

「でもせめて今日くらいは」

「あなた宛ての荷物は見たの？」

ネリーが座っていた椅子の近くに置かれた箱を指差すと、ミーアは口を押さえて目を丸くした。

「うそ」

「ほとんどお姉さま宛です」

「ええええ?!」

「自分の価値がわかってなくて困ってしまうわ」

そこでみんなで私の方を見るのはやめて。さすがに最近は自覚しているから。

「今は皆を待たせているから、話はあとにしましょう。連絡事項を聞き終わったら、私達は別室で話をするわよ」

「はい」

しっかり者のミーアが怒られるという場面は、お兄様達にとっても驚きだったようだ。それに心配だったらしい。連絡事項を話し終わり、それぞれの生徒のスケジュール等の確認になったので、さあ移動しようかと立ち上がったら、ネリーだけじゃなく、お兄様達やエルトン兄妹まで近くの打ち合わせ室にくっついてきた。

「打ち合わせはいいんですか」

「毎年、連絡事項を伝えたら、あとは執事任せだよ。茶会のスケジュール調整や忘れ物の確認まで、僕達が付き合う必要はないだろう？」

クリスお兄様はそういう無駄な待ち時間は嫌いだもんね。

「ディアは初めてだから覚悟した方がいいよ。十歳の子供と丸一日一緒にいるのは苦痛だよ」

うっ……。そうだ。小学四年生くらいのクラスにいるのって、どんな感じだろう。

いやいや、今はミーアの話が先よ。

「それで、私のところにランプリング公爵家からの招待状は来ているのかしら？」

「え？　いいえ、今はランプリング公爵領で一番位が高いのは子爵家で……」

「ええ?!　私の側近を嫁に欲しいと言い出したくせに、私を寮に招待しないですって?!」

あのねえ、先代が亡くなったのがパオロが成人したばかりだったこともあって、三大公爵家の中で一番苦労している家なんだから、せっかくの縁組は有効に使おうよ。ここでベリサリオを使わなくてどこで使うの。学園で誰が誰と交流を持ったかはすぐに情報が回って、それが次の世代の力関係に響くのよって、お母様が言ってたもん。

公爵家の子供がいないから、お友達でも呼んで何回か茶会を開けばいいだろうって、パオロが卒業してからはまったりやってきたんだろう。それでいいんだ。間違っていない。今は公爵家で子供がいるのは、グッドフォローだけだからね。

でも今年は勝負の年だぞ。ミーアに付加価値をがっちりつけて婚約させるんだから、ここで公爵家を盛り上げないと。せっかく近衛騎士団団長なんだから、パオロの存在感をあげていこうよ。

「すぐにランプリング公爵家に行って……」

「ミーアが行ってどうするの。　ジェマ」

「はい」

「私のスケジュールが空いている日を、ミーアに教えてあげて。それと誰かをランプリング公爵家の寮に行かせて、こちらに誰か寄こしてミーアと打ち合わせるように言って」

「それは私の方でやろう」

「エルトン様?!」

「ベリサリオを煩わせたとなると、パオロ様の立場が悪くなるからね。ミーアはパオロ様に、寮にいる皆を指導出来るランプリング公爵家の執事か侍女を、寮に待機させるように手紙を書いてくれ」

「わかりました。お手数おかけします」

さすが切れ者。話が早い。

「ミーアは明日にでも向こうに顔を出して、その執事か侍女と打ち合わせて、茶会を開かせてね。子爵家の子供っていくつ?」

「十七歳です」

「子爵家の子に、うち相手に茶会は可哀想だよ。いっそのこと、ミーアが主宰すれば?」

クリスお兄様はそう言うけど、まだ婚約していないのにそれはどうなの。

「じゃあ婚約すればいい。そのあとに茶会」

「駄目です。その時に公爵家から来た者や、寮にいる生徒達の様子もチェックしたいんですから。ミーアを虐めようとするような奴がいたら……」

大切な側近を嫁にやるんだから、大事にしてもらわないと。

「覚悟しておけよとパオロに伝えてもらってもよろしいですわよ」

「……私から公爵家にそれを伝えるのはちょっと……」

確かに皇太子側近にこんな台詞を伝達させたら、話が複雑になりそうね。

「じゃあ僕が伝える？」

「兄上、やめてあげよう」

なぜか男性陣の顔色が悪いみたいですけど、別に私は嫁にやらないとは言ってないでしょう？

ランプリング公爵領の人間をいびったりもしないわよ。

普通に協力して寮に招待して、二時間くらい茶会をすればいいだけよ。将来の公爵夫人を軽んじたり、嫌がらせしなければそれでいいのよ。

「結婚してからも何かあったら、ベリサリオに帰らせていただきます！　って言えばいいわよ」

「お姉さま、よかったですね。私も安心です」

「え……ええ。私は安心ですけど、公爵家の方達は平気かしら」

「私と同じ年の公爵領の子はいるの？」

「……」

え？　なんでみんな無言なの？

いじめないわよ？　お友達になるだけよ？

「ディアが学園を牛耳る未来が見える」

「そんなめんどくさいことしません！」

平和が一番。安全第一よ！

開園式

一日目はみんな緊張していたのか、何事もなく済んで翌朝。

……元気だな、ガキども。

暴れているとか、泣いているとかではないんだ。

躾《しつけ》はちゃんと行き届いていて、食べ方も綺麗だし、マナーも守っているところはさすが貴族。ただ、朝から友達と喋る喋る。子供の声って高いから響くのよ。食堂の賑やかさ、半端ないよ。

親元を離れて友達と寮に泊まるというのも楽しいんだろうね。そこにうちのお兄様達とかエルトンとかがいるもんだから、女子のテンションが高いこと。

でもむやみに近づいてきたりはしない。うちの領地にいる子ばかりだから、ベリサリオ辺境伯家が領地内の貴族と縁組する必要性がないことはよくわかっている。わかっていなくても親に言われている。

それにクリスお兄様が寮の代表者になってもう四年。すっかり教育が行き届いているわ。

ベリサリオの寮だってクリスお兄様が十歳になるまでは、今のランプリング公爵家の寮のように、その時にいる一番位の高い子が寮長をやっていたけど、運営は大人任せだった。

海峡側の港の町グラスプール周辺をまかせているハリントン伯爵家の長男が寮長をやっていた時期もあるのよ。この伯爵家はうちの親戚なの。

元は中央の文官で土地を持たない伯爵だったんだけど、お父様の妹、つまり叔母様が惚れ込んで、土地をやるからベリサリオに来いって引き抜いてきたらしい。

強いね、ベリサリオの女って。

あ、脅してはいないわよ。ちゃんと両思いよ。仲睦まじくやっているわよ。

私ね、叔母様に性格似てるねって言われるのよ。ははは。

前世では目立たないただのオタクだったのに、こんな明るい性格になったのは家系のせいだったんだね。

私の従兄にあたるハドリーお兄様は、とても優秀な人なんだけど文官タイプというか、他人にあまり興味がなくて、寮の生徒をまとめる気がなかったらしい。おかげでクリスお兄様は、最初の何年か生徒達に礼儀作法を教えるのにとても苦労をしたそうだ。

今、ハドリーお兄様は国外に留学中よ。ベリサリオの下で港町の運営をするのに必要な知識を学ぶんだと言っていたけど、自由気ままにしたいだけなんじゃないかな。

開園式は身分によって会場が違う。

学校なのに身分で待遇違うのかよと思われるかもしれないけど、高位貴族の間に挟まれた下位貴族とか気の毒でしょ。

それに多民族国家だから、同じ地方の結束が強いのよ。昔は、他所の高位貴族が自分のところの下位貴族に何かきついことを言ったってだけで、大問題に発展したことがあるんだって。特に中央は特権意識が強かったしね。

棲み分けって言えばいいのかな。家庭教師を何人もつけている生徒と、領地の仕事を手伝ってほとんど勉強出来ない生徒は、別のクラスにしないとね。高位貴族と下位貴族では必要なマナーも違うから、別の授業科目があったりもするのだ。

食事のあと、最初に寮を出る私達を見送るために生徒達が玄関ホールに集合した。

学園内といえども高位貴族はひとりで歩いちゃいけないらしい。特にご令嬢が護衛をつけずにうろうろしてはいけないんだそうだ。

だから側近や護衛は大変よ。

私達を送り届けてから自分達の開園式に参加して、終わったら私達を迎えに来る。そのために下位貴族達の開園式は、上位貴族の開園式よりあとから始まって、先に終わるの。

精霊獣並べておいたらいいじゃんね。よっぽど強いと思うし、生徒の負担も減ると思うのよ。

会場に入場するのは身分の低い寮からだから、ベリサリオは時間に余裕があって、玄関ホールでクリスお兄様がみんなに困ったことがあったらすぐに報告しなよーとかお話している間、私は隣でニコニコと微笑んでました。

こわくないよー。大丈夫だよー。突然殴ったりしないよー。

つかおまえら、昨日だって挨拶したのに、なんでそんな目を合わせないように、ちらちらとこっちを見るんだ。そんなに怖いか。

「ディアに見惚れる男が多くて不愉快だな」

見惚れる？　クリスお兄様、あれは見惚れているとは言いませんよ？

「見惚れるの半分、怖がっているの半分じゃないかな」

「アランお兄様、どういうことですか」

「綺麗すぎるとこわいんだって。兄上も時々不気味でしょ？」

「おい」

不気味ではないけど、確かにクリスお兄様が無表情で冷たい視線でいるとこわいかも。

そうか。私はクリスお兄様と似ていると言われるのだから、無表情は駄目なんだな。

確かに無表情で口元だけ笑顔は怖いかも。目は笑っていないっていうやつね。

でも楽しくもないのに笑顔でいるって難しいのよ。

「あと精霊達の威圧がひどい。他の子よりでかいし」

「威圧？」

「それはいいだろう。ディアに近寄る馬鹿な男がいたら、痛い目に合わせてやってくれ」

精霊達がクリスお兄様に答えるようにくるくる回り始めた。

「これに勝てる男じゃないと、ディアの彼氏にはなれないのか。……勝てたら人間じゃないね」

「勝つ必要ないですし！　なぜ戦わなきゃいけないんですか」

だいたいこんな団体を襲ってくるやつなんていないよ。

うちら兄妹にブリス伯爵の兄妹とエドキンズ伯爵の姉妹でしょ？　それにそれぞれの護衛や側近達がぐるりと取り囲むと、三十人くらいの団体よ。

毎年、秋から何回か子供達が集まって、団体時の精霊の動かし方も勉強するんだよ。

ベリサリオ軍でやっていることを護衛に応用して、メンバーの精霊の属性や数や強さで配置を変えたり、防御の仕方を変えたりするの。

この状況で私に近付こうとするやつがいたらびっくりよ。

寮の外はベリサリオより三度以上は確実に寒い。もう少ししたら転生して初めての雪が見られるかもしれない。

まわりに護衛の子達がいるからよく見えないけど、公園の端の方や各寮の入り口近くには生徒が固まっているようだ。

「じゃあ僕達はこっちだから」

高等教育課程に行くクリスお兄様とは途中でお別れだ。エルトンとミーアも高等教育課程に通うので、勉強する校舎が違う。

「イフリー、変な男がいたら燃やしちゃっていいからね」

「クリスお兄様、イフリーに変なことを吹き込まないでください」

「僕ももう一年、初等教育課程に行きたい」

「ほら、行くよ」

エルトンに腕を掴まれても、クリスお兄様は悲しそうな顔で何度もこちらを見ている。

アランお兄様はこういう残念さはないんだけど、さっきから私と手を繋いで離さない。子供の時と違って、こんなところで突然走り出したりはしないよ？

「僕達も行こう」

初等教育課程に行く高位貴族のメンバーは、公園の西出口に向かう。

校舎と聞いて前世に通っていた高校を思い描いていたけど、どちらかというと東京駅にもっと飾りをつけた感じの建物だった。

同じように左右に長くて、入り口が中央と左右の三カ所にある。左側が下位貴族用の教室や職員関係の部屋。右側が上位貴族の教室やサロン。中央にダンスホールや父兄が来た時の応接室がある。

ダンスホールだって。

ダンスの授業があるから必要なんだけどさ。学校にダンスホールがある違和感。

魔法練習場や剣や弓等の訓練施設。馬場もあるよ。

「ご苦労様、もうここでいいよ」

「ありがとうね。気を付けて戻ってね」

「ありがとうございます」

建物の前で下位貴族の子供達とはお別れだ。彼らはこのまま左側の玄関で待機になる。ちらっと見ると、あっちには生徒がたくさん待機していてわいわいと楽しそうだ。

「こっちだよ」

アランお兄様と私と、エルダとネリー。伯爵家以上の者達だけが中央玄関を入って階段を上る。

会場の前には、入場する順番を待っている公爵家の方々と、エルドレッド第二皇子とその側近が並んでいた。

「アランお兄様、私達最後みたいなんですけど」

「僕達が遅れたんじゃなくて、殿下が早く来たんだよ」

少し離れてパティと話しているみたいだから、気付かなかったことにしちゃ駄目かな。

パティが真剣な顔をしているところを見ると、あまり楽しい話じゃないみたいだし。

「ごきげんよう」

笑顔で私が声をかけると、その場にいた全員が胸に手を当てて挨拶してくれた。

パオロのところは子爵までしかいないからここにはいないし、パウエル公爵のところもお孫さんはまだ小さくて学園に通っていない。

「おはようございます。アラン様、ディアドラ様」

「やあ、ジョシュア。ひさしぶり。公爵は元気？」

「おかげさまで。中央に戻って忙しい方が元気でいられると言っていました」

「ごきげんよう、ジョシュア。精霊、だいぶ大きくなったのね」

「はい。そろそろ精霊獣になるでしょうか」

「きっと学園にいる間になりますわ」

代わりに寮長になっているジョシュアは伯爵家嫡男。自分が公爵家の代理で社交をしなくてはいけないと青くなっているからと、パウエル公爵に頼まれて顔合わせを済ませてあるのだ。ひとまず皇族と辺境御三家に顔つなぎしておけばよし、ということらしい。

「ひさしぶりだな。アラン。ディアドラ」

パティと話し込んでいたエルドレッド殿下が話しかけてきた。その背後で小さく手を振っているパティが可愛い。

「御無沙汰しています。エルドレッド殿下」

「敬語なんていらないぞ。兄上とは友人のように話しているのだろう」

あの騒動以来、殿下とは会っていなかったから四年ぶり？

さすが将軍の息子だけあってでかい。アランお兄様より背が高いとは。

真っ赤な髪を短く切って、制服の上着の前を開けて上着より幾分薄い紺色のシャツと、刺繍の入ったベストを見せている。

アランお兄様は今日もしっかりボタンを全部閉めてます。実は上着の中に武器でも持っているんじゃないでしょうかね。御令嬢達よりガッチガチに着込んでいる感じよ。

「近衛騎士団に配属になる前ですが、護衛ということで側近扱いになりましたので……」

「……そうらしいな」

アランお兄様が何か話しているけど、私はパティに手を振って応えるのに忙しい。明日はお友達全員で茶会をする予定なのだ。エルダも隣でニコニコと手を振って、ネリーにその手をおろされていた。エルダとネリーは同い年だから教室が同じなのよね。

「ディアドラ」

「はい、殿下。ご無沙汰しております。お元気そうでなによりですわ」

「……せっかくの機会だ。話がしたい。パティと一緒に招待しよう」

「あら、お手紙をいただいていましたかしら？　まだ整理がつかないので、今夜にでも確認させていただきますわ。お兄様と一緒に伺いますわね」

「俺はおまえをと」

「男の方のお誘いに、独身の娘にひとりで来いと？」

順番に侯爵家の人達が中に呼ばれて、扉の前に待機する生徒が少なくなっていく。

私は扇を開いて頭ひとつ以上高い殿下の顔を見上げた。

「ひとりではないだろう。パティも」

「私はベリサリオ辺境伯家の人間ではないのですよ。それでは誰も納得しません」

パティも私の味方をしてくれたけど、なんか深刻な表情なのよね。殿下も暗いし。

でも、横にアランお兄様がいるのに私だけ誘うって、喧嘩売ってるってわからないのかな。アランお兄様の目つきがこわいんですけど。

「殿下、いったいどういうお話なのか説明していただきたいですね」

「それは……いや……なんでもない」

殿下が引いた。あの俺様皇子が。

アランお兄様の威圧感半端なくて、みんな壁際まで逃げているけど。

殿下の側近まで逃げているけど。

「パティ、入場の順番みたいよ」

「あ、そ……そうね」

「アランお兄様、女の子達が怖がるような顔をしないでください。嫌われちゃいますよ」

「ああ、すまない」

「いえ、じゃあのちほど」

怖いというのはパティも否定しなかったな。

「次は僕達だから入り口前に行こう」

「はい」

がっちりとアランお兄様に腕を掴まれて入り口前に移動した。

私は何も悪くないと思うのよ。走ってもいないわよ。

「口説いてくる男より、政治的な話を持ってくる男の方がめんどくさいぞ」

「うーん。でもだいたいセットになってますよね」

「……何回までならぶん殴っても平気だと思う？」

「一回でも駄目です」

腕力で片をつけようとしないでほしいな。

普段はクリスお兄様が目立っているから、アランお兄様は普通に見えるのに、やっぱり過保護だ。

開園式の行われるホールは、簡単に言うとホテルのパーティー会場とか、結婚式場の披露宴会場を思い浮かべてもらって、それをもっと豪勢にしてもらった感じの部屋だった。

金かかってるわー。勉強するのにこの豪華さは必要ないわー。

天井三層分の吹き抜けもステンドグラスもいらんだろう。

第一なんで生徒が座る席が丸テーブルなのよ。ディナーショーでも始まるんかい。

テーブルの周りを執事服を着た人達が回って、紅茶とケーキスタンドを置いているんですけど？

あ、わかった。話が長いんだ。

思わずケーキに逃避しないといられないほど、眠くなるんだ。

「何人が挨拶するんですか？」

やめてよー。

うちと皇族のテーブルがお隣で、一番前のど真ん中の席だよ。

「学園長と生徒代表がひとりと、あとは簡単な注意とか？」

「それだけ？　それでケーキ？」

「ディア。教師達より生徒の方が身分が高いし、僕達かなりのお金を学園に払っているんだよ」

えー、御機嫌取り？　確か教師って、それなりに名誉職だよね。

「それにこれからクラス分けして簡単なテストがあるだろう？　一年は特に学園内の案内もあるから、昼ごはん食べる時間なくなるからね」

「ケーキよりサンドイッチか肉ください」

「肉……」

因みに、サンドイッチは出してくれたので、しっかりいただきました。

ばくばく食べている御令嬢は、私とエセルぐらいでした。

学園案内

アランお兄様とはここからは別行動。

保護者と離れて同じ年の子供だけが集合すると、学園生活が始まったって感じがする。

骨の髄まで身分制度が染み込んでいる子供達は、私やパティより前には並ばない。教師との間にかなり距離を空けて待っている。

まだ十歳だっていうのに、学園にはいる前にそこはきっちりと教え込まれているんだな。

私達のクラスは、私とパティとカーラの三人以外は全部伯爵家の子供達しかいないから、みんなの遠慮というか、気遣いがすごいのよ。

大丈夫だよ。自分で言うのもなんだけど、みんなでわいわいやるのが好きな気さくな子だよ。

一年生が全員注目する中、あいている先頭のスペースに並ばなくてはいけないのはかなり居心地が悪くて、前世の癖でついお辞儀をして、どもどもって歩いて行きたくなるような子だよ。

パティとカーラが一緒だからそんなことしないけどね。

私達三人の後ろには、デリルとヘンリーが並んだ。伯爵家同士の力関係があるのか、性格の違いか、勇気の問題かは私にはわからない。

ヘンリーはエセルの弟だから、彼女のうちに行った時に何度か会っているんで、割と私達の傍に来やすかったのかもしれない。

デリルとは翡翠の住居にコルケット辺境伯達と一緒に行った以来だから四年ぶり？

コルケット辺境伯の親戚だから力のある伯爵家なのかな？

ほわほわの茶色の髪の毛も優しい感じの顔つきも、あまり変わっていない。精霊が全属性揃ったみたいだけど、精霊獣になっているのは三属性だけみたいだ。

しかしヘンリーはでかいな。熊のようにでかい海の男のマイラー伯爵の息子だから当たり前か。でも強面だけどイケメンではある。隣のデリルと同い年には見えないよ。

私達の担任になるのは、ナルセル・ムーレインという三十半ばくらいの伯爵だった。丸眼鏡をしていて、好き勝手な方向に伸びた銀色っぽい金髪をうざそうにかきあげる癖がある。ちょっと猫背。いるいるこういう教師。

そして髪の色でわかるように母親がベリサリオ出身だってさ。

学園側の意図を感じないでもないけど、偶然でしょう。

だって私、先生に協力的な生徒だと思うし、今日の試験結果次第だけど、ほとんどの授業免除になると思うもん。

私に精霊や魔法の授業するのって、先生にとって罰ゲームみたいだよね。気の毒だよ。

生徒が全員並んだところで、私達のクラスから順番に学園内案内ツアーに向かった。

日本人って瞳が黒いから、明るいところに強くて暗いところはよく見えないじゃない。西洋人はその逆で、明るいところは眩しくてサングラスが必要で、暗いところに強い。だから日本はめっちゃ明るい照明で部屋全体を照らして、ヨーロッパに行くと間接照明で部屋を演出する。

帝国の人達の瞳の色は西洋風なので、学校も間接照明で薄暗い。

……出そうじゃない？　建物も歴史ありそうだし。

照明は足元を照らす物だと思っていたし、確かに階段ではちゃんと照らしてくれている。でも廊下でさえ、天井を照らした反射でぼんやりと周囲を明るくする照明か、壁に取り付けられたランタン風の照明だけしかないのよ。魔道具なんだからさ、ランタン型にする意味がないでしょ。

壁は腰高まで黒くて、そこから上はプルシャンブルー。

今は窓からはいる日差しのおかげで実にいい雰囲気になってはいるけど、私の知っている学び舎とは違う。

「ここって出たりはしないの？」

「やめて」

「噂はあるわよ」

「やめてー」

カーラは意外と平気。パティはこわがりか。

私の場合は、幽霊と遭遇したら精霊獣が突撃しそうで、幽霊よりそっちがこわい。

教室も全体的に無駄な照明がいっさいなく、曇りや雨の日はいやーな感じになりそうだと思いながら、校舎の裏側に当たる出口からいったん外に出て、魔法訓練場や戦闘訓練場にも行った。

いやー、広くて立派だわ。これなら精霊獣ものびのび出来るね。室内だけど。

ひと月も経つと雪が降るから、外では無理なのよ。そのまま二か月ちょっと、この辺は雪に覆われてしまうの。

でも今はまだ、寒いけど天気は良くて、周囲の森からは小鳥のさえずりが聞こえて、木漏れ日が輝いている。

精霊がいなかったことがあるなんて思えないほど、学園の森は魔力が満ちて、生命力に溢れていた。中央の子達は暖かい季節に、精霊と触れ合う目的の合宿でもしたらいいんじゃないかな。子供がたくさん森にいると琥珀も精霊達も嬉しいみたいだし、精霊をゲット出来る機会も増える。

「ベリサリオ嬢」

魔法訓練場でムーレイン先生に突然名を呼ばれた。

「ディアドラでいいですよ」

「ではディアドラ嬢。見ての通り室内なんで、精霊獣を大型化する時は気を付けてくれ」

「気を付ける？」

「学園を壊さないようにな」

え？　私、どんな奴だと思われているの？

「もちろん暴れさせたりはしませんわ」

「いや、そんなことは私も思ってはいないが、そんなに強い精霊を見たことがないのでな。精霊獣を顕現させた場合、大丈夫なのか？」

「小型化しておけば問題ありませんわ。うちは屋敷内でもよく遊ばせていますわよ」

「そ、そうか」

ちょっと、私の変な噂が流れているんじゃないでしょうね。お兄様達の精霊獣を見ているでしょう？　私だけとんでもなくでか……いか、リヴァは。

あれ？　もしかしてベリサリオの常識は帝国の常識じゃなかったりするのかな。

「……ディアドラ様」

「はい？」

話しかけられたので振り返ったら、眉を顰めて暗い顔をしたデリルが立っていた。

「空間魔法を覚えたって本当ですか？」

「はい」

「そう……なんですか」

こんなに暗い子だったっけ？

さっきから一度も目を合わせないし、今なんて俯いてしまっている。

「僕もすぐに全属性精霊獣にして空間魔法を覚えますから！」

顔をあげたと思ったら、突然の決意表明をして背中を向けて離れていった。

なんだ、あれは。

「ラーナー伯爵家って魔力に優れた家系で、彼も微妙な立場みたいよ」

そっとパティが教えてくれたけど、彼の立場と私の空間魔法になんの関係があるんだろう。

「男の子としては気になるんじゃないかしら」

「性別は関係ないでしょう」

そう言ったら、カーラとパティにいつもの残念そうな顔をされた。

「……わかってないわね。イレーネに聞いてみたら？　デリル様と同じコルケット辺境伯家の寮にいるから、何か聞いているかもしれないわ」

パティに言われたけど、他所様の家庭の問題にまで興味はないなあ。そうでなくても、どうも怖がられていそうな雰囲気だし、しなくちゃいけないことがたくさんあるしな。

そういえば、カーラは少し元気がないみたい。

私とパティが話をしていると、たまに相槌をうったり話に加わるだけ。体調悪いのかな。

結構時間をかけて学園内を回り、ようやく教室に案内されて、休憩時間を挟んで試験が開始された。

他の学年は、もう試験も終わって解散になっているらしい。私はサンドイッチを隙を見てモグモグしていたから大丈夫さ。小学生の問題だし、家庭教師がついて一回勉強しているから問題はなかった。一部、ちょっと難しい問題が混じっていたのは、どのあたりまで勉強しているか確認のためかな。

ようやく解放されても、高位貴族の令嬢はすぐに教室を出てはいけない。護衛と側近が迎えに来るのを待つんだって。

めんどくせー－－－－－!!　って言いたいけど、そういう一連の流れには護衛の負担を減らしたり、この令嬢は隙がないよって周囲に印象付けるためには必要なんだってさ。

「お迎えに来ました」

今日のお迎えの当番はシェリルとハリーだ。

彼らも十歳だから今はおままごとみたいだけど、今のこのやり取りが成人して社交界に出る頃に役に立つわけだ。

「ありがとう。ふたりとも試験はどうだった？」

「……ま、まあまあ」

「けっこう頑張れました！」

この年齢だと、女の子の方がしっかりしているよね。

それでもハリーは周囲に視線を向けて、ちゃんと警護してくれている。四歳の誕生日に護衛になりたいってアピールしてきてから、もう六年。側近の子も護衛の子も、私の中では親戚の子のような感じだ。

パティやカーラのお迎えも来たので一緒に教室を出て、注目を浴びながら階段を降り、一階の出入り口前のホールに出たら、そこに大勢の生徒達が集まっていた。

通行の邪魔になる場所に誰もいないのはさすがだけど、いろんな学年の生徒が集まっているみたいだ。

「ディアドラ様」

声をかけて来たのはアランお兄様の側近のバルトだ。待たないで帰ってねとアランお兄様には言っておいたから、代わりに側近を寄越したのかな？

「私はここで」

パティとカーラもお迎えの生徒が待っているので、ここから別行動だ。

「また明日」

「お茶会楽しみですわ」

いいね、また明日って挨拶。学校帰りの挨拶はこれだよね。

前世の記憶が懐かしく思い出されて、しかもそれは、アラサーにとっても懐かしい記憶だったから二重に切ないわ。

「上の学年は、もうとっくに解散になっていたんじゃないの？」

通行の邪魔にならないようにバルトの近くに歩み寄ると、さーーっと周囲から知らない子達が離れて空間が出来た。でも、声をかけられたり目があったりするのを待っているのか、話の内容を聞きたいのか、人間ふたり分くらいのスペースを空けてこちらを注目している。なんだこれ。

「ディアドラ様に御紹介したい者がおりまして、お待ちしておりました。彼らは私の同級生です。紹介させていただいてよろしいでしょうか」

むむ？　誰だろう。

バルトの紹介ってことは、アランお兄様も承知しているのよね。

「かまいませんわ」

私が頷くと、緊張した面持ちで並んでいるふたりの生徒をバルトが招き寄せた。

「私はルトヘル・スコットです。父は子爵です。こちらの彼は、クラーク・シアラー。父は男爵です。あの、私達の父はランプリング公爵領でお役目をいただいておりまして」

「まあ、パオロの？　では、ランプリング公爵家の寮にいらっしゃるの？」

「はい！」

失敗は許されないという感じの悲壮な顔つきだったのが、私が笑顔で返事をした途端、ほっと肩の力が抜けて、彼らの顔つきが明るくなった。

「それで、出来ればご挨拶させていただきたくてバルトに無理を言ってしまいました。改めて正式にご挨拶と、それに、その……」

頑張れ。もうちょっとだ。

「ぜひ一度、我が寮にもお招きしたく思います。招待状をお送りしますので予定があいましたらおいでくださいませ？」

なぜに最後が疑問形なんだ。

「わざわざここで待っていてくださったの？　随分お待ちになったでしょう？　パオロにはとてもよくしていただいているの。ランプリング公爵家には今は学園に通う年齢の方がいませんものね。もし困ったことがおありでしたら、いつでも相談してくださいね」

できるだけ優しい笑顔と声で、しらじらしくも胸の前で手を合わせてみたりしながら答えた。いつもは大人相手で、負けないように扇とかの小道具も駆使して話していたから、子供相手だとどう接したらいいかわからなくて難しい。

「ではまた改めて」

「お茶会の時にはフェアリー商会の新作のスイーツをお持ちしますわね」

スイーツと聞いて目を輝かせている男の子達に背を向けて歩き出したら、バルト以外にもうひとり知った顔が増えていた。さりげなく護衛を待機させておくのはやめていただけませんかね、アランお兄様。

「さすがね。もう対応してきたのね」

「昨晩のうちに、公爵家から執事が派遣されたようです」

「これで周囲にいた子に、ランプリング公爵家と私が親しくしているとわかったわよね」

「ディアドラ様個人がですか？」

「それはそうですわ。たかだか末っ子の令嬢に、辺境伯家の交友関係にまで口を出す権限はありませんもの。あくまでミーアは私の側近で、エドキンズ伯爵令嬢ですのよ」

「ソウデスネ」

棒読みで言うな。

「なに？」

「あそこで待っている間、いろんなやつに声をかけられたり噂話を聞いていたんです」

なるほど。待っている間に情報収集か。

さすがアランお兄様の側近、そういうところは抜かりないな。

「下位貴族は特に、今回初めてディアドラ様の姿を見た者が多くて、こんなに可愛らしい方なのかと驚いている生徒が多かったです」

六歳になってからは何度も皇宮にも顔を出しているし、お茶会だって招待したりされたりしているけど、子供の行動範囲なんて狭いから、会ったことのない子はそりゃいくらでもいるわ。

特に私は、仲のいい八人グループがあって、同年代で押さえておかなくてはいけない交友関係は、そこで済んでしまうから、他に交友関係を広げてなかったからね。

でも仲がいいお友達同士でも、なんでも話せるわけじゃない。私達は貴族の令嬢で、その肩には自分の家に連なる大勢の貴族や使用人、領地の人々の未来への責任が重く伸し掛かっている。

必要とあれば、この友情を使わなくてはいけない時もあるだろうし、離れていかなくてはいけないこともあるだろう。本人達が望んでいなくても、親や嫡男の意向の方が重要視されるのが貴族だ。

翌日、学園生活が始まって初めての茶会で私は、もうすでにみんなが貴族同士のしがらみの中で面倒な立場に置かれ始めていることを知った。

親しき仲にも

翌日、試験結果をもとにクラス分けが行われたが、私はAクラスのままだったので問題なし。何人かBに落ちたりあがったりしているようだけど、まだ顔と名前を覚えていないのでよくわからなかった。

試験結果は公表はされず、本人には授業ごとに絶対に受けろ、出来れば受けて、受けなくても問題なしという三段階の指示と、全体の点数と順位が教えられた。

初等教育課程では、学園期間開始時の試験で何人か満点の生徒がいるのは、各学年毎年のことらしい。家庭教師をつけていれば、あの問題はわかるだろう。

魔法や戦闘などの必須科目ではない授業は、最初の授業で軽い試験をするらしい。私はどちらも受けないし、精霊の授業は全属性精霊を持っている者は免除だから、けっこう自由時間が取れそうだ。

寮で私が開催する最初のお茶会は、仲のいいお友達を七人も招いたお茶会だ。

今回使用するのは寮の一階の一番奥の角《かど》部屋で、大きな窓に囲まれた中央に噴水がある六角形の部屋だ。外は雪景色になっても、暖かい室内で噴水の水音を聞きながら茶会が出来る素敵な部屋よ。

「みんな集まるのはひさしぶりね」

「ようやく学園で会えるようになったわね」

今年でやっと仲良し八人全員が学園に通う年齢になったのよね。

紺色のドレスもとても似合う綺麗な御令嬢ばかりのこのメンバー、家柄的にも大物揃いなので、もうこれだけで他のお茶会を開かなくても問題ないくらいよ。

「みんなの意見を聞きたいと思って、新しい飲み物を持ってきたの」

てっきりジェマが用意をしてくれるのかと思ったのに、みんなが席につくのに合わせて、なぜかレックスがネリーと一緒に銀色のワゴンを押してきて、アイリスとシェリルが飲み物をみんなに配り始めた。

「ジェマはミーアとランプリング公爵家の寮に行っています」

私が不思議な顔をしているのに気付いたんだろう。斜め後ろに立って身を屈め、レックスが耳元で小声で教えてくれた。

「すっかり仲良くやっているみたいですよ」

「それならよかったわ」

って、なんでエルダまでネリーと一緒に働いているのよ。

「あなたは今日は茶会の参加者でしょ」

「でもネリーが働いているから落ち着かなくて」

「私はディア様の側近ですから。エルダ様はフェアリー商会のお仕事を手伝ってはいますけど、側近ではないですよね」

ネリー的にはそこは譲れないらしい。さすが姉のミーアに側近の仕事を教わっているだけはある。

「え？　エルダってフェアリー商会のお仕事をしているの？」

反応したのはエセルだ。この元気少女は、美味しいスイーツが食べられるフェアリー商会の店が大好きで、そのために皇都に転送陣で出かけることがあるらしい。

「そうよ。だからほら、飲んでみて。きっと気に入ると思うわ」

みんなに配ったのは、どうにか学園の時期に間に合ったココアだ。さすがにチョコまでは出来なかった。

イレーネの兄貴自慢の牛乳を使って淹れたココアは、濃厚でこくがあって、でも甘さは控えめ。

一緒に出すスイーツの甘さと合わせてあるのよ。

「おいしい」

「本当、初めて飲む味だわ」

「これは商会の店でも出すの？」

「春の新作になるわ」

どうやらココアの評判は上々のようだ。

カミルが当初持ってきたチョコは、自由に帝国で売っていいという話になったんだけど、カカオを大量に欲しがる私のせいで、ひとまずルフタネン内で消費する分しか確保出来ないと言われてしまった。

もっと大量にカカオを作ってねー、買い取るよーと言ったら、マジかよって顔をされたわ。

「カーラ、何かあった？　昨日から元気がないみたいだけど」

パティもカーラの元気のなさは気付いていたみたい。　鉄色の髪が日差しを反射した部分だけ緑色に見えて、紺色の制服にとても映えている。　真面目で優しい彼女が、私にパティやモニカとお友達になるきっかけをくれたの。だから悩みごとなら相談に乗るよ？

「あの……ディアに相談とお詫びをしなくちゃいけなくて」

「ん？　何？」

「皇太子様とのお茶会を中止することは出来ないかしら」

え？　皇太子妃候補と順番にお茶会で話をするってやつ？

「どうして中止？」

「……今の中央の状況で皇太子妃になったら苦労するからって……父が断るようにと」

「侯爵家が皇族の申し出を断るというの？」

他の友達はみんな驚いた顔をしている。イレーネも顔色が悪いようだけど、ちょっと待って。ひとつずつ片付けさせて。

「いずれは皇帝の妃になるのだから、苦労するのは当然ですわ。皇太子殿下がどれだけひとりで頑張っていらっしゃると思っているの？」

言葉はきつく感じるけど、スザンナは戸惑った顔をしている。彼女も皇太子妃候補であり、バントック派事件の現場に居合わせたひとりでもある。その後の中央の混乱も、皇族の中で皇太子だけが事件の対処や、公務に追われているのも知っているので、まさかヨハネス侯爵がそんなことを言い出すとは思わなかったんだろう。

「今の段階で茶会中止ってありえるの？」

「ありえないわ。なんでディアが話を持ってきた時に断らなかったの？」

モニカも気持ちはスザンナと同じだ。ノーランド辺境伯は皇太子の手伝いのためずっと皇宮に詰めているから、中央の混乱は他人事じゃないだろう。

「あの時はお母様と素敵なお話だと思って。今更ごめんなさい」

「あのね、学園での茶会は半ば公式なのよ？　茶会の内容は友達同士でおしゃべりするだけでも、ちゃんと招待状をやり取りする家と家のお付き合いなの。それに今回は私個人じゃなくてベリサリオ家として招待しているの。お兄様達も参加するのよ」

「……はい」

「ベリサリオとヨハネス侯爵家の仲に溝が出来る危険があるのはわかっていて？」

「それは……困ります。どうすればいいのかしら」

いや、私に聞くなよ。

もしかして侯爵が決めちゃって、カーラは何も言えなくなっちゃっているの？

たしかヨハネス侯爵は、あの日カーラをエルドレッド殿下の誕生日会に出すのも断っていたよね。カーラをすっごい大事にしているなとは、遊びに行った時の様子を見て思ってはいたよ。でもさ、侯爵家が皇太子の申し出を断っていいのかな。

妃なんてヤダよって私も断った前科があるからね、断るのに文句を言う気はないんだ。ただ断るなら不敬罪にされないくらい立場を強くして、周囲に文句を言われないくらい理由もちゃんと作っておかないと駄目よ。

特に今は、中央が混乱して皇族の権威が弱まっているんだから、侯爵家が皇族との茶会をドタキャンして妃になるのは嫌だと言っているなんて噂が広まったら、放置するわけにはいかなくなるよ。

たぶんヨハネス侯爵は、私にフォローさせようとしているんだろうけど。

「皇太子と妖精姫の茶会を、こんなぎりぎりで断るなんて不敬だわ」

パティの言葉にその場がしんとなった。

「殿下がどれほど苦労しておられるか。公爵家や辺境伯家がどれほどがんばっていらっしゃるのか知らないヨハネス侯爵様ではないでしょう？　それなのにカーラからこんなことをディアに言わせるなんて、ひどいわ」

「パティ」

「ご、ごめんなさい。私、婚約とかよくわからなくて。殿下とお茶会だってそれだけで嬉しくて返事をしてしまったの」

いやいや、カーラはまだ十歳なんだから当たり前だって。

皇太子と茶会なんて、子供が嬉しいって単純に思うのは当たり前のことなのよ。だから親がもっと早く行動してくれないと。

「カーラ、今回はただの顔合わせなのよ。他にも候補は何人もいるし私も同席するから、その場で婚約が内定するわけじゃないの。ただうちのお兄様達と皇太子殿下とお話するだけ。エルダやミーアに同席してもらうのもいいかもしれないわね。それでもだめかしら」

「そ、そうよね。お父様にお願いしてみます」

「もしなんなら、私からお話しましょうか？」

「いいえ、大丈夫ですわ」

皇太子と幼馴染のパティにとってはむかっとくる話だろう。

モニカとカーラは、同じ妃候補であり従妹でもあるのだから、もっと早くに相談すればよかったのに。

「乗り気じゃない家があるなんて驚きだわ。うちはノーランド周辺の貴族達も盛り上がってしまっているのに」

あ、ライバル関係でもあるのか。相談は出来ないか。

高位貴族の御令嬢ばかり集まっている弊害が、こんな形で出て来るとは。

「うちもよ。翡翠様の担当地域から妃を出したいって、頑張って口説いて来いって言われてしまったわ」

スザンナは年齢の割に大人びて艶っぽいから、男の人達は勝手に積極的な子だと決めつける。本当は彼女だって、他の女の子と変わらない照れ屋で純粋な子だ。気は強いけどね。怒らせると迫力あるけど。

「私は関係なくてよかった。赤毛は選ばれないんでしょう?」

エセルはココアのおかわりをもらっている。気に入ったみたいだ。

「最近、地方は調子に乗っているやつがいるから、弱くなった中央より俺達が上だなんて言い出すやつもいるみたいでね、私が妃候補に選ばれたらまずいのよ」

「うーん。でも地方からひとり、候補は欲しいのよね。バランス的に」

「バランスねえ。じゃあ南?」

「そうね、ノーランドもコルケットも北方だし、東か南がいいかな」

「お父様に相談してみるわ」

「内密にお願い」

「まかせて」

楽しく近況を報告し合うつもりだったのに。

こんな会話、十歳から十三歳の子供がする話じゃないよね。

それにまだ、どうやら深刻な話は続くようだ。

「イレーネ、あなたはどうしたの？」

声をかけると、はっと顔をあげたイレーネの瞳は、今にも涙がこぼれそうなほど潤んでいた。

「昨日から気になっていたのよ。コルケットの寮で何かあったの？」

スザンナが心配そうに横から腕に手を添える。

イレーネは何度も首を横に振った。

「お父様とお兄様が、縁談を決めてきてしまったの」

ぶほっと飲みかけていたココアを吐き出しそうになった。

「ディア、大丈夫?!」

「へ……ぐは……ゲホ……」

「お嬢、咳ももう少し御令嬢っぽく」

みんなが慌ててくれている中で、執事のレックスが平然としているってどうなの？

うっさい。苦しいんだからほっとけ。

「相手は誰なの？」

「モールディング侯爵家の嫡男のバーニー様」

「あのいやなナルシスト?!」

「ああ……」

みんなの反応からして、喜ばしい相手ではないらしい。

しかし侯爵家嫡男か。素晴らしくいい話よね。

エルトンは伯爵家の次男だもんな。男爵になれそうだけど侯爵とは差がありすぎる。さっきのカーラの話を聞くと、皇太子側近というのもプラスになるとも限らなそう。

「モールディング侯爵家って初めて聞くかもしれない」

「パウエル公爵派だから地方に飛ばされていたのよ」

中央に詳しいパティが言うには、モールディング侯爵家はパウエル派でも中心的な家で、パウエル家との付き合いも長いそうだ。

パウエル公爵派と言えば！　忘れてないわよ。姉の招待状を勝手に拝借して、私に話しかけてきた子！

パウエル公爵は素敵な人なのに！　人材不足なの？　問題児集めちゃったの？

あー、いい人材揃ってたら地方に追いやられるわけがねえええ。

「イレーネ、これは大事な質問よ」

「はい？」

「あなたの気持ちはどうなの？　どうしたいの？」

「私は……」

え？　ここで迷うの？

「イレーネ、お兄様はあなたに惚れてるからね！」

エルダが駆け寄ってイレーネの手を握り締めた。

「イレーネを口説くために、会う機会を作ってくれってディアにたのんでいたのよ」

「そうなの?!」

おい、まだエルトンの気持ちはイレーネに伝わってなかったぞ。あいつなにやってんねん。こういう時こそ妹エルダを使って連絡取りなさいよ。

この世界に電話なんてないんだから。お手紙のやり取りしか連絡方法はないのよ。

転送陣ですぐに届けられるけど、男からの手紙は下手したら誰かが検閲かけるかもしれないでしょ。妹便が確実よ。

「おし、もう一度聞くわ。あなたの気持ちは？」

「エルトン様が……その……いいです」

「よっしゃ」

両思いなら、上手くいってほしいじゃない。

悪い縁談じゃないんだから。

「エルダ、エルトン様は今いるの？　少しでいいからイレーネとお話出来ない？」

スザンナの提案に、さらにイレーネが赤くなっている気がするんだけど大丈夫？

血管切れてない？

「だって、早く何が起こっているか知らせた方がいいわよ。エルトン様とバーニー様は学年が同じだもの」

そっか。そのバーニーってのが余計なことをしたらまずいわ。

「レックス」

「かしこまりました」

エルトンを呼びに行くのはレックスに任せて、私は事情を出来るだけ聞いておかないと。

「エルトンとベリサリオの関係は、リーガン伯爵もバートも知っているわよね」

「もちろんよ」

「エルトンとの縁組をベリサリオがお勧めしていることは？」

「お母様が話してくださっているはずよ」

「夫人はむしろ積極的なのよね？」

「お母様が旅行に行っている間に話が進んでしまったの」

それは、あとで血を見るんじゃないか？

「ということは、リーガン伯爵は皇太子の側近という立場は重く見ていないってことね？」

「……おそらく」

私が思っていたよりもずっと、中央の混乱はひどいことになっていたんだ。そして皇族の権威も弱まっている。

でもそれはしょうがない。皇太子も覚悟の上だったはずだ。

ただ、貴族達はもっと国のために動くだろうと思っていた。

自分の領地が栄えても、国が潰れたら終わりだよ？　それとも独立してやっていく自信でもあるの？

「ベリサリオとの関係も重く見ていないってことね」

「それは……交易があるから大丈夫だと思っているのかも。兄の牛乳は最近、需要が伸びて、金銭的に余裕が出来て」

「調子に乗っているのね」

スザンナの突っ込みが素敵。

「そうなの。だからディアは縁談が駄目になっても、しょうがないと思うだろうって。それに私と友達だから、許してくれるだろうって言ってたわ」

「友達だからって、本人じゃなくて親や兄弟が甘えるのはどうなの？」

「ここはガツンと言った方がいいわよ」

モニカもパティも真剣な顔で私のために怒ってくれている。

友人はありがたい。心強い。

だから友人には幸せになってもらいたいけど、でも、親しき仲にも礼儀ありよね。

「イレーネ、バートに伝言をお願いできる？」

「はい」

「契約は今季限りにさせていただくわ」

ましてそれを家族が利用しようなんて、舐めてくれたものだわ。

大ごとにしないほうが難しい

レックスに迎えに行かせたらすぐに、事情を聞いたエルトンが血相を変えて部屋に駆け込んできた。なぜかお兄様達も一緒だ。

お友達の女の子だけだったら、お客様についてきた側近や付き人、侍女達は、別のテーブルでまったりお茶を飲んでいても問題ない。私達は話を聞かれないように精霊に結界をお願いして話していたしね。

彼女達は彼女達で顔見知りなので、どこの新しい紅茶がおいしいとか、お嬢様に似合いそうなドレスを新人デザイナーが作っていたとか、熱心に情報交換しているの。

でも、ひとりでも男性が交じったら、事情はガラッと変わる。

お友達みんなのすぐ背後に、それぞれが連れて来た女性陣がささっと待機した。

男の子だと、当然だけどこういう必要はいっさいないのよ。

女の子は立場が弱いから、変な噂がたったら、それは嘘だとはっきりと表現してくれる人がいないと、嫁ぎ先がなくなっちゃうんだって。

だから、たとえうちのお兄様達が相手でも、ちゃんと傍で見ている人がいましたよって形式だけは取らないといけない。そのために彼女達はここに来ているから。

でもこの辺さえ形式にのっとっていれば、あとは割と自由なのよ。

「やあ、ひさしぶりだね。あ、それ美味しそうだ」

お友達はみんな、何回もうちの城に遊びに来ているから、お兄様達もすっかり慣れていて、アランお兄様なんて平気で女の子のいるテーブルに交じっている。

他の女の子にはこんなことはしないよ?

この七人は、アランお兄様をかっこいいとは思っていても、きゃあきゃあ言ったり気を引こうとはしないでしょ。お友達のお兄様、あるいは男性のお友達として普通に接してくれるから話しやすいんですって。

でもそれだけじゃないでしょ。

我が国最高峰のお嬢様達ですわよ。可愛い子達ばかりなんだから、アランお兄様だって一緒にいるの楽しいでしょ。

もしかしたらこの中の子と恋に落ちちゃったりして。

そしたら私、応援するんで、仲睦まじい様子を近くで眺めさせてください!

ええ、私、美青年同士だけじゃなく、美男美女のカップル物大好きですわ。腐ってませんから。

うちの両親なんて、最高ですわよ。ふたりでソファーに座って話している様子を見ているだけでにまにましてしまって、アランお兄様にその顔は不審者っぽいからやめろと言われるんですから。

美少女を捕まえて失礼だわ。

目の保養、癒し、大切ですわよ。

は、いかん。今はそんな場合ではなかった。

アランお兄様がお友達と世間話を始めた頃、さっきまで側近達が使っていたテーブルに、イレーネとスザンナと、エルトンとクリスお兄様が移動した。もちろん私もそちらについて行く。

イレーネの背後にいる侍女の子は、彼女の気持ちを知っているからはらはらしているみたい。

「縁談が決まったというのは本当なのかい？」

「……はい」

「僕達の話は、きみの両親も乗り気なのかと思っていたのに」

エルトンはテーブルに肘をついて額を押さえている。いつも冷静な彼も、さすがに落ち着いてはいられないみたいだ。

「お兄様が、婚約した暁には事業に出資してくれるという、モールディング侯爵の提案を受けてしまったんです」

「つまりあの馬鹿は、事業のためにあなたを差し出したってことよね」

「兄は牛にしか興味がないし、娘は家のために嫁ぐのが当たり前だと思っているみたい」

「ちょっと絞めて来るわ」

「スザンナ、落ち着いて。あなた皇太子妃候補」

「そ、そうでしたわ」

思わず腰を浮かせたスザンナの肩を押さえて座らせる。彼女は、日本でいうなら京都弁が似合いそうなおっとりとした雰囲気で、でも体つきはセクシーで、実は気が強いさばけた性格で照れ屋。

ギャップ萌えを盛りすぎよ。

「モールディング侯爵家はパウエル公爵派だよね。エルトンは公爵に何も聞いていないのか？」

「いや、むしろ僕とイレーネのことを応援してくれている雰囲気だったんだが」

「あー」

「公爵は知らないのか」

「あら、それは素敵」

「あなた達、悪い顔になっているよ」

私とクリスお兄様とスザンナの顔を見て、エルトンは笑いそうになっている。

「それに気をつけないと、リーガン伯爵家にあまり影響があるとイレーネが気の毒だ」

「余裕だな、エルトン。相手は侯爵家嫡男だぞ」

「余裕じゃなくて、彼女の家の方が、立場が弱いから心配なんだよ」

「エルトン様、ありがとうございます」

イレーネはさっきから何度も涙ぐんでしまっている。

感受性豊かなイレーネだけど、泣いているのなんてあの毒殺事件以来、見たことなかったのに。

バート、許さん。ぶっ飛ばす！

「でも私、本当に、バーニー様は……無理」

「え？」

「ああ……あの男はね」

「そうか。バーニーか」

クリスお兄様もエルトンまで、視線が遠くの方に行ってしまっている。

そんなに、そのバーニーってやつはひどいのかな。

「イレーネはエルトン様が、じゃあ他の子でいいやって離れてしまうと思っていたのよね」

「スザンナ！」

「まさか。四年前からずっと、きみがいいって言っていた……いたっ！」

エルトンがイレーネに伸ばそうとした手を、クリスお兄様がばしばしと容赦なく叩いた。

「さわろうとするな。彼女は今はバーニーの婚約者だ。変な噂がたつのはまずい」

イレーネの侍女がクリスお兄様に感謝の眼差しを向ける。愛し合っている者同士でも駄目なのよね。

「くっそ。すぐに殿下に会って、書類を差し戻してもらう」

「いや、そこはパウエル公爵だろう。すぐに連絡を取れ。俺とディアが絡んでいると話せよ」

「あら、そんなてぬるい。公爵の派閥の方ってどうなっているのかしらって、私が不思議がっているると伝えてくださいな」

「もうそこまでやるのか」

「まだ乗り込むとはいってないじゃないですか」

「いや、僕の方でやるよ。きみ達が動くとあらゆる方面のダメージが大きいから」

イレーネが妙な男と婚約してしまうかもしれないのに、余裕だな、エルトン。

「殿下のサインがないと婚約は認められないんだ。騒ぎにすると根も葉もない噂がたつかもしれない」

「そうか。バートはどうでもいいけど、イレーネは守りたいわ」

「でも、殿下の側近の想い人を、自分の家の嫁にって度胸あるわね。サインをもらえると思っているのかしら」

「急に権力を持つと、勘違いするやつが出るんだよ」

スザンナの指摘にエルトンが答えた。

「自分達の意向は無視出来ないから許されるだろうって勘違いする。モールディング侯爵はようやく中央に戻って来られて、パウエル公爵派の侯爵家ということで、だいぶ持ち上げられているみたいだ。バートはベリサリオとの取り引きで注目されて、事業を拡大中だろう？」

「きっと兄は、うちの牛乳が必要だし、私とディアは友達だし、悪いようにはしないだろうと思っているんです」

「馬鹿なのね」

今日のスザンナ様はいつも以上にきついよ。だいぶ怒っているよ。

「バートは牛のこと以外にも気を配るべきよ。それか牛以外のことには一切口を挟まないべきよ」

「エルトン、この際正式に、うちの父上を後ろ盾にしたらどうだ？　ギルはパウエル公爵が後ろ盾だし、デリックは公爵家の三男だからな」

は？　デリック？

「ええ?!　デリックが殿下の側近になったの?!」

驚いた顔でパティを振り返ったら、他の子達も驚いた顔でパティに注目した。

「私もびっくりしましたの。側近になったら女性にモテるようになったって大喜びで、ギル様に頭をはたかれていましたわ」

あの男も、本当にぶれないいな。

しかし優秀だとは聞いていたけれど、あいつを側近とは皇太子も思い切ったわね。

「うっそ」

「いいの？　あれが殿下の側近で」

「絶対に皇宮で問題を起こすわよ」

公爵家の年上の男性相手なのに、みんな呼び捨てだし、あれ呼ばわり。

パティに招待されてグッドフォロー公爵家でお泊まり会をした時、可愛い女の子がいっぱいいるから仲間に入りたかったんだね。酔ってもいたんだ。

それでやつはナイトキャップつけて、母親のガウンを羽織って、私達のいる部屋に忍び込もうとしやがった。

痴漢よ。変質者よ。精霊獣が黙っているわけないじゃない。警護だっているのよ。

それで廊下を忍び足で歩いている段階で、存在が怪しすぎてバレて大騒ぎよ。

勘当すると公爵に叱られ、ふたりの兄から罵られ、私達から気持ち悪い物でも見るかのような視線で見られ、土下座していたわ。

でも、頭は切れるらしいのよ。クリスお兄様が認めるほどに優秀なの。

なんて残念な奴なんだろう。

「あまりことを大きくしないようにするとなると……母上に頼もう」

「ナディア様？」

「うちの母上は空間魔法が使えるんだ」

「まあ、そうでしたわね」

スザンナとイレーネの顔がようやく笑顔になった。

「リーガン伯爵夫人を旅行先から連れ帰ってもらえれば、話が早いだろう？」

「はい」

「さすがクリス様」

「え？　いやそれは申し訳ないような……」

ある意味、うちのお母様を動かすのは一番怖いような気がすると、エルトンは思っているんじゃないかな。私もそう思わないでもない。

「エルトンは殿下に婚約の誓約書の確認をしてもらいたい。この時期に急に婚約っていうのは何かありそうだ」

「そうだな。嫌な感じがする」

「私は？」

テーブルに手をついて身を乗り出して、自分の顔を指さす。

私もお友達のために役に立ちたい！

「待機」

「へ？」

「ディアが動くと、なんでも大ごとになるからね」

「えーー?!」

「悪いね。話がこれで解決しなかったら頼むよ」

まあ、しょうがないか。

真打は最後に登場するものよね。

◆

小学校の授業に参加するのも、一日や二日なら新鮮で楽しいものよ。

ただそれが毎日になると……きつい。

すでに知っていることをずっと聞いていなくてはいけないのもきついし、子供のテンションについて行くのはもっときつい。子供ってなんでこんなに元気かな。

私のお友達はみんな、同い年の子の中で浮いているんじゃない？　それとも他の子と一緒の時には、合わせられるの？

授業中はまだいいんだ。教師の話を聞いているように見えればいいんだから。

きついのは休み時間よ。

日が経つごとにみんなも私に慣れてきて、話しかけてくるようになったのよ。

教室の中では、身分に関係なく自由に話しかけて問題ない。側近も執事もいないのに話しかけられなかったら不便だもんね。

それで、ひとりが話しかけてきて私が普通に返事をすれば、私も私もと群がってきて囲まれてしまう。それが休み時間ごとに毎回よ。

いろんなことを聞かれたかと思えば、突然お菓子の話題を振られたり、誰も聞いていないのに自分のことを話し出す子もいる。

親から仲良くなれと言われているのかな？

断っているのに何度も茶会に誘われたり、お手紙を渡されたり。

パティもカーラも似たような状態だから、こういうものなのかしら。

あの日のお茶会で、私がイレーネの話を聞いていた頃、アランお兄様はカーラの話を聞いていたらしい。

正確に言うと、カーラがモニカと話していた話を聞いたみたい。

あいかわらず、さりげなく情報を集めている。

どうやら、カーラはお茶会を楽しみにしていたみたい。

皇太子殿下って言ったら、普通は御令嬢の憧れの的よね。皇太子は見た目もいいんだし。

だからお断りしろと言われて悲しかったし、私に申し訳なくて、ずっと悩んでいたんですって。

しょうがない。この週末の顔合わせのお茶会だけで、妃候補から外してもらおう。

カーラは生真面目なタイプだから、親のいうことに歯向かうなんて考えられないだろう。

この際、私のお友達から選ばなくてもいいじゃない。もう少し年上の、皇太子と学年が同じくらいの御令嬢に誰かいないのかな。

「ディア。お昼でも授業が終わってからでもいいから、空いている時間はない?」

ああ……もうひとつ問題があったか。

「エルドレッド殿下?」

「そうなの。正式なお茶会じゃなくて、サロンでちょっとお茶するだけでいいの」

「その方が目立つわよ」

「そうなんだけど……」

「アランお兄様も同席してもらうわ」

「そのつもりよ。もう私が言ってもダメなの。あなたやアランにガツンと言ってもらいたいわ」

幼馴染のパティが話して駄目なのに、私が話しても無駄じゃないのかな?

髪の色とナルシスト

明日は休日で、皇太子とカーラを招待したお茶会がある。

学園って社交界に出る前にお友達を作ったり、貴族の基本的なルールを学ぶ場だって聞いていたんだけど、実践、実践、実践ばかりよ。毎日問題が持ち上がっているよ。

おっかしいなあ。楽しい学園生活はどこに行ったの？

今日は魔道具の授業。

普段使っている魔道具を自分で作ってみながら、今後どんな魔道具があれば便利かとか、精霊の力と組み合わせたらどんな可能性があるかとか、あとはとにかく魔力を使わせて子供の魔力量を底上げしようって授業だね。

今日作るのは、基本的な照明だ。

小さな魔石に簡単な魔法陣を書き込む時に、定着させるのに少しずつ魔力を流し込まないといけない。

魔法陣と言っても丸描いてチョンをちょっと複雑にして、魔法文字を付け足すだけだから簡単なんだけど、目が寄りそうよ。

「先生出来ました」

「もう出来たのか。早いね。ああ、よく出来ているよ」

最初に出来た男の子は得意げだ。

完成品は持って帰れるから、女の子は土台の色や照明の形にこだわって、作業に取り掛かるのが遅くなった子が多いけど、男の子の中には早く出来れば偉いと思っている子もいるようだ。

「まだ終わらないのかよ」

不意に手元が影になったと思ったら、一番に作り終えた子が私の机の前に立っていた。

「おっせーな。魔道具は精霊獣が作ってくれないもんな。ひとりじゃ何も出来ないとか？」

学園が始まって明日で一週間。

そろそろみんな、学園での生活に慣れてきて、仲のいい子も出来始めている。親しくなると遠慮が薄れて、本来の性格が見えてくるものだ。

クラスの中では身分に関係なく会話出来るせいで、親に躾けられていた礼儀を忘れて、こうして馴れ馴れしく近づいてくる子供も出てきた。

話しかけてくるのはかまわないのよ。でもこの態度はどうなの？

私はパティやカーラと一緒にいることが多くて、男の子とはあまり話したことがないのに、なんで突然突っかかられているんだろう。

「やめなよ。失礼だわ」

「教室の中では身分は関係ないんだろう」

でも嫌われれば、外で無視されるよね。

教室内のことはノーカンでと言われても、感情ってそんな簡単に割り切れないでしょ。特に子供は。

「遅いんだよ。やってやろうか」

「もう終わるからほっといて」

「なんだよ、親切で言ってやっているのに。そっちは？　手伝おうか？」

「もう出来ましたわ」

「授業なんですから、自分でやらないと意味がありませんわ」

パティもカーラも、さくっと終わらせているようだ。

「そ、そうかよ」

「その土台の色、綺麗だね。部屋で使える色を選んだの？」

横から他の男の子がパティに声をかけてきた。

「そうなんです。気に入っていますのよ」

パティが微笑むと、男の子はうっすらと頬を赤らめた。

美人さんだもんね。気になっちゃうよね。

「色なんてどうでもいいだろ」

「だから田舎者はいやよね」

誰かが小さな声で呟いた言葉が、しっかりと聞こえてしまった。

「なんだと！」

「今は中央の方が田舎だろ」

「赤髪がえらそうに」

十歳の子供なのに、地方と中央で喧嘩しちゃうの？

ああ、子供だから親の話していることを聞いて、そのまま言っちゃうのか。

「えらそうでごめんなさい。でも今は授業中よ？」

パティの言葉に教室が静まり返った。

赤い髪の公爵令嬢に言われて、反論出来る者はいない。

でもびっくりよ。

帝国は赤髪の人が一番多くて、皇族も中央の高位貴族もみんな髪の色が赤いのに。

それを馬鹿にする台詞を言う子供がいるなんて。

「きみ達、学園の授業を甘く見ていないかい？」

魔道具の教師のロイ・カルダー先生は、実にいい笑顔を生徒達に向けた。

「喋っていて作業が終わっていない子達は、今日の授業に点数がつかない。前期終了時に点数が足りなければ、年明けの授業からBクラスに移動になるよ。もちろん点数は親に通知がいくから」

一回の授業ごとに点数制か。試験もあるんだよね。

学園だもんね。学ぶ場だもんね。

それ以外が濃すぎて、ちょっと忘れそうになっていた。

「終わった人は教室の外に行ってもいいよ。まだ授業中のクラスもあるから騒がないでね」

慌てて作業に戻った生徒達は、今は必死に魔道具と格闘している。

私は作り終えていたので、席を立って教室の前に行って暇そうな教師を捕まえた。

「カルダー先生、質問があります」

「はい、なんでしょう」

「魔力を溜めておける魔道具はありますか？」

「うーーん。溜めておくのは素材を考えて結界を応用すれば問題ないね。あとは中に魔力を入れる方法と必要な時に取り出す方法……今はないと思うけど作れると思うよ」

おおおお。

てことは、充電して電気自動車を動かすみたいに、溜めておいた魔力を使って精霊車を動かせるかもしれない。

今は魔力の多い人が同乗したり、一定間隔ごとに運転手を交代出来るようにしているけど、今後は精霊獣を一属性でも持っていれば、魔力は溜めておいたものを使って遠くに行けるようになるかも。運転手交代のためのステーションを魔力貯蔵魔道具交換の施設にすればいいんでしょ。

魔力を売る時代到来?!

あ、精霊獣って、他の人の魔力でもいいのかな。

「カルダー先生、また質問させてください」

「かまわないよ。面白いことを思いつくね」

「精霊車に使うのか」

「まあヘンリー様、他人の話に割り込むのはいかがなものかしら?」

エセルと似て、ヘンリーもすっごい気さくで、どんどん話しかけてくる。

コミュニケーション能力にスキルポイント振りすぎだろ。

「そうか、なるほど。それは協力するよ。ぜひいつでも相談してくれ」

「協力していただけるなら、それ相応のお礼をしないといけませんね。教師より儲かるかもしれませんよ」

「だと嬉しいね。学園のない時期は魔道具の研究をしているから、仕事は大歓迎さ」

「でも、学園の先生に仕事を頼むというのはどうなのかしら」

「教師やめます」

即答すんな！

「まずは兄に相談してみませんと。その結果次第では相談させていただきますわ」

「ああ、いい結果を待っているよ」

教師を引き抜いていいんだろうか。

もしかして、あまり給料よくない？

貴族の子供の相手なんて大変なんだから、給料たくさんもらわないと割に合わないよね。

受けなくてはいけない授業はそれで終わったので、今日はこのまま寮に帰ることにした。

警護や付き人をやっている子の中には授業がまだある子もいるので、帰れる子だけと一緒に寮に向かう。

パティとカーラも帰るというので途中まで一緒に行くことにした。

「まさか赤い髪が、あんなふうに言われるようになるなんて」

やっぱり先程の一件をパティは気にしていたようだ。

「今までは、他の髪の色の子があんなふうに言われていたんでしょうね」

「思っていたより中央の権威が弱まっている感じ？」

「ええ。殿下が成人されたから、少しは良くなると思うけど」

新年の幕開けに、その年に成人する貴族の子供が参加する舞踏会が開催される。

それに参加することで、正式に社交界デビューし大人の仲間入りをする。

今年は殿下もクリスお兄様も参加するから、高位貴族の御令嬢達は準備に余念がないそうよ。

「殿下を盛り上げようと、お父様達が頑張っているのに」

「うちは、お父様が領地に帰る代わりにクリスお兄様が、期間限定で殿下の側近になるらしいわ」

「期間限定？」

「いずれアランお兄様と入れ替わるから」

「ああ……ベリサリオ辺境伯も大変ね」

皇族とうちは仲がいいと思わせないといけないからね。実際、仲いいけど。

そしてカーラがこの手の話題には全く参加しないのが気になる。

いや、参加しないのが普通か。パティが優秀すぎだわ。クラスの子供達を普通の基準にしなくては。

「今、帰りかい？」

偶然、公園でクリスお兄様と一緒になった。

神童は免除されている授業が多いのよ。

じゃあそういう子は何をするのか聞いたら、高等教育課程はそれぞれの分野の専門家が、すぐに実社会で役に立つ知識を教えてくれて、成績のいい子から実際に仕事の現場に行って、経験を積んでいくことになるんだって。

クリスお兄様や皇太子の場合、皇宮で仕事をして、夕方から学園で講師に仕事について疑問に感じたことを聞いたり試験を受ける生活になるそうなんだけど、皇太子は普段から皇宮で仕事をしているんだから、寝る場所が学園になるだけじゃない。

そうなると高等教育課程って、学園である必要はあるのかな？

茶会のためか。生徒の茶会に出る時は学園に来るね。

……学園？　喫茶店じゃ……。

「カーラは明日会えるね。楽しみにしているよ」

クリスお兄様、さりげなくカーラにプレッシャーをかけないでください。こわいから。

「は、はい。それでは明日」

「それでは失礼します」

パティに呆れた顔を向けられても、クリスお兄様はしれっとしている。

たかがお茶会、されどお茶会。

明日は何をどう話題にすればいいのさ。

元コミュ障のオタクに、合コンの幹事をやらせているようなものなんだからね。

「あ、いやな奴が待ち構えている」

「え？」

クリスお兄様の視線の先、うちの寮に向かう道のど真ん中に、三人の護衛だか側近だかわからないけど、生徒を従えた青年が立っていた。

たぶん美形。クリスお兄様には及ばないけど。

肩まで伸ばして自然に後ろに流した赤い髪は、かなり手入れされているらしくてつやつやで、全く乱れがない。綺麗に整えられた眉は山形の曲線を描いて左右対称で、くっきり二重の青い瞳が、どこか私の知らない世界を見つめて上空に向けられている。

立ち方がまたすごい。

もしかしてこのままバレエを踊りだすのかもしれない。つま先を八の字に開いて踵はつけて、膝もきっちりと伸ばして、ともかく全身に力を入れて上から釣られているかのように背筋が伸びている。

片方の手は腰に当てられて、もう片方の手は顎の下。

手も踊りだす前のポーズをとっているみたいに、指先まで力が入れられて中指を折っていた。

「あの人がバーニー様ですか」

「よくわかったね」

「違っていたらびっくりですわ」

もしかしてオネエなのかな。髪をかきあげる時に小指が立っていたし。

でもイレーネと婚約するなら、女性が恋愛対象？　それとも愛人を作る気かな。

エルトンと同い年で十六歳だよね。

個性ではエルトンに勝っている。

「やあ、ベリサリオのクリス殿とディアドラ嬢だね」

なんだこの芝居じみた話し方。

どうしよう。笑ってしまいそう。

「知っているとは思うけど、私はモールディング侯爵家嫡男バーニーだ」

「……はあ」

「どうも」

クリスお兄様は返事をしたのではなくて、ため息をついたの。

勘弁してくれという感じのため息。

「リーガン伯爵家のイレーネ嬢とディアドラ嬢はお知り合いだったね？」

「はい。お友達ですわ」

「では、私がイレーネ嬢と婚約したのは知っているかな？」

この人、なんで私達にわざわざ話しかけてきたの？

エルトンとうちが隣の領地で、うちの寮に毎年滞在しているのを知らないの？

それとも知っていて宣戦布告に来たの？

それかもしかしてエルトンとイレーネの関係を知らないの？

「正式に婚約なさったのですか？」

「その通りだ」

「皇太子殿下に承認のサインをいただいた誓約書を交わして？」

「あーいや、サインはまだだが誓約書は交わしたよ。サインもすぐにされるさ。我が侯爵家はパウエル公爵家と近しい由緒正しき家柄だからね」

「そうですか」

「それで私達に何の用事が？」

「え？」

クリスお兄様に不思議そうに聞かれて、バーニーは目をしばたいた。

「用事があったから声をかけたんだろう？　わざわざ婚約したと知らせに来たのか？」

「そうだよ。イレーネ嬢の親友にはご挨拶差し上げないと」

「それはわざわざありがとうございます」

「ではこれで」

「待った待った。ぎゃあああああ」

歩き出した私達の前に彼が勢い良く回り込んだので、警戒したジンが小さな羽根を背につけたクロヒョウの姿で顕現してしまった。

『こいつは敵か』

『排除するか』

おお、クリスお兄様のヒョウも顕現したのね。

そういえばバーニーはパウエル公爵派でも精霊獣はいないのか。

「放置して平気だよ。他の子がこわがるといけないから小型化して」

「違うよー。みんな小型化してって言ったんじゃないよー」

わらわらと、みんな小型化して顕現してしまったから、もふもふ軍団に囲まれてしまった。その上空を小さな竜がふわーーっと光を反射しながら漂っている。

うわー、綺麗。

このまま現実逃避したい。

「な、なんだ、こいつらは」

「攻撃しないから大丈夫。まだ話があるなら聞くよ」

「だから今後は商会の方のお付き合いも出て来るだろう？　それで挨拶を……」

「は？　なぜ、きみとイレーネ嬢が婚約したら、うちと付き合いが？」

「今後、バートの事業に私もかかわるようになるからさ」

「そうだとしてもうちには関係ないね。牛乳を買い付けているだけだ」

「クリスお兄様、契約は今季限りですわ」

「ああ、そうだったね」

「……え？」

目を真ん丸にして、バーニーが動きを止めた。

「え？」

「じゃあこれで」

「まままままって」

また歩き出した私達の前に回り込んでくる。

そろそろ見物人が出てきているんだけど。これってお笑いの同じネタを繰り返すやつ？　天丼だっけ？

「なんで契約やめるの?!　共同開発の話は?!」

「話し方変わっているよ」

バート！　共同開発はまだ確定じゃないから、誰にも話さないでねって言ったよね。

なんで彼が知っているのさ。守秘義務はどうした。

「共同開発？　なにかしら。お兄様御存じ？」

「いや、知らないな」

「え？　じゃあもうこれからは事業での関係は」

「ないよ」

「うへぇ」

口を大きく開けて、うつろな目で上空を見つめないで。不気味だから。

大丈夫かーい。

「はっ。ディアドラ嬢、事業とは関係なく、今後もよろしくお願いしたい」

立ち直り早いな。

今後もって、いまだかつてよろしくした記憶はありませんが。

「イレーネ嬢……いらないんじゃ……」

「今、なんておっしゃいました？」

「いやいや。ディアドラ嬢はお噂に聞いていたよりお美しいなと」

こいつ、イレーネとエルトンの邪魔をして婚約しようとしているくせに、利用出来ないとなったら速攻邪魔者扱いか。

「バーニー様？」

「はい」

「今後二度と私に話しかけないでくださいな」

「は？」

「失礼します」

「ま……ひっ」

三度《みたび》私達の前に出ようとしたバーニーを、精霊獣達が邪魔して取り囲んだ。

見た目的には猫や神獣に懐かれた色男に見えないこともない。でも間違えて踏んだりしたら、ぶっ飛ばす。助走をつけてぶっ飛ばす！

「ディア。パウエル公爵に伝言を送ろう。今後の公爵家とのお付き合いも考え直した方がいいかもしれない」

「残念ですけど、そうですわね」

頬に掌を添えて、しらじらしくため息をついてみせた。

「なんでえええ」

あいつ本当にわかってないんだな。

修羅場？

大ごとにしないように、私は今回何もしなかったよ？

クリスお兄様だってバーニーを牽制《けんせい》するためにパウエル公爵の名前を出したけど、実際にはまだ連絡していなかった。お母様に事情を説明して、リーガン伯爵夫人を迎えに行ってもらっただけ。

でもイレーネを他の男に取られそうになっているエルトンが、何も行動を起こさないわけないよね。

スザンナも友達が心配で、いろんなところに相談したらしい。

その結果、そろそろ夕食の時間だなって時に、至急城に戻って来いとお父様から連絡が来まして、兄弟そろって転送陣で城に戻ってすぐに連れていかれたのが、城でも一番広い応接室だった。

窓の外は夕焼けで、何日かぶりの波の音が心を落ち着かせてくれる。

部屋の中では、今回の騒動の中心人物であるリーガン伯爵とバート。モールディング侯爵とバーニーが額に汗を浮かべて座っていた。だってすぐ隣にパウエル公爵が不機嫌そうに座っているんだもん。

パウエル公爵だけじゃない。お父様の不機嫌な顔だって滅多に見られない分、なかなか怖いよー。

そして私達三兄妹とエルトン。スザンナもイレーネが心配だったのか顔を出している。

「イレーネは？」

当事者の彼女がなんでいないの？

「イレーネはおとなしいから、こういう場に来たってどうせ何も話せないんですよ」

私と視線を合わせないように、誰もいない壁を見ながらバートが言った。

「何を言っているの？　イレーネはそんな子じゃないわ。あなたは牛のことしか考えてないからわかってないでしょう」

「うるさいな。だいたいなんでおまえがここにいるんだよ。関係ないだろ！」

バートに怒鳴られて、スザンナの目が物騒に細められる。ここまできてもリーガン伯爵家はイレーネの気持ちを無視する気なの？

「イレーネを呼んでくるわ」

「余計なことはするな。どうせおまえやディアドラ嬢の前で、あの陰気でおとなしい妹が本音を言えるわけがない。なんの取り柄もないあの子が、おまえ達と一緒にいるのがおかしいんだ」

は？　何を言っているの、こいつ。

私達はどんな関係だと思われているの？

それともイレーネは、本当は私が友人だと思うことが迷惑だったの？

「リーガン伯爵、その子供を黙らせろ。スザンナ嬢ときみの子供達が幼馴染なのは知っている。しかし他家の者がいるこのような席で、侯爵家令嬢やうちの娘にその態度は許されないぞ」

冷ややかなお父様の言葉に慌ててリーガン伯爵が頭を下げ、バートの腕を掴んで注意した。

牛乳を譲ってもらう商談の時、バートには何回も会っている。

純朴な田舎の青年という印象だった。牛が大好きで、どうしたら牛乳の品質が良くなるか夢中になって研究していた。

それがほんの何年かで、なんでこんなに変わってしまったの？

たぶんお金が入って、着る服にこだわるようになったんだろう。流行りの服を着て、髪は後ろに撫でつけている。

うちのお兄様ふたりと知り合いだからと、たくさんの御子息や御令嬢に声をかけられるようになって浮かれていると、イレーネが言っていたっけ。

「あの馬鹿のいうことは気にしなくていい」

アランお兄様が肩に手を置いて言ってくれた。

バートはむっとした顔でこちらを見たけど、この状況で私達に文句を言える立場ではないとは理解出来ているみたい。

でも私はそんな風に言われて、今までのリーガン伯爵家とのお付き合いってなんだったんだろうって思ったら力が抜けて、アランお兄様に寄り掛かった。

でもそれも一瞬だけ。

「バート、おまえ、私にもイレーネが困っていると言っていたな。エルトン殿との縁談もディアドラ嬢が勝手に進めているって」

「はあ？」

リーガン伯爵の話を聞いて、思わずご令嬢としてはありえないひっくい声を出して体を起こした。

うちの家族以外の男性陣が、ぎょっとした顔で身を退いたって気にしないわよ。

それはないわ。

私がイレーネとエルトンの関係に気付いたのは最近だ。鈍感だとみんなに笑われたんだから。

「リーガン伯爵も御存じなかったということですか？」

エルトンは唖然としている。

「ああ……いや……」

「夫人とイレーネと三人で、何回も皇都でお会いしていたんですよ」

「え？　あ」

伯爵は驚いた顔でエルトンを見て、お父様を見て、慌ててバートに顔を向けた。

そのバートも驚いた顔をしている。

リーガン家どうなっているの？

「イレーネはちゃんと自分の考えを言える子よ。陰気なんかじゃないわ。家族にそんな風に言われているなら、そりゃあイレーネは家では本音で会話なんて出来ないでしょうね」

「彼女の刺繍、すごいのよ。みんなの誕生日にプレゼントしてくれたショールが素晴らしくて、これなら売り物に出来るからって、お母様のお店に置いたらすぐに売り切れになったのよ。取り柄がないなんて、私のお友達を侮辱しないでいただきたいわ」

スザンナと私の怒りの言葉に、男共は驚いた顔で何度も私達とバートの顔を見比べている。

「彼女のこだわり方はリーガン伯爵家らしいと話したばかりなんですよ。刺繍の糸を買いに皇都に出かけた時、三時間ほど迷っていましたから。ディアもいたよね」

「ええ、憶えていますわ。私達、近くのカフェからお茶とお菓子を届けてもらって、お店の方とお話しながら待っていましたの」

「瑠璃色はどの青が近いのかと、ディアの腕を掴んで離さなかったね」

私とエルトンの会話を聞くうちに、リーガン伯爵の顔色がどんどん悪くなっていく。自分のしでかしたことにようやく気付いたみたいだ。

もうすぐ奥さんも帰ってくるしね。どう言い訳するんだろう。

「つまり何も知らないのはリーガン伯爵家の御子息の方だというのに、私の目の前でうちの娘を侮辱したということか。それもかなり酷い言いようだった。覚悟は出来ているんだろうね」

「あ……いえ……その……」

「申し訳ありません。バートは、ディアドラ嬢に契約は今季限りと言われ、精神不安定になっておりまして」

「そんなことが言い訳になると思わないでもらいたい」

「……す、すみません」

室内に助け舟を出してくれる人はいない。

うちのお兄様達はお父様と同じくらいに怒っているし、パウエル公爵も冷たい視線でリーガン親子を見ている。

「やっぱり私、イレーネを呼んできますわ」

「ご案内します」

「ありがとうございます」

スザンナが立ち上がると、すかさずミーアが近づいた。

転送陣の間に案内するために足早に部屋を出て行ったふたりを、他の執事と侍女が慌てて追いかけて一緒に部屋を出て行く。

だからもう、そういう仕事はしなくていいって言っているのに。未来の公爵夫人が何をしているのよ。

「それではイレーネ嬢が来るまで、こちらの話をしようか」

ゆったりと椅子に腰をおろし、組んだ足の膝の上に手を置いたパウエル公爵は、これぞ貴族！って感じがする。些細な動作も洗練されているってすごいね。

「ひとつ、はっきりさせておきたいことがあります」

答えたのはモールディング侯爵だ。

「私共はイレーネ嬢とブリス伯爵子息との縁組の話は存じませんでした。そういうお話があるとわかっていれば、この縁組を申し入れたりはしません。息子がそちらに縁組の打診をした時、リーガン伯爵も御子息もイレーネ嬢は誰とも約束していないと明言していたのです。いったいどういうことなのか、私も是非伺いたい」

「そうですよ。ここまで話が進んでの破棄となったら、こちらとしてはそれ相応の気持ちを示していただけないと納得出来ませんね」

イレーネのことをいらないなんて言っておいて、詫びに何かをよこせと言い出している。さっきまでバーニーは話を聞いているのかいないのか、手をいろいろな角度に動かして自分の爪を眺めたり、前髪を摘まんで髪型を整えたりしてたくせに。

「なぜ知らなかったのかね」

「は？」

「エルトンは皇太子殿下の側近だ。皇太子殿下の後ろ盾となった私は、ほぼ毎日彼と仕事をしていて、彼とイレーネ嬢の話を知っていたよ。政《まつりごと》に関わる侯爵家の当主として、殿下の側近がどういう若者達でどのような人間関係を築いているのか、知っておくのは当然のこととは思わないかね？」

「そ……それはたしかに、知っておくべき情報ではあったでしょうが」

「きみは私の派閥の一員だと思っていたし、そう公言していなかったか？」

「ええ、もちろんそのつもりです。パウエル公爵様には大変お世話になっております」

話の流れる先が見えてきて、モールディング侯爵はハンカチでひっきりなしに顔を拭いている。

「それなのに嫡男の縁組について一言も相談がなかったようだが？　相談されていればこのようなことにはならなかっただろう」

「そ、それは……」

「申し訳ございません、パウエル公爵閣下」

胸に手を当てて、バーニーが優雅に頭を下げた。

「学園でイレーネ嬢をお見かけし、バートに彼女は決まった相手がいないのかと、私が聞いてしまったのです。そうしたら彼が乗り気で。話がすぐに進んでしまいまして。父は私の気持ちを汲んでくれたのです」

「つまり本気でイレーネ嬢が好きなのだと」

「はい。ですから余計にエルトンとの関係を聞いて衝撃を受けております。私と彼はクラスが同じなのですよ。彼の姿を見るたびにつらい思いをすることに……」

口元を手で覆って俯いて、バーニーは悲しそうに目を伏せた。

背後から思いっきりライダーキックしてやりたい。

なんでこの男が被害者面しているのよ。

「ではこの誓約書はなんだね」

パウエル公爵はテーブルにばさりと三枚綴りの書類を置いた。

「リーガン伯爵、この誓約書をちゃんと読んだかね？　恋愛から始まった縁組だというのに、投資した事業に関しての記載が、婚約の誓約書に書かれているのがまずおかしい。しかもこの誓約書のままで投資を受けると、五年後にはリーガン伯爵家の事業は全て、モールディング侯爵家の傘下に収まることになりますよ」

「な、なんですって?!」

「新事業に関してはモールディング侯爵家が主体となって行うとも書かれています」

「バート！　どういうことだ!!」

うっわ、えげつない。最初からそれが狙いか。

それでうちとの共同開発が気になったわけね。

やだやだやだ。貴族社会ってこんなんばっかり。

「きみは、皇帝さえ動かせる力を持ちながら、商会を通して個人の財力も持ち始めている。それなりの立場と力を持つ男を選ばないと、相手の男が潰されるよ」

今になって殿下が言っていた言葉の意味がわかってきたよ。

彼氏じゃないけど、私と知り合いでフェアリー商会と関係がありそうだってことで、リーガン伯爵家が狙われたんでしょ？

今のところ私のお友達は、侯爵家以上か伯爵家の場合後ろ盾のしっかりしているおうちの御令嬢ばかりだけど、身分が低かったり力のない伯爵家の子だったりしたら、妬まれたりいびられたりする可能性もあるんだ。

きっと利用されて潰される。

仲良くする相手は選ばないと、迷惑が掛かってしまう。

「何をいまさらおっしゃっているんですか。最初からこういう約束でしたよ。ですからサインしたんでしょう？」

「そんなはずはない。私はきちんと誓約書を読んだがそんな記述はなかった」

「ほお、では私があなた方を騙したとでも？」

バーニーは眉をグイっと上にあげて顎を突き出し、わざと相手の顔を見下すように睨みつけた。

この男の性格をよく表した表情だわ。

でもその顔をすると、ぶっさいくに見えるよ。

「その誓約書は、おかしいですよね」

クリスお兄様が首を傾げながら呟いた。

美麗な十五の少年のこの仕草、あざとい。

「フェアリー商会が契約を交わした相手は、あくまでリーガン伯爵家です。そちらの経営体制が変更になるのなら、それをこちらに連絡して、うちとの契約書も変更しなくてはいけませんよね。それもしないうちに当然契約が続行される前提で誓約書を作っているんですよ」

「そ、そうだとしてもリーガン伯爵家はこの誓約書を了承したんだ。それで婚約がなりたたないとなったら我が家に恥をかかせたことになるだろう」

「クラスで自慢していたからな」

ぼそりとエルトンが言った。

「ディアドラの親友と婚約して、フェアリー商会と新事業を立ち上げるって」

「うるさい！　私の方が結婚相手として上だとイレーネ嬢も理解するべきだ。きさまなど男爵によやくなれるかどうかという男ではないか」

「つまり身分以外に誇れることはないと」

「なに！」

意外にもアランお兄様が言い出した。

我が家の突っ込み要員は、こういう席でも突っ込まずにいられなかったのかもしれない。

「先程から新事業のお話が出ているようですけど？」

わたしもクリスお兄様の真似をして小首を傾げてみた。微笑み付きで。

まるで波が引くように、バーニーの顔から怒りの表情が消えて、椅子の背凭れにぴったりと背中をつけている。なんでさ。

「バート様、新事業に対して具体的なお話はしていませんし、何をするとも決めていませんでしたよね。確か私、協力して新しい事業をするのもいいかもしれませんわね。でもまだ確定ではないですし、他所では言わないでくださいねと言いませんでしたっけ？」

気持ち的には日本の昔話によくある、見てはいけないと言われたくせに、いろいろと見てしまう男に「見ぃたぁなあ」と女性陣が言う時の気分だけど、十歳の少女がそんな迫力は出せないから、ここは出来るだけあどけなく、口は綺麗に弧を描いて、優しく微笑んで、声だけちょっと低く。

「話してしまったんですね」

「ひっ」

すっごいな、効果覿面《てきめん》だな。ビビりまくっている。

隣のリーガン伯爵まで硬直している。そんなに私の笑顔は迫力あった？

あれ、でも目線が。

彼らの目線を追いかけて上を見上げながらくるっと後ろを振り返ったら、ひゅるっと音がしそうな勢いで、リヴァが光の帯を空中に引っ張りながら球状に戻り、ふわふわと仲間の元に漂って行った。

「リヴァ？」

あんた今、顕現したでしょ。

部屋の中だから小型化していただろうけど、それでも竜の顔がにゅっと出てくればそりゃあ怖いだろう。

私、竜を背中に背負った少女になっちゃうでしょ。

しかも三次元の竜だよ。極道も真っ青だよ。

「あなた達はおとなしくしていて。今のところ平和的に話が進んでいるんだから。ああでも、誓約書におかしな部分があるんですよね？」

「魔道士長がこの誓約書に魔力を感じると言っているんだ。必要であれば、どんな魔法が使われたか調べてくれるそうだよ」

「そ、そこまでする必要があると思われるほど、我らは疑われているのですか？　公爵とは古い付き合いではないですか」

「今回の件もそうだが、もう派閥は解散することにしたよ」

「な、なんでですか！」

パウエル公爵が、さりげなく重大発表投下。

お父様が驚いていないということは、そういう話が前から出ていたんだろうな。

「なぜ？　きみは便利に私の名前を使って、嫡男の婚約という重大な問題で一言の相談もない。そのような付き合いを続ける利点が私にはない」

「ギルの家や宰相などはどうなさるのですか？」

「もちろん彼らとは付き合いを続けていくよ。彼らは学園でうちの寮を使っているしね。ベリサリオ辺境伯とブリス伯爵やエドキンズ伯爵は大変親しいと誰もが知ってはいるが、派閥は作っていないだろう？　それと同じように彼らの力になるつもりだ」

クリスお兄様の言葉に答える公爵の表情は優しい。

パウエル公爵は優秀な若者の育成にも力を注いでいる人でもあるから、クリスお兄様を大変気に入っている。

「そうか。ではもう公爵はモールディング侯爵の後ろ盾は降りるということですな」

そう言いながら、コルケット辺境伯が部屋にはいってきた。

最近少し体を絞ったそうで、お腹周りが随分すっきりしてきている。翡翠に健康を気にしなさいよと注意されたんだって。

「はい。もう彼らと私は無関係です」

「なるほどなるほど」

なんでここにコルケット辺境伯が？　という疑問は、続いてスザンナとイレーネが部屋にはいってきたので理解出来た。

「はやっ」

「はっはっは。以前からスザンナに相談はされていたんでな、イレーネに話を聞こうと寮に行ったら、当事者の彼女を置いて伯爵とバートがベリサリオに行ったと聞いてね、どういうことか意見を聞こうとオルランディ侯爵寮に向かったらスザンナに会ったんだ」

「そうだった……イレーネ？」

つかつかと部屋にはいってきたイレーネは、コルケット辺境伯の前を横切り、座っていたバートの胸倉を掴んだと思ったらすぐ、手をパーの形にして、ピッターンというような大きな音をたてて、バートの顔をひっぱたいた。

「よくも私のお友達を侮辱するようなことが言えたわね！　ディアにどれだけお世話になっていると思っているのよ！」

「お、おまえのためを思って」

「嘘ばっかり！　私とまともに会話したことなんてないじゃない。挨拶したって無視する癖に何を言っているの？　あなたが大事なのは牛だけでしょ！」

みるみるうちにバートの頬が、手の痕をくっきりと浮かび上がらせて赤く腫れていく。

バートだけじゃなくて、誰もがイレーネはおとなしいお嬢さんだと思っていたんだろうね。ちょっと笑えるくらいに、みんな驚いている。バーニーなんて、椅子から立ち上がって逃げ出しそうな体勢で固まっているわよ。

うちのお兄様達まで、ちょっとびっくりしたみたいで呆気にとられてイレーネを見ているもん。

さすがにエルトンは苦笑いをしてはいても驚いてはいないかな。

でも普段のイレーネは確かにおとなしいというか、話を聞くのは上手で、自分の意見は聞かれないと言わないことが多い子だった。

たぶん、家で夫人くらいしかイレーネの考えを聞いてくれなかったから、自分から話していいか迷ってしまってたんだろう。

「こちらです。夫人！　そんなに走ったら転びますわ」

スザンナの声にみんなが我に返った時、バタバタバタと廊下を走る複数の足音が聞こえてきた。

「イレーネ!!」

飛び込んできたのはリーガン伯爵夫人だ。

さすがお母様、予定より早く戻って来てくれたんですね。

「これはいったいどういうことですか。私がいないうちにあなた達は何をしているんです！」

夫人は泣きそうになっているイレーネを抱きしめながら、リーガン伯爵を睨みつけた。

「わ、私はイレーネの縁組など知らなかったぞ！」

「何度も話そうとしましたわ！　そのたびに今は忙しい。まだイレーネにそういう話は早いと後回《あとまわ》しにしたくせに、なぜ急に婚約話が持ち上がっているんです。イレーネ、一緒に家を出ましょう。あなたが犠牲になる必要はないわ」

「待て。婚約の話はなくなった」

「あら？」

夫人とお母様が確認を取るように私を見たので頷いた。

「まあよかった」

「じゃあもう問題はありませんのね」

「今は婚約解消に関して賠償を求められているところです」

クリスお兄様の言葉に、あとから部屋にはいってきた人達の表情が強張《こわば》った。

「バーニー、きみはイレーネを愛しているんだよな」

立ち上がり、イレーネと夫人に歩み寄ったエルトンが尋ねた。

「そ、そうだが？」

「だったら、イレーネの気持ちを知りたくはなかったのか？」

「え？」

「彼女が自分をどう思っているか確認もしないで、婚約を進めたのだろう？」

そうだそうだ。

婚約するなら、ふたりで話す場面もあっただろうに、なんで気持ちを確認しなかったのさ。

あれ？

なんでイレーネは、そこで好きな人がいると言わなかったの？

「イレーネ、婚約する前にバーニー様とお話していないの？」

「ええ。一度もお話をしたことはありませんわ。それどころか、こんな近くでお会いしたのは今日が初めてです。そのことでお兄様に苦情を言っても、どうせおまえじゃまともに話が出来ないだろうって」

おいこら。そんなことを妹に言うバートもむかつくけど、一度も話をしないでおいて、イレーネに惚れていると言い切るバーニーもひどいだろう。

「まあ、こんなに急に婚約するほど愛している女性と、会いたいと思わないんですか？　本当に愛しているんですか？」

「い、いや、そう、あがってしまって。何を話せばいいかわからなくて」

「愛しているんですか？」

「そうですよ」

「なら、精霊に聞いてみましょう？」

両手を胸の前で合わせて、嬉しげに微笑んでみせる。

背後でまた、リヴァが顕現しているとわかっているけど、今は放置。

「精霊は嘘がつけないのは御存じでしょう？　ですから、バーニー様がイレーネを愛しているかどうか。誓約書に魔力を感じるのはなぜか。あなたの精霊に聞いてみればいいじゃないですか」

「そ、そこまでのことが必要ですかね」

「賠償させようとしているんだから、必要でしょ」

同じポーズのまま、笑顔を引っ込めて真顔になる。

リヴァに対抗して、他の精霊まで顕現し始めやがった。

「あなた達、何をしているのかしらぁ」

にっこり笑顔で振り返ったら、精霊達は慌てて球状に戻って、部屋の隅まで逃げて、壁にくっついてブルブルしている。

なんなの、あいつら。

私はこわい子だって、みんなに思わせたいの？

その怯えている演技はやめなさい。

「それはいい考えだ。ディアドラ嬢お願い出来るかな」

「もちろんですわ、パウエル公爵様。ただし、バーニー様のおっしゃっていることが嘘だった場合、私の大切なお友達を利用しようとして、これだけの方達を騙そうとしたんですもの。領地から精霊がいなくなるくらいは覚悟していただきたいですわ」

「ここまで言って嘘だったら？　この私がそこまで虚仮《こけ》にされて黙ってはいないとわかっているだろう」

「このような場を設けた私も馬鹿にされたということでしょうな」

パウエル公爵とお父様がとても悪そうな笑顔を見せた。

「わざわざ私がここに来た意味も考えてもらわないと。リーガン伯爵家とは古い付き合いでね」

コルケット辺境伯の場合、ここに来た当初から、こいつらどうしてやろうかって顔をしていたからな。

「嘘なんてとんでもない！」

「で、でも、まだ誓約書が受理される前でしたし、ここは穏便な解決が一番ですよ。バーニー、今回は諦めてくれ。きっと他にも素敵なご令嬢がいるよ」

「父上……はい。友人のエルトンの恋路を邪魔するわけにはまいりません」

「友人？」

エルトン、ここはひとまず、しーーーーっ！

「ということですので、今回の話はなかったことに」

「それがいいね」

パウエル公爵が、びりびりと書類を破り捨てると、バートがはっとした顔をして上空をきょろきょろと見まわした。

「どうした、バート」

「あ……事業の契約に関しては魔道契約をしていて、それが今、解除されたみたいで」

魔道契約?!

こいつら、婚約を利用して誓約書を書かせるだけじゃ飽き足らず、魔道契約書まで結んでいたの?

「モールディング侯爵?」

パウエル公爵の顔つきと声がこわいぞ。

「あ、いや念のためですよ。念のため。私達は話も終わりましたしこれで失礼します」

「派閥を解散するにあたり、今まで派閥にいた者達からいろんな意見や話を聞いている」

「はい?」

「今回のようなことを他所でもやっていたという事実が出た場合……きみはもう誰の援助も受けられないということを忘れないでくれたまえ」

慌てて立ち上がったモールディング侯爵は、バーニーの腕を掴んで立たせ、急いで部屋を出て行った。

あれは他にもやらかしているな。

事業や利益を乗っ取られた被害者が他にもいるんだろう。

「調べますか」

お父様が立ち上がると、パウエル公爵も頷いて立ち上がった。

「またご迷惑をかけてしまいますね。チャンドラー侯爵といい彼といい、本当に申し訳ない」

「いやいやチャンドラー侯爵は素晴らしい方ですよ。夫人とナディアも和解しましたしね。お嬢さんがちょっと元気がよすぎるようですが」

そうそう。

学生時代にお母様のドレスにワインをぶちまけたチャンドラー侯爵夫人とお母様は、去年ひさしぶりに会って、正式に先方が非を認めて詫びてくれたので、仲良くはならないけど、夜会で顔を合わせたら挨拶するくらいには和解したの。

初めてコルケット辺境伯のお城を訪れた時に、お姉さまの招待状を無断で使って私に声をかけてきた御令嬢がいたじゃない。あの子も今はすっかりおとなしくなっちゃったんですって。クリスお兄様と学年が一緒で高等教育課程に通っているから、私とは接点がないのよね。

「そんなお父様とパウエル公爵に、アランお兄様からお渡ししたい物が」

「僕が渡すの？」

嫌そうな顔をしないでアランお兄様。

私が渡すと、どうやってこんなことを調べたのかって思われちゃうでしょ。

お茶会でイレーネの話を聞いて、ウィキくんで調べないわけないじゃないの。それで出てきた名前をいくつかピックアップして、噂を聞いたんで調べてみてとアランお兄様にお願いしたのよ。

アランお兄様も独自に調べてはいたみたいで、どこでこの名前を知ったのって聞かれたから、じゃあお兄様は誰に調べさせているのか教えてくれといったら、お互い、その辺は内緒にしようという話になった。

アランお兄様の執事のルーサーは、見た目からして怪しいし、フェアリー商会にも仲良くしている人がいるみたいなのよね。

でもアランお兄様はこういうところは、割と適度な距離感を取ってくれるからありがたい。これがクリスお兄様だったら、白状するまで追及されるだろう。

「これは……」

「アラン、いつの間に」

「フェアリー商会に関わる可能性があるなら、調べておかないと」

モールディング侯爵家の素行調査、ばっちりですわよ。

フェアリー商会、探偵業でも食べていけます。

じゃないと今回のモールディング侯爵家みたいに、より大きな利益を得るために汚い手を使ってくるやつらがいるからね。

「生徒が大勢いる場所で、共同開発の話をしていましたからね。しかもディアに噂より美しいとか、これから仲良くしたいとか」

「ほお」

クリスお兄様が話をどんどん広げていく。

お父様の顔がこわくなっていくからやめて。

「リーガン伯爵家に手を出したということは、私を馬鹿にしたということですな」

「ディアにまで粉をかけるとは、許せませんな」

コルケット辺境伯とお父様が、悪い顔で笑い合っている。

お好きにどうぞとパウエル公爵も止めやしない。

モールディング侯爵家、終わったな。


あとの問題はリーガン伯爵家よ。

さっきも修羅場っていたけど、この家大丈夫？

「あなた、娘をもう少しで不幸にするところだったのよ。どうしてこんなことになったのか説明してください」

「……家に帰ってからでいいだろう」

「そうしたらまた、家のことはおまえに任せてあるだの、娘と何を話していいかわからないだの言って、誤魔化して先送りにするでしょう。このままなら、私はイレーネと家を出ます。離縁しますわ！」

「そんなことしたら、イレーネは伯爵家の娘として結婚出来なくなるだろう」

「その時は一度うちの養女にしよう」

すかさずコルケット辺境伯が口を挟んだ。

「私は派閥を作ってはいないが、きみ達の力になってきたつもりだ。それなのに何の相談も受けずにイレーネの婚約を決めるとは、非常に残念だ。私もイレーネとエルトンのことは知っていたんだよ」

「そ……そんな」

がっくりと項垂れて力なく椅子に座り込む伯爵は、前世の日本ではよくいたお父さんだと思う。

実は私の前世の父も、同じような不器用な人だった。

小学校までは運動会とかで触れ合うことがあったけど、中学になったらそういう機会もないじゃない？　ましてうちは娘三人。

仕事が忙しくて家にいない日々が続けば、母親と娘達の結束は強くなる。

年頃の娘に何を話せばいいかわからなくて、ぶっきらぼうな話し方で余計に距離が出来て、私が就職してひとり住まいすることも、忙しいからあとでと先送りされて話せなくて、家を出る間近になって知って、驚いて怒って、喧嘩別れのようになってしまった。

ただありがたいことに、うちのコミュニケーション能力にポイント全振りの末っ子は、長女が結婚して家を出て、次女が就職して家を出て、すっかり寂しくなってしまった家で、父が肩を落としてため息をついているのを見て、これはいかんと一緒に晩酌するようにしたのだ。

一緒にクイズ番組を見て、それで会話のとっかかりを作って、母親も一緒に三人で晩酌。

それが楽しくて、父親の帰宅時間が早くなったって言うんだから、びっくりよ。

おかげで私も、実家に帰るたびに母や妹がつまみを作ってくれて、家族で宴会するのが楽しみになった。

いい関係だったと思うのよ、うちの家族。

なのに、いつまでも浮いた話のひとつもなかった次女が、アラサーで死亡。

十年経った今でも、たまに申し訳なさが蘇るよ。

それにいまだにこうして思い出すと、今の両親に対する後ろめたさもあるんだよね。

こんなによくしてもらっているのに、なんでいつまで前世を引きずっているんだよって。

でも帰りたいわけじゃないんだ。私はもうディアドラだから。

この世界も、精霊も、両親もお兄様達も大好きだもん。

えーと、でもだから、リーガン伯爵とイレーネも話をすればいいと思うんだ。

リーガン伯爵が娘と本当は仲良くしたい普通のお父さんなら、これをきっかけに関係を変えることも出来るんじゃないかな。

ただ、それと同じくらい修復不可能な関係になる危険もあるよね。

「ディアドラ嬢」

「ディア？　呼んでいるよ」

すっかり考え込んでいたら、クリスお兄様に肩を揺すられた。

「どうしたの？」

「養女になっちゃうのはどうなのかなって」

「その辺は、もう僕達が口出しすることじゃないからなぁ」

そうなんだよね。

家族のことは、家族にしかわからないよね。

「ディアドラ嬢」

「はい、なんでございましょうか」

むっとした顔で振り返ったら、声をかけてきたくせにバートが一歩後ろに下がった。

「あ、あの、聞きたいことがあって」

「あれだけのことをしておいて、イレーネに謝罪すらしない方とお話する気はありませんの」

「イレーネ、イレーネって。あなた達はイレーネがいたから、うちと取引していたのか？　牛乳を認めてくれたんじゃないのか？」

「友情と商売を混同するわけがないでしょう。私を馬鹿にしているの？」

もう私の本性を知っている人しかいないから、遠慮しないぞ。

「商品をひとつ作るのに、どれだけの人が動いていると思っているの？　契約を今季限りにすることに関しては、以前から考えていたわ。でも結論を出したのは、あなたが信用出来る人ではないと思ったからよ。どんなにいいものを作ったって、信用出来ない人とは取引出来ないでしょ」

「きみのところの牛乳は、確かにおいしいけれど手間暇かけている分、値段が高い。それは今後、うちで使用するのにコスト的に合わないのがひとつ」

クリスお兄様が指をひとつ立てた。

「うちが観光業だけでなく、違う事業にも力を入れることになったのがひとつ。観光業だけでは海沿いの街しか儲からないからね。他の産業も興して、ベリサリオをもっと豊かにしたいんだよ。そして、きみは口が軽く信用出来ない。これだけ理由があってもまだ足りないかい？」

チョコを作るのに、牛乳を遠くから買っていたらコストと時間がかかるでしょ。

チーズをたくさんフェアリー商会が買っていたもんだから、領内の牧場経営者が人を雇って事業拡大したり、新たに牧場を始める人が出て来たのよ。

そこで牛乳を確保して、隣町にチョコを作る作業場も作れば、新たな雇用が増えるわけだ。

他所の領地をトマトケチャップや牛乳で豊かにしたんなら、自分のところだってチョコで領民を儲けさせなくちゃ。

「他の産業？」

「すぐに他所で話すきみには話せないな」

「うっ」

つーか、こいつ。まだ牛乳の話ばかりしているじゃない。

それも大事なのはわかるよ。領地の大事な収入源だ。

でも今は、その話じゃないだろう。

「それであなたはこの状況をどうするつもりなの？」

「え？」

「あなたが嘘をついたせいで家族がバラバラになろうとしているのよ？　少しは家族のことを考えたらどうなの？」

まだ夫人はリーガン伯爵と言い合い、イレーネはスザンナと話をしている。

お父様達は今後のモールディング侯爵への対応を話しているのかな。リーガン伯爵家とは直接は関係ないもんね。

「領地のことは父が……」

「嫡男でしょう?!　じゃあイレーネへの謝罪はどうなさるの？」

「……あとで、謝るよ」

あ、駄目だこいつ。

本当に牛のことしか考えてないんだ。

「イレーネ、寮に居辛いだろう。今期はスザンナの寮にお世話になったらどうだ？」

私達の会話を聞いていたらしいコルケット辺境伯がイレーネに声をかけた。

「バートは、今年はもう仕方ないからこのままうちの寮に置いておくが、来年からは他所に行ってくれ」

「なっ！　どうして」

「自分の父親や妹まで騙してこれだけの問題を起こし、いまだに反省さえしていないきみを、うちの寮にはおいてはおけない。リーガン伯爵、明日は学園が休みだ。このまま家族とよく話し合った方がいい。必要なら私も同席しよう」

「……ありがとうございます。お願いします」

「きみのところの次男は、来年学園に入学だったな。彼にはうちの寮に来てもらおう」

コルケット辺境伯は、バートを跡継ぎから外し次男にあとを継がせろと言っているわけだ。

バートはなあ、ここまで牛以外に興味がないと領主の仕事も、社交も、まったくやらないだろうからなあ。

無理に領主になるより、その方が幸せだと思うわ。

「あの、今更かもしれませんけど、捜すのに手間取ってしまいまして」

ミーアが両手で大事そうに薄い布を持って部屋にはいってきた。

そういえばスザンナを送ってからいなかったね。

「ディア様、勝手に持ち出してすみません。でもリーガン伯爵に見てもらった方がいいと思いまして」

「何？」

「イレーネ様からディア様に贈られたショールです」

「ああ、なるほど。全然問題ないわ。見せてあげて」

「はい」

リーガン伯爵と夫人とバートに見える位置で、ミーアは薄いラベンダーグレイのショールを広げた。

そこには瑠璃色を中心に青の濃淡と緑を使った、波と水のしずくを図案化した美しい刺繍が施されている。布を広げた時と自然に腕にかけた時では、色合いがまるで違って見えて変化が楽しめるようになっていた。

広げると芸術作品よ。

壁にかけて鑑賞してもいいくらい。

これを図案から、色の選別から全部、イレーネがやったの。

「美しいでしょう。それぞれの領地を担当する精霊王の色を使いながら、みんなに似合う図案を考えて、お友達全員にショールを作ってくれたんですよ。本職の人もすごいって驚いていましたわ」

リーガン伯爵は、驚いた顔でじーっとショールを見た後、すまなかったとイレーネに頭を下げた。

バートは、ただ刺繍を複雑な表情で見ていただけだった。

何を考えて、どう結論を出すかは彼次第だ。

「私はディアの話をちゃんと聞くからね。いつでも話をしに来てくれよ」

「はい、お父様」

「よかったわね、ディア。好きな人が出来たら、すぐにお話ししましょうね」

「………好きな人?」

「まだいませんよ」

「あなた達は、いい加減子離れ、妹離れ出来るようにしなさい」

お母様に言われて、うちの男共は三人揃って無言で視線をそらした。


コルケット辺境伯とスザンナ、リーガン伯爵家がコルケット辺境伯の城で話し合いの場を設けるというので、私達はその後すぐに自分の寮に帰った。

せっかく家族揃ったんだから夕食を一緒に食べようとお父様はごねていたけど、学園が始まってすぐに領主の兄妹が寮に長時間いないってまずいでしょ。

まだイレーネが十三歳だから、表立った発表は二年後になるとしても、エルトンとイレーネは婚約者扱いになるだろう。

辺境伯ふたりとパウエル公爵まで巻き込んでしまったから、ふたりは別れましたなんてことになったら大変よ。

でもさ、まだ十三でしょ。

長く付き合っていたらマンネリしちゃって、他の人を好きになっちゃいました……なんてことになったらどうするんだろう。

いやいや、この世界ではそんな、くっついたり離れたりを気軽には出来ないもんね。

私さ、恋人がいたことないのよ、実は。

お互いの気持ちが盛り上がって、両思いだってわかって恋人になるところまでのお話って、妄想しやすいじゃない？　それで同人でもよく描いていたんだけど、その先がもう未知の世界でね。

アニメや映画で描かれる日常みたいな、いちゃつくのが普通の生活を自分がするって考えただけで、恥ずかしさに悶えそうになるわ。

普通に会話しているところから、どう甘い雰囲気にシフトすんの？

漫画やドラマみたいな台詞は、現実では吐かないよね？

そもそも、どうしたら友人や知り合いが恋愛感情を持ってくれるの？

この世界に来て、イケメンの男の子にたくさん会ったけど、イケメンだっていうだけでもう相手にされる未来が見えなくて、普通に男の子同士のお友達みたいになってたわ。

無理じゃね？

私、十五までに婚約相手なんて見つけられる？

実質もう四年とちょっとよ。

いや待て待て。慌てるのはまだ早い。

十歳の女の子はみんな、恋愛未経験者ばかりだ。

前世のことを考えなければ、私は年相応の恋愛偏差値だ。

……さ、寂しくないし。泣いてないし。

クリスお兄様だって、もう十五なのに全く恋愛してないし。

アランお兄様なんて、剣ばかり強くなって、女の子で親しいのは私のお友達だけだし。

え？　ベリサリオやばくない？

こんなところに弱点が。

でも、兄妹全員学園卒業してもひとり身なら、私がひとり身でも安心だね！

精霊の愛した国で

―カミル視点―

生まれた翌日には母親から引き離された俺が育てられたのは、王宮のずっと奥。海に面した広い庭を持つ小さな屋敷だった。

元はなんのための建物だったのかは知らない。二階建ての瀟洒《しょうしゃ》な館は、長い年月潮風に晒《さら》され、窓枠が錆《さ》びて青銅色に変わり、壁もところどころ剥《は》がれ落ちていた。

小さい頃の記憶なのであいまいだが、料理人とメイド長の夫婦の他にメイドが何人かいたはずだ。護衛も何人かが交代でついていたと思う。

王位継承権を放棄させられた第五王子に価値なんてない。要は大事な仕事から外されて押し付けられた閑職だ。メイド達はやる気がなく、子供の俺を放置しては護衛の男に言い寄っていた。ほとんどの者は俺が生きていればそれでよかった。餌を与えて寝させておけば、赤ん坊なんて勝手に大きくなるとでも思っていたのかもしれない。

その中でメイド長のアリサと護衛のボブだけは、何かと俺を気にかけてくれた。

といっても、それに気づいたのはもっと大きくなってからだ。まだ小さかった俺にそんなことは理解出来ない。自分の境遇がおかしいなんて思うわけもなく、三年が過ぎた時に大きな変化が起こった。

王宮のほとんどの者に存在すら忘れ去られていたはずの別館に、来客があったのだ。

俺は海辺近くの庭で遊んでいた。傍で俺の様子を見守っていたボブが突然跪《ひざまず》いたので、どうしたのかと振り返り、こちらにたくさんの大人の男が近づいてくるのに気付いた。

「きみがカミルかい？」

大勢の大きな男に囲まれていた彼は、俺の姿を見つけると笑顔ですぐ傍らにしゃがみ、目の高さを合わせせた。

「うん」

「そうか。はじめまして。私はラデク。きみの兄だよ」

王太子である兄上は十二歳年上で、いつも穏やかな笑みを絶やさない温和で優秀な王子だと言われている。優秀な王子が温和な性格なんてしているわけがないけどな。

ルフタネンでは珍しい琥珀色の淡い瞳は、約二百年前、全属性の精霊王が後ろ盾になったおかげで、ルフタネンを大きく発展させた国王と同じ色の瞳だ。

「俺はゾルだ。カミルは今いくつだ？」

「みっちゅ」

「みっつか。賢い子だ」

その時も、今も、自分が特別な子供ではないことはよくわかっている。

それでも第二王子である兄上は、大切そうに俺に触れて抱き上げてくれた。

野蛮だとか、王子らしくないと言われていた兄上は、本当は誰よりも優しい人だった。長く伸ばした黒髪と夜闇のように黒い瞳。眉が太く目尻が少し吊り上がっていたせいできつい性格に思われがちなだけだ。

「まったく、四人目の弟がいると教えてくれないとは。ゾル、私にも抱かせてくれ」

「まだ抱きあげたばかりだよ。ほら、高いだろう」

十五の王太子と十三の第二王子は三歳の子供から見たら、充分に大きな大人だ。

生まれて初めて家族に会えて、生まれて初めて抱きあげられて、高い場所から見る海は思っていたよりもっと大きいんだと驚いたことを覚えている。

「三歳で水と風の二属性の精霊持ちか。優秀だなカミル」

「早く精霊獣に育てろよ。きっとおまえを守ってくれる」

ふたりの兄の肩には大きな全属性の精霊がふわふわと漂っていた。

自分以外に精霊を持つ人間に会ったのも、その日が初めてだった。

「今日はきみに会わせたい人がいるんだよ。海が近くて便利だ」

「少し海に行くぞ」

王太子に肩車をしてもらって砂浜まで移動し、そこでそっと下におろされた。

「モアナ！　きみが言う通りだった。弟がいたよ！」

その時のモアナが今と同じ姿だったか、どこからどう現れたのかは覚えていない。気付いたら傍にいて、抱きしめられていた。

なぜかその日から彼女に気に入られ、俺がひとりで遊んでいるとときどき姿を見せ、しばらく話をして帰っていくようになった。五歳になった時に精霊王だと知った時には驚いた。

それまでずっと、綺麗だけど賑やかなお姉さんだなと思っていたと言ったら落ち込まれたっけ。

兄と会った日から俺の待遇は大幅に改善された。

いつ王太子が顔を出すかわからないために、気が抜けなくなったんだろう。

そしてその日から、俺の生活は忙しくなった。

毎日家庭教師が来て王族として必要な知識を詰め込まれ、剣や短剣、弓の使い方等、様々な武術を学んだ。

学ぶのは楽しかったしそういうものだと思い込んでいたから、その時はおかしくは思わなかったが、まるでアサシンのように、潜伏の仕方や自分より大きな相手の的確な殺し方も教わっていた。

身を隠すときに精霊のせいでバレてはいけないので、身を伏せたら太腿の近くに、暗い道で走る時は足元を照らすように、精霊に動き方を教えたのでそれが対話になっていたらしい。いつの間にか全属性揃っていた精霊は、順調に育って精霊獣になった。

側近にと俺より少し年上の少年を、何人か連れて来てくれたのも兄上達だ。

普通なら王子の側近は貴族の子息だ。王位継承権を放棄して公爵になっていても同じはずだ。だけど紹介されたのは、子供の頃から剣士として修業している平民の子ばかり。唯一貴族のキースは、俺の母親の出身地である北島の伯爵の子供だった。

「しっかり学べよ。知識は武器になるぞ」

忙しい王太子の分も第二王子の兄上は、たびたび俺の元に来てくれた。

精霊が全属性揃ったと知らせた時にはとても喜んでくれて、ともかく早く精霊獣に育てろとしつこいくらいに言われた。

生き残るために戦えるように、ふたりの兄は俺に与えられる全ての知識と戦う術を与えてくれた。

今でもその頃に学んだことが、俺を守ってくれている。

慌ただしくも幸せだった時間は唐突に終わりを告げた。

俺は七歳になっていて、自分の置かれた立場も、ルフタネン王国の状況もある程度は理解出来るようになっていた。王太子は子供に聞かせるような話ではないことも、必要であれば全て教えてくれる人だった。

「兄上、そんなことまでカミルに知らせなくても。まだ子供だぞ」

「彼らは子供だからといって助けてはくれない。むしろ今なら殺しやすいと思うような奴らだ」

「父上がさっさとあいつらを捕まえればいいんだ。なぜ知らん顔をしているんだ」

「……自分も狙われる危険があるからだろう」

なぜそんなに国王になりたいのかわからない。

自分が国王になるということは、今度は狙われる側になるということだ。

そうならないために兄弟も親も殺して、そのうち我が子まで殺そうとするのだろうか。


その日、精霊獣を海で遊ばせながらのんびりと海に沈む夕日を眺め、日が暮れる前に戻ろうと屋敷に向かう途中で、いつもと違って屋敷が静まり返っているのに気付いた。

普段なら夕餉《ゆうげ》の支度をする煙が煙突から上がり、いい匂いが庭まで届いていることもある時間帯だ。庭先にいるはずの護衛の姿もなく、明《あ》かりの灯《とも》る部屋も少ない。

何かが起こっている。

庭の樹木の脇に膝を突き耳を澄まそうとするが、心臓がばくばくして呼吸も浅くなってきて、何もわからない。

いつかはこういう日が来ると覚悟をしているつもりだった。でもこの七年平和だったために、命を狙われていると言われても現実味がなかった。このまま、平和な日々が続くんじゃないかと甘い期待を抱いていた。

『カミル、どうした』

「しっ。声を落として」

そうだ。俺はひとりじゃない。

「膝近くに移動。人間はどこにいる？」

精霊達がひゅーっと足元に移動し、片膝を立てていた足の上に並んだ。

『庭にはいない』

『玄関近くにふたり。見たことないやつ』

『建物内、一階に何人かいる。二階は動いているやつはいない』

『危険だぞ、カミル』

迷っている間に状況は変わる。すぐにしゃがめるように体勢を低くしたまま物陰に身を潜めつつ、建物の外壁に駆け寄る。突然俺が動いたので、土と水の精霊がぽろっと地面に落ちて慌てて追いかけてきた。

「こっちを見ている人間は？」

『いない』

『玄関側の人間がこっちに来る』

「見える位置に来たら教えて」

バルコニーの手摺《てすり》に乗り、二階のベランダに捕まり懸垂《けんすい》の要領で身を持ち上げる。

部屋の中を窺い、動く影がいないのを確認して隣の部屋へ。バルコニーとバルコニーの間はジャンプで移動していく。

『来る』

反射的にうつ伏せに寝転がり、手摺の隙間から庭を窺うと、見たことのない制服を着た男がふたり、周囲を警戒しながら庭を横切っていくのが見えた。

上等な制服と腰に吊るした剣。正規の軍隊の兵士だ。

第三王子の陣営か、第四王子のほうか。

王位継承権を放棄している俺を殺す気になったのは、精霊獣のせいだろう。

俺の精霊獣は、この世界にはいない竜だ。

精霊王が後ろ盾になった賢王の精霊獣と同じ姿だ。

俺だけじゃなくて、王太子も第二王子も同じ精霊獣なのに、第三王子と第四王子は違う。

そもそも彼らはまだ全属性の精霊を持っていなかったはずだ。

賢王と同じ精霊獣を全属性持つせいで、突然第五王子が危険な存在になったんだろう。

だったら、さっさと自分のところの王子の精霊を育てろよ。

暗殺を企てるより、よっぽど建設的な選択だろうに。

「どこに行きやがったんだ」

「精霊獣がいるなら、気付かれたんじゃないか」

「くそう、たかがガキひとり始末出来ないとか、まずいだろう」

「そもそも王子を殺すって……」

「しっ。声がでかい」

どうせなら誰の命令か話してくれればいいのに。

『行った』

『部屋の中に動く人間はいない』

聞かなくても精霊が教えてくれるようになった。ありがたいけど、こんな危険な状況に付き合わせてしまって申し訳なくなってくる。

窓は開いていたので、そっと中の様子を窺ってからしゃがみ込み、すぐ室内に入り壁を背に出来る場所に移動した。

「血の匂い？」

部屋の中の暗さに目が慣れず、目を細めて室内を見回し、浴室の扉近くの床に誰かが倒れているのに気付いた。

『アリサ、動かない』

「回復を！」

全てのことが吹き飛び、慌てて立ち上がって駆け寄った。

水と風の精霊が回復魔法をかけてくれたが、メイド長のうつろに開かれたままの目を見ればわかる。

「もう……いいんだ。もう……」

両腕と肩から胸にかけて斬られている。傷口から流れた血が床に広がり、掃除道具が血だまりの中に転がっていた。

「動かない人間が、他にもいるのか？」

『魔力を感じられないとわからない』

『微かに魔力が残っていて動かない人間、何人かいる。一階』

「生きてるのか？」

『息はしていない』

もう間に合わないいんだろうか。もしかして回復出来る？

だが、回復してもこの状況で逃がせるのか？　護衛だって何人もいたはずなのに、勝てなかったのに。

「動いている人間は何人？」

『十二』

……無理だ。

子供ひとり消すのに、そんな数の兵士を投入したのか。

「誰か来たら教えて」

ここにはいられない。

上着を着こみ、貴重品の入った引き出しを開けようとして落としかけ、慌てて床すれすれで掴んだが、中身をぶちまけた。

落ち着いていたつもりだったのに、手が震えている。

俺のせいだ。

俺のメイドや護衛にならなければ、彼らは生きていられた。

狙われていたのは俺だけだったんだから。

『カミル？』

『怪我したか？』

「……平気だ」

生きて、生き抜いて、兄上達に会わなければ。

こんなふうにメイド達まで殺すような奴は、兄弟でもなんでもない。

きっと、兄上達も狙われる。

ならば、俺が殺す。

マジックバッグに全ての金と貴金属を入れる。

いざという時のために、最低限の着替えと食料はいつも入れてあるからなんとでもなるはずだ。

『カミル、来る』

王族の紋章の入ったメダルを握り締め、大きく息を吐いた。

落ち着け。子供の俺を相手にするなら、敵は油断しているはずだ。

ちらっとメイド長に視線を向け、心を決めた。

ベッドの下にうつ伏せに潜り込み、マジックバッグから短剣を取り出す。

「目立たないように」

『うし』

『隠れる』

太腿の間に揃って隠れた精霊獣がおとなしくなった時、部屋の扉が開き、その分薄暗かった室内に廊下の光が入り込んできた。

ベッドの下に潜り込んでいる俺から見えたのは、光に照らされた部分だけくっきりと黄色くなった床と、光の中心に立つ男の影だけだ。

男の方からは、静まり返った部屋の床に、さっき俺がぶちまけた引出しの中身が見えるだろう。仲間がやったのか、別のやつがいるのか。気配を探ってしばらくそのまま動かず、やがて室内にゆっくりと足を踏み入れた。

一歩一歩慎重に歩く足元がベッドの下からでも見える。こちらに近付いてきて、閉じていた天蓋の布を勢いよく開いたようだ。

中に誰も潜んでいないことを確認し、足は向きを変え、メイド長が倒れている傍らに近付いていく。

「合図したら、足元を凍らせてくれ」

男が風呂場の灯りをつけて中を改めているうちに、精霊に指示を出した。

『やるぞ』

『精霊獣になる』

「まだいい。やられそうだったら……」

物音が聞こえたので途中で言葉を切った。

精霊獣は目立つし、彼らに人を殺めさせるのは嫌だった。

気付いたら傍らにいつもいてくれた存在だ。孤独を感じないでいられたのは、彼らのおかげだから、敵を殺す手段にしたくなかった。

浴室から出てきた男はベッドの横を回り、今度は開いたままの窓に近付いて行った。

こちらに踵側が向いてすぐ、精霊に合図を出し、ベッドの下から飛び出した。

慌てていたせいで、ベッドの枠に背中をこすりつけてしまったけど、その痛みのおかげで落ち着けたのかもしれない。

「うおっ⁉」

足元から脹脛《ふくらはぎ》まで凍り付き、足を踏み出せずにバランスを崩し、前に転びかけていた男の背中におぶさるように飛び乗る。

「きさま！」

子供の俺でも確実に大人を殺せる場所はいくつもある。

背後から喉元に短剣を押し当て、勢いよく手を横に動かす。めちゃくちゃに暴れた男に振り飛ばされ、吹っ飛んだ先がベッドの上だったのは幸運だった。

すぐに身を起こし短剣を構えた俺と、両手で切られた喉を押さえ、目を極限まで見開いた男の目が合った。

切り裂く力が足りなかったのか。傷が浅く即死には至らなかったようだ。

仲間を呼ぼうとしたんだろうか。ゴホッと咳き込んだ男は血を吐きだし、剣を抜こうとしながら体勢を崩し、どたりと床に倒れ込んだ。

ごぼごぼと男が呼吸するたびに変な音がする。その間隔がゆっくりになり、やがて何も音がしなくなった。

人を殺したという実感はなかった。それより物音で誰か来る前に逃げないといけない。

ふわっと体が光に包まれて、慌てて廊下に視線を向ける。

誰もこちらに来る気配はないようだ。

『カミル、背中怪我してた』

「ありがとう。でも回復は目立つから気を付けて。窓の外に気配は？」

『ない』

ベッドを飛び降り、倒れた男の横を歩いて窓の手前で足を止めて振り返った。

このままメイド長の亡骸を放置するのはつらい。きっとこの屋敷の中に、他の人達の亡骸もあるはずなのに、今の俺には何もしてあげられない。

「ごめんね。……大好きだったよ」

兄上達は兄弟だし特別な存在だけど、いつもそばにいて俺を気にかけてくれたのは彼女だった。

こんな別れになるなんて。

部屋にはいった時と同じ要領で庭に戻り、体勢を低くしたまま樹木の陰を海辺の道に向かって進む。

この方向に行けば、先程見かけたふたりの男とすれ違うことになるが、王宮方面に向かって騒ぎを大きくする気にはなれない。誰が味方なのか全くわからないからだ。兄上の元に辿り着けるとは思えない。ならば海沿いから、何とかして王宮外に出たかった。

海沿いの小径と王宮の建物の間には、街路樹が植えられずっと庭が続いている。おかげで身を隠す場所には困らないで済んだ。

『キースだ』

『エドガーとルーヌもいる』

三人共俺の側近だ。十歳から十二歳の子供が、この場に来てしまうなんて。

「精霊に逃げるように伝えられるか？」

『向こうもカミルに気付いた』

「周囲に他の人間は？」

『いなーい』

怖さはあったが、木の陰から小径に姿を現して前を見ると、堂々と三人並んでこちらに歩いてくる姿が見えた。

「何をして……」

文句を言いかけてから、これから屋敷に向かう彼らはまだ何が起こっているか知らないのだと気づいて黙る。

「カミル様！」

「ご無事でしたか」

「何が起こっているんですか？」

いや、何かが起こっているのはわかっているようだ。

キースは三人のリーダー格で、きりっとした顔つきで背が高い。

エドガーはとても十二歳とは思えない大きな青年で、顔も体もごつい。黙っていると成人しているように見える。

ルーヌは三人の中ではひとりだけ二歳年下なのを気にしていて、もっと年下の俺を何かとかまおうとする。

「屋敷がどこかの兵士に襲われた。近衛ではない」

「あいつらだ！　俺たち途中でふたりの兵士に襲い掛かられたんだ」

彼らが視線を向けた先に、地面から突き出した鋭い岩の杭と氷の杭にくし刺しにされた兵士が見えた。焦げ臭い気もする。

キースは全属性、他のふたりは二属性の精霊獣がいる。どうやら精霊達はやれることは全てやって敵を排除したようだ、

『俺達もやれたぞ』

「わかっているよ。次は頼むかも」

『まかせろ』

戦えなかったことが、俺の精霊獣達は不満なようだ。精霊獣は好戦的なのか？

「敵はまだいる。急いで逃げよう」

「おまかせください。いざというときのためにゾル殿下に協力者を紹介していただいております」

「まずは王宮を出ましょう」

兄上達は御無事だろうか。

いや。俺に心配されなくても、あの方達は近衛騎士団に守られているはずだ。

「わかった。行こう」

合流した俺達は小径を走り、使用人用の通用門に向かった。


この時間帯、王宮での仕事を終えて街に帰る使用人と、これから夜の勤務に向けて通勤してくる使用人の入れ替わる時間帯なのか、それともこの門はいつもこのくらい賑やかなのか、通用門の周辺は人が溢れかえっていた。

「……人が多いな」

「ああ、殿下は屋敷から離れたことがないから」

「正門や東西門に行ったら目を回しちゃうんじゃないですか？」

服が上等すぎるからと、途中で寄った大きな倉庫で薄汚れたスカートをズボンの上から穿かされ、頭からストールを被らされている。

「喋らないでくださいね。黙っていれば女の子に見えます」

「……」

「目つき悪いのどうにかしてください」

「殿下、今だけですから我慢してください」

もうすぐ八歳なのに、女の子と思われるわけがないじゃないか。

メイド達にいつも、王子の目つきじゃないとかガサツだとか嫌味を言われていたのに。

「よお、エドガー。今日は出かけるのか？」

「明日休みなんだ」

「それで子供を連れて？」

「屋台で買い物したいんだと」

エドガーは門番と知り合いらしい。

それに子供だと思われていないようだ。

「そっちの子は？」

「私の妹だ」

キースが言いながら、俺の被っていたストールを少しずらした。

「ああ、可愛い子だな。きみは貴族だったか」

「貧乏男爵家だけどね」

「それでも平民とはやっぱり違うんだね。精霊も……全属性？」

「二属性だよ。こっちは妹の」

「そうだよな。驚かすなよ」

俺の精霊はストールの中だ。背中の後ろでもぞもぞしている。背後にキースとルーヌが立って目立たないようにしてくれている。

「よし、行っていいぞ」

「お疲れ」

こういう時のために、あらかじめ門番とは親しくなっておいてくれたんだそうだ。

子供ばかりだからと、荷物検査もなく通してくれた。

……しかし、女の子だと言って疑われないのはどうなんだ。

「俺のどこが女なんだ」

「目が大きいからじゃないですか」

「七歳じゃ間違われることもありますよ」

もう八歳になるのに。

「このまま女の子の振りで北島まで行きましょう」

「暑い」

「もう少しの辛抱ですよ。船に乗ってしまえばこっちのものです」

初めて人を殺し、初めて屋敷から離れ、初めて多くの人々のいる街に出た。

あまりの人の多さに目が回りそうで、俯《うつむ》いて歩いた。

ゆっくり考える時間がないのは、今の俺には幸運なのかもしれない。

今度はいつ王宮に戻れるんだろう。

みんなの亡骸はちゃんと弔われるんだろうか。

そもそも誰が襲ってきたんだろう？

「あの制服は西島の兵士だと思いますよ」

「第三王子か」

「おそらく」

王宮のあるここ東島は他国の人間を滅多に見かけない。街を行き来する人間は全て黒髪に黒い瞳の者ばかりだ。

だから見た目は問題ない。

俺達が彼らの中で浮く危険があるのは精霊獣の存在だ。街の平民に精霊持ちなんていない。王宮内でも王族の側近や一部の兵士しか精霊を持っていない。貴族だって持っていないやつがたくさんいる。

精霊を持っているやつはエリートだ。平民で精霊持ちのエドガーやルーヌは、門番達から見たら貴族より優れている平民ということで、期待の星なのかもしれない。

ルフタネンが他国から精霊の国と言われていると聞いた時は、みんなで笑ってしまった。

精霊王は賢王の没後、一度も姿を現さない。モアナの存在も公《おおやけ》にはされていない。

過去の王族が精霊や精霊獣の知識を独占したために、この国は精霊王に見捨てられたんだ。

だから兄上達は自分の周りの者に精霊の育て方を広めたのだが、それもまた、自分達は特別な存在だと思っている第三、第四王子とその周辺の者達には許せないらしい。

くだらない。

特別な存在なら、さっさと精霊王に面会して祝福をもらってみろと言いたい。

公務をいっさいしないで兄上たちに押し付け、精霊についても何もしていないくせに、自分の方が後継者に相応しいと他の王子を暗殺しようとする。国王は自分の身の安全しか考えず、病弱なために公に姿を現さなくなって三年。王太子が国王代理として政《まつりごと》を行っている。

国のことを考えているのは王太子と第二王子だけだ。

その王太子に何かあったら、どうなるか他の王子達は考えていないのか。いや、自分も同じことが出来ると思っているんだろうな。

北島に向かう港町で、ちょうど襲撃の時に休みで無事だったボブが合流した。そのまま逃げてしまった方が安全だったのに、わざわざ俺を捜して追いかけて来てくれたのだ。

子供の俺達にとって二十五歳の彼は頼もしい味方だ。宿に着いてから屋敷で起こったことを話すと、よく無事でいてくれたと泣かれてしまった。

彼のおかげで北島に向かう船に問題なく乗船出来た。

初めて乗った船で酔ったのと、考える時間が出来たせいか、いろんなことを思い出して吐いた。

気持ち悪そうな顔をしていたのは俺だけじゃない。側近達だって実践は初めてだったはずだ。

みんな東島を離れることが出来て、ほっとして気が緩んだのかもしれない。

北島に到着しても休む間もなく、東島との航路に使用されている港街から、帝国との貿易に使われる港のある街に向かった。

同じ島内だと思えないほどに、移動するにつれて街の様相は変化し、徐々に建物の様式が変わり、黒髪ではない人間が増えていく。

精霊を持つ人間が少ないために、馬車から外を見るしか出来なかったのが残念だ。

北島は帝国との貿易で潤っているため発言力が強く、あまり自分の島の血を引く者を国王にしようという熱意がない。おかげで俺は気付いた時には王位継承権を失っていたわけだ。

それでも彼らにとって、全属性精霊獣持ちで水の精霊王の祝福持ちの王族は、役に立つ人間ではあるらしかった。

まず俺達が向かったのはキースの家であるハルレ伯爵家だ。

領地は港からは離れた田園地帯にある。今回は港町の別宅に向かったのだが、そこですら俺の住んでいた洋館より倍以上大きくて豪華だった。

彼らは日頃から王太子と連絡を取っていたようで、すぐに母の実家であるリントネン侯爵家に連絡してくれた。北島の貴族社会はリントネン侯爵家とマンテスター侯爵家を中心に、ハルレ伯爵家を始めいくつかの伯爵家が領地を持っている。

母の実家のリントネン侯爵家は伯父が跡を継いでいた。彼は妹である母を随分と可愛がっていたそうで、俺が母に似ていると泣きそうになり、その俺がどんな目にあったのかを側近達から聞いてかなり怒っていた。

　マンテスター侯爵家は東島との港のある地域を領地としている貴族だ。

　眼鏡をかけた品のいい侯爵が、今後の俺の処遇について話し合っている間、なぜか彼の息子のサロモンがじーっとこちらを見ていた。三属性の精霊を持つ彼は魔力が強いようだ。整った顔立ちだが目が細く、真っすぐな黒髪を真ん中で分けている。年は成人したばかりくらいか？

「全属性精霊獣ですか。そちらも……」

　我慢出来なくなったのか、とうとう俺達に話しかけてきた。

「きみの精霊もそろそろだろう？」

「でもこの島に精霊獣はほとんどいないんですよ。皆、精霊どまりで」

「対話しないからだ」

「対話⁈」

　細い目を一瞬見開き、がばっと俺に近付こうとした彼を、側近が三人がかりで止めた。

「何もしませんよー。話を聞くだけです。ああでもちょっと精霊獣に触らせてください」

　黙っていればクールなイメージなのに、三人の手を振りほどこうとじたばたしている。

「しかし……三人共しっかりと主を守ろうとするんだね。鍛えているし精霊もいる。カミル様も鍛えてますね。その目つきはダメですよー。貴族の顔じゃない」

「王子に対して失礼です」

「褒めてるんですよ」

にこにことご機嫌な様子のサロモンは、ボブに睨まれても側近三人に取り押さえられていてもまったく気にしていない。その様子をその場にいる全員が驚いた顔で見ている。

「父上決めました。私は彼について行きます」

「は?!」

「そうか。じゃあ跡目は弟の誰かに継がせるぞ」

「そうしてください」

「はーーーーー?!」

驚いているのは周囲ばかりで、マンテスター侯爵もサロモンも平然としている。

「私の側近や手の者は連れていきますから、役に立ちますよ」

「いやいや。侯爵家の嫡男が権利を放棄するのか?!」

「こっちの方がおもしろそうですし、精霊獣の育て方を教えてくれるんですよね」

「そんなのは、みんなに教えるよ。王族が独占するから、精霊王がずっと姿を現してくれないのかもしれないだろ」

「いいですね! 帝国にも行きましょう。精霊王が後ろ盾になった幼女がいるみたいですよ」

「こいつが幼女って言うとキモイ」

「犯罪……」

エドガーとルーヌの会話を聞いて、サロモンは満面の笑みを浮かべてみせた。

「サロモン、なんですの？　いつもは滅多に喋らないのに」

「ああ、それはあなた達との会話がつまらないからですね」

リントネン侯爵家の長女に対してこの言いよう。場の空気が凍った。

「なんですって?!」

「きさま、失礼だろう。こんな死にぞこないの王子……」

「デルク、気を付けて話しなさい。カミル様は継承権を放棄していようと第五王子にして公爵閣下。あなたの父上より立場が上のお方です。不敬罪ですよ」

先程までとは打って変わって低い冷ややかな声は、リントネン侯爵家の子供達を黙らせるのに充分だった。

子供達と言っても長女は十五。長男のデルクは十六だ。サロモンとそう変わらないはずだ。

「うちの者が失礼しました」

伯父であるリントネン侯爵が、俺に臣下の礼を取った。

「デルクはしばらく謹慎。教育を受け直させます。状況次第では、次男のヘルトにあとを継がせますので御容赦ください」

「い……いやそこまでは」

「ここははっきりとしなくてはいけません。あなたは王子なのですから」

助けてもらう立場だからと遠慮していたが、それでは駄目なようだ。

ボブは大人だけど平民で、側近はこの手のやり取りに慣れていない。

サロモンをまだ信用は出来なくても、ありがたい存在ではあるようだ……たぶん。

その後、ひとまず俺の身の安全が確認されるまで、俺はブラントン子爵の孫としてコーレイン商会で働くことになった。

ルフタネンはもともと四つの島国がひとつに統合された国なので、土地の広さの割に貴族が多すぎるため、領地経営以外の方法で金を稼ぐ貴族が多い。むしろそれが一般的だ。

公爵とは名ばかりで領地を持たない俺も、商売を覚えておいて損はないのだ。

子爵は野心家で計算高く、サロモンが聞いたら不敬罪だと言いそうなことも平気で言う爺さんだったが、彼の息子のシモン夫妻はとても親切な人達だった。

そして半年経った頃、一時的に帝国に身を寄せてくれと突然言われた。

リントネン侯爵もマンテスター侯爵もハルレ伯爵にまで言われれば、断るわけにはいかない。

「一時的に第三王子と第四王子が手を組んだようです。第二王子が暗殺されたという噂もあります」

「…………え？」

あの優しい兄上が？　なぜ？

近衛が守っていたんじゃないのか？

「カミル様」

心配したキースが腕を掴んで支えてくれているのも、気付けないほど、衝撃が大きすぎた。

なぜ俺は生き残って、兄上が？

「俺が襲われたことは連絡してくれたんだよね？」

「はい。もうご存じでした。ただカミル様や側近達が倒したという兵士の死体は見つからず、第三王子の仕業だという証拠はないようです」

「くそっ」

「カミル様。まだあくまで噂です」

サロモンの白々しい慰めは無視した。

そんな噂が否定されずに流れているのは、本当のことだからだ。

「どんなに端の方だとしても、カミル様の住んでいた屋敷は王宮の敷地内です。そこに兵士を送り込めたのですから、第三王子は王宮内にかなり勢力を広げているんでしょう」

「王太子殿下は？」

「国王に代わって王宮の中心で政を行ってくださっているんですから、護衛の数からして違います。彼に何かあったら内戦が始まりますからね」

「ならどうして兄上は守ってもらえなかったんだ？」

「王子同士の仲が良くても、周囲がそうとは限らないんです。王太子派と第二王子派が王宮内にいたようです。……おふたりはあなたのことを心配しているんです。しばらく帝国に身を隠してください」

王太子と直接の連絡手段を持つハルレ伯爵にそう言われては、嫌とは言えない。

彼らの決定に抗う力は俺にはない。

無理に王宮に帰ったところで、足を引っ張るだけだ。

「今のうちに帝国内にも隠れられる場所を作っておきましょう。今回子爵は同行しないようですけど、コーレイン商会の人間は信用しないでくださいよ」

サロモンはこの半年で、マンテスター侯爵家ではなく俺が与えられた屋敷にいつのまにか住み込んでいた。

今回は彼とキースは残し、コーレイン商会のコニングという男が一緒に帝国に行くことになった。彼はコーレイン商会の経理事務の人間だ。子爵の指示に忠実だということと帝国の言葉が巧みだということで選ばれたらしい。

最近帝国は作物が豊作で、ルフタネンからの輸入量が減っているのだそうだ。

子爵にとっては王宮の様子より、帝国との貿易の方が重要な問題なのかもしれない。

帝国の港は想像していたよりも、ずっと活気に溢れていた。

精霊の国というイメージを崩したくないのか、帝国に向かう船の乗組員は精霊を持っている人間を多く使っているのに、街を行き来する人達の方がよっぽど精霊を持っている。精霊獣もいるようだ。

ここでは自分の精霊を隠さないで歩いていても、たまに振り返る人がいるくらいだ。ベリサリオ辺境伯に近い貴族達は、複数の精霊を持つのは珍しくないらしい。

「これが帝国」

行き来する人達の髪の色も目の色も様々で、黒髪が少ないのに驚いた。

商会の人間に見張られている俺と、ボブ、エドガー、ルーヌは別行動で、サロモンの話していた拠点作りに動いてもらった。

マジックバッグに貴金属や金貨を詰め込んであるから金銭的余裕はかなりあるが、子爵達はそれを知らない。俺達をある程度好きにさせても問題ないと思っているようだ。

「あ。いけない。次の店に行くのに持っていかなければいけない書類があったんでした。取りに行っていいですか」

挨拶回りの途中で、コニングが突然足を止めた。

「いいよ。俺はそこの公園で待っていていい？」

「わかりました。屋台で何か買って食べていてください」

公園近くの道にはたくさんの屋台が出ていたけど、兄上が死んだかもしれないと聞いた日からあまり食欲がなかった。

ルフタネンのやつらは、自分の住む島のことしか考えていない。

それなのに命を懸けてまで、守る価値があの国にあるんだろうか。

『ルーヌ来た』

公園の前を入り口に向かって歩いていたら、道の向こうからルーヌが走ってくるのが見えた。

「よかった。捜しました」

屋台で買い物をする人達の中に紛れ、肩を並べて歩く。

遠くで歓声が聞こえたような気がした。

「拠点は出来た？」

「はい。店に何人か人を雇いました」

「金は足りてる？」

「大丈夫です。あの……」

「なに？」

「第二王子が暗殺されたのは、間違いないそうです。お葬式が行われたそうです」

「…………そう」

ルーヌに知らせてくれた礼を言って別れ、公園の奥に向かった。

出来るだけ誰もいない場所に行きたかった。

葬式にさえ出られないのか。

初めて抱きしめてくれた人だったのに。

生き残るために精霊獣を育てろと、会うたびに言っていたっけ。

あなたが死んでしまったらだめじゃないか。

王太子は今、あの王宮でちゃんと守られているんだろうか。

もっと俺が大人だったら。

もっと俺が強かったら。

何か変わっていたんだろうか。

「どうしたの？　具合が悪いの？」

「え？」

傍に人が来たのに精霊が知らせてくれないなんて珍しくて、驚いて振り返ったら女の子が立っていた。

自分の周りにはいつも大人しかいなくて、年齢の近い女の子とこんな近くで話すのは初めてだ。

髪に艶があってきらきらしていて、睫が長くて、瞳は宝石みたいな紫色のやたら可愛い女の子だった。

すごく可愛いけど……なんだろうこの子、本当に人間か？

「どこか痛いの？」

こてんと首を傾げて聞いてくる。

つい顔に目がいってしまっていて、彼女の頭上の精霊にしばらく気付かなかった。

こんな強い魔力を持つ精霊を初めて見た。兄上達の精霊より強い。間違いなく全属性精霊獣に育っている。

彼女が近づいてきたので後退《あとずさ》りそうになって、逃げださないように足に力を入れた。

可愛いから余計に怖いってこともあるんだ。

……ふと、目尻から頬に流れ落ちる涙の感触に気付いて、慌てて目を擦った。

泣いていたのか俺。

「目が傷ついちゃうよ。これでふいて」

「……ありがとう」

『おまえは何者だ』

女の子があまりに近くに来たので、おとなしくしていてくれと言われていても我慢出来なくなったんだろう。精霊達がふたりの間に割り込んできた。

『この地は我が精霊王の地。その祝福を受けた子供にその態度は許さぬ』

『我が主も祝福を受けている、気安く近づくな』

精霊王？　祝福？

やっぱりこの子、普通の子じゃないよな。

「具合が悪いのかなって気になっただけなの。邪魔をしたならごめんなさい。あなた達がこんなところで喧嘩なんて始めたら、精霊王達の迷惑になるから落ち着いて」

『しかしこいつらが』

「イフリーいいのよ、ありがとう。みんなも怒らないで」

精霊獣を見る眼差しも、話し方もやさしい。

初対面の俺を心配してくれるのだから、いい子なんだろう。

『あんなことを言いながら、あいつらは精霊獣にはなれないのだ。他国でその国の精霊王を怒らせるわけにはいかないからな』

「イフリー、煽らないの」

「みんなもだよ。おとなしくして」

やっぱり精霊獣って、けっこう攻撃的な性格なのか？

彼女の精霊獣も俺の精霊獣も、わちゃわちゃと動き回りながら言いたいことを言い出して収拾がつかない。

女の子も驚いているようだから、この状況は珍しいのかもしれない。

なんて声をかければいいんだろう。

目つきが悪いとか、言葉遣いが悪いって、よく言われているんだよな。

「ごめんね。僕の精霊獣が迷惑かけて」

「僕?」

「うん?」

「げーーーーー! 男の子?!」

突然指さして叫ばれた。

げーって。

こんなかわいい子が、げーーーって言うんだ。

「お嬢様? どうなさいました?!」

少し離れた場所にいた女性が駆け寄ってきた。

やっぱりこの子、お嬢様なんだよな。げーーーって言ってたけど。

「ジェマ! この子男の子だって!」

あ、げーーに驚いて聞き逃していた。

俺は帝国でも女の子に見られるのか。

……まあいいけどさ。

「……ええ、そうでしょうね」

「え?」

「男の子だと思っていましたけど、私は」

「……男です」

そんなに意外そうな顔をされるほど、女っぽいとは思わないんだけどな。

こんな筋肉つけている女の子なんて……服を着ているとわからないか。

「やー、可愛いからてっきり女の子かと思っちゃった」

こんな可愛い子に可愛いと言われて、女の子に間違われる俺って、男としてどうなんだろう……。

『こいつおかしい』

『なぜ精霊王はこいつに祝福なんてした？』

「誰がこいつよ」

やめろ。きっと怒らせるとやばい子だから。

おまえらより、この子の精霊獣の方が強いから。

「本当にごめんなさい」

「ああ、気にしないで。本当に平気だから頭を下げないで。私の方が失礼だったから」

「まったくです。うちのお嬢様が失礼いたしました」

「えーっと、そうそう。どうしてひとりでな……こんなところにいたの？　迷子？」

どうでもいいけど、この子は初対面の相手のこんな近くにいていいのか？

護衛がつくほどのお嬢様なんだろう？

話しながら顔を覗き込んでくるのはやめてほしい。近すぎるよ。

「違う。迎えを待っているだけ」

「迎え？　あ、ジェマ、もしかして入場規制してる？」

「ええ。でも用事や待ち合わせの人は入って来られるはずですよ」

公園に入場規制？

護衛は何人いるんだ？

しばらく会話をしているうちに、コニングが戻ってきた。

一緒に来た男は女の子の護衛で、コニングとは知り合いだという。

「ご紹介にあずかりましたコーレイン商会のエルンスト・コニングです」

「ディアドラ・エイベル・フォン・ベリサリオです」

「ベリサリオ？　辺境伯の⁈」

今度は我慢出来ずに後退ってしまった。

この子が精霊王を後ろ盾にした幼女？

この魔力、精霊獣の強さ。やっぱり普通の子じゃないんだ。

「こちらはベリサリオ辺境伯のお嬢様ですよ」

コニングは挨拶が終わった後、俺の隣に立って肩に手を回してきた。

……気持ち悪い。

信頼していないやつに触られるのは苦手だ。

普段はこんなに近づいてこないくせに、なぜ今日だけ？

「離れろよ」

ベリサリオ辺境伯のお嬢様が護衛と背を向けて歩き始めて、声が聞こえないくらいに離れてから、低い声で呟いて横目で睨む。

コニングは驚いた顔で俺から離れた。

「次の店に行くんだろ?」

「あの……お嬢さんと何を話していたんですか?」

「なにも。精霊同士が喧嘩していただけだ」

「喧嘩? あの方を味方につければ、あなたは王太子にさえなれるかもしれないんですよ」

何歩か歩き始めていた俺は、足を止めて振り返った。

「それが子爵の狙いか?」

「……いえ」

「忘れるな。俺は王位継承権を放棄している。王太子殿下に何かしてみろ。俺が北島を滅茶苦茶にしてやる」

あの子を味方につける?

彼女になんの得があるんだよ。

その気になれば今のルフタネンなんて、あの子一人で潰してしまえるのに。

「あの……」

「行くんじゃないのか?」

「は、はい」

北島の貴族達の前ではおとなしくしていたから、俺がこういう性格だとは知らなかったんだろう。

サロモンはなんとなく気付いていていて、それを面白がっているようだけど、変人だからな。

◆

ベリサリオ辺境伯のご令嬢と出会った翌日、突然コニングが北島に帰ると言い出し、二日後の船を予約してきた。いったい何を考えているのか知らないが、振り回されるのは迷惑だ。

体調が悪いと言ったらホテルに置いて行ってくれたので、ボブ達と拠点にした建物で過ごすことにした。

一階がパン屋で二階がパン屋を営む家族の住居。三階四階が俺達の拠点だ。パン屋夫婦にはボブが大家だと話してある。ベリサリオに住むルフタネン人は増えているので、特に怪しまれてはいないようだ。

「船に何時間も閉じ込められるのが不便だな」

「海は不安がありますしね」

「王宮には転送陣があるんだろ？　他の島に一瞬で飛べるって聞いたぞ」

『飛べるぞ』

「ああ、噂では聞いたことがある。本当だったら便利だな」

『覚えた』

『雷も』

『あの生意気な精霊獣共には負けない』

ディアドラと会ってから、精霊獣同士でわちゃわちゃしていたと思ったら、対抗意識を感じたのか新しい魔法を覚えたらしい。

「まさか、空間魔法ってやつか？　モアナが話していたことがある」

『それだ。行ったことがある場所なら飛ぶぞ』

『びゅーん』

行ったことのある場所ならどこでも？　あの屋敷にも？

北島にも一瞬で戻れる？

「それは俺達も出来るようになるの？」

ルーヌが期待を込めて聞いたが、全属性の精霊獣を育てないと駄目だと言われてがっかりしていた。

「この建物内に、いつでも飛んでこられる部屋を作っておこう」

「キースは覚えられるのか。いいなあ」

「今から精霊を育てればいいだろう」

「この話はまだ仲間以外に知られたくない。気を付けてくれ」

雑談していたルーヌとエドガーが表情を引き締めて頷いた。

彼らにしてみても、まだ信じられるのは一緒に逃げ延びた仲間だけだ。サロモンはまだ信用しきれてはいないが、今後のことを考えたら大人の仲間は必要だ。

「コニングは信用出来そうですか？　真面目な男だと思うんですが」

「駄目だ。でかいのに小心者だし、子爵に褒められることしか考えてない」

どうにか認められて仕事を任せてほしいんだろう。

そのためには、命令されていなくても俺達のことを秘かに探って子爵に報告するような男だ。

今回も彼は俺とディアドラがどんな話をしたか知らないくせに、俺達が友人になったと報告したらしい。

北島に帰ってから、俺に対する皆の接し方が確実に変化していた。

襲撃者から逃れ、精霊王の後ろ盾を持つ妖精姫と巡り会った勇敢な王子。

誰だよ、それ。

女の子と間違われただけだぞ。顔さえ覚えられているか怪しいのに。

「王宮に堂々と帰るべきですよ。妖精姫と親しいということが、ルフタネンにどれだけの恩恵をもたらすか。姿を現さない精霊王との橋渡しだってしてくれるかもしれないじゃないですか！」

「落ち着きたまえ、子爵」

ひとりで盛り上がっている爺さんは、興奮しすぎてぽっくりいきそうなんだけど大丈夫かな。

なんで妖精姫と知り合いになっただけで、こんな大騒ぎになるんだろう。うちの国と関係ない子なのに。

「正規の兵士を護衛につけましょう。精霊獣がいるんです。襲われても返り討ちにすればいい。ハルレ伯爵、王太子殿下に連絡してください」

「たしかにこれは北島の発言力をあげるチャンスかもしれんな。帝国との貿易は、我が国の外貨収入の多くを占めているんだ。ベリサリオ辺境伯との繋がりは大きい」

「そうですよ。これで妖精姫と婚約なんてことになったら」

「子爵、いくらなんでもそれはないよ」

我慢出来ずに口を挟んだ。夢を見すぎだ。

伯父であるリントネン侯爵まで乗り気になってしまっているじゃないか。

ちらりとコニングを見たら、青い顔で俯いていた。こんな大事《おおごと》になったら、本当のことは言えないよな。

俺だって、王宮に行けるのに言うわけがない。

護衛付きで堂々と帰れるなんて、妖精姫の影響力はすげえな。

「本当に王宮に行かれるのですか？　王宮に赴けば第三王子がおとなしくしているわけがありません」

「ハルレ伯爵。そのために兵士を連れて行くんだろう。西島にこれ以上好き勝手はさせられない」

「しかし……」

「行くよ」

それに関しては迷いはない。

転移が出来るようになったんだ。一度行っておけば、何かあった時に兄上を助けに行ける。

今なら、少しは役に立てるはずだ。

「さすがカミル様。商会からコニングを同行させましょう」

「断る。精霊獣のいない者、自分で自分の身を守れない者は連れて行かない。邪魔になる」

ブラントン子爵に功績をあげられたら、あとあとめんどうなことになりそうだ。出来るだけ関わらない方がいい。

「それは……しかたないですな」

「うちからはキースだけでは不安なので、ファースを護衛につけましょう」

ファースは精霊獣を二属性連れた細面に切れ長の目の地味な男だ。紹介されるまで、彼が伯爵の斜め後ろに立っていたことを意識してなかった。

「彼は強いです」

キースに言われて頷く。

「マンテスター侯爵家からは私が行きますよ。ヨヘムを連れていきます。カミル様を守ってね」

「かしこまりました」

サロモンとヨヘムが一緒にいると、胡散臭さ倍増する。

ヨヘムは女性にモテる色男なんだそうだ。顔がエロイんだって。

確かに彼が一緒にいると、お姉さんやおばさんが優しくしてくれる。

……仲間が増えるのは嬉しいんだけど、濃い大人ばかりが増えていく気がする。

「ふむ。第四王子が後ろ盾を失い、第三王子はカミル様襲撃の犯人として失脚させられそうだとなると、カミル様の地位はかなり高くなりますな」

「第四王子がどうしたんだ？」

「彼は好き勝手しすぎたんです。証拠がないとはいえ、第二王子殺害に絡んでいる可能性が高いため謹慎中だったはずなのに東島の侯爵令嬢を無理矢理自分の物にしようとして、東島の貴族達を本気で怒らせたんです。それで南島の貴族達が、もう彼を南島の代表にする気はないと正式に発表したんです」

「しかし幽閉するために移送中に逃げ出し、現在行方不明です」

サロモンとヨヘムが質問に答えてくれた。

皆の態度が変わった原因のひとつがそれか。

もう第三王子も第四王子も王位継承者としては、立場が弱くなっているんだ。

今までは、北島の血を引く王子だし子供だから保護しようとしていただけの大人達が、今では俺に利用価値を見つけたのか。

妖精姫にその気はなくても、彼女がきっかけをくれたんだから、ここで何かしないと。

俺はまだ何も出来てない。

屋敷で働いていた人達も守れなくて、兄上の力にもなれなかった。

あの子は俺より小さいのに、いろんなことをしているのに。

「カミル様？」

「いつ王宮に行ける？」

「あちらの情勢を探り、秘かに王太子に連絡を取りますので、少しお待ちください」

「ハルレ伯爵、よろしくたのむ。キースを側近に寄こしてくれたことも、改めて礼を言わせてくれ。彼にはいつも助けられている」

味方を増やすためには、人との接し方も考えないといけない。

彼らが俺を利用するなら、俺も彼らを利用しないと。

流されるままに言うことを聞いていちゃ駄目だ。

それにこのおっさん達、ルフタネンの置かれている状況がわかっていない。

もう精霊の国だなんて恥ずかしくて言えないくらい、帝国の方が精霊が多くて、精霊王を見たって人も多いのを知らないんだ。

四つの島をひとつの国にしたのって、そうしないと他所の国と戦えないからだろ。

それなのにこんなにバラバラになってちゃ、攻められたらどの島も乗っ取られてしまう。

でも帝国の精霊王は、人間の前に顔を出しすぎじゃないのか？　貴族なら見たことある人の方が多いってベリサリオだけなんだろうか。帝国全土？

「いやー、さすがカミル様。あなたは何かやらかしてくれると思っていましたよ。期待以上だった」

住居として与えられた屋敷に帰り、いちおう身内だけになったら、サロモンが両手を大きく水平に広げて、芝居がかった仕草で話しかけてきた。

「なにもしてないよ」

「帝国に初めて行って、偶然妖精姫に遭遇して知り合いになるって、どれだけすごい偶然だと思っているんですか。使える物はなんでも使いましょう。王宮に戻りたいんでしょう？」

戻りたい。

王太子が無事な姿を確認したい。

まだ覚えていないなら転移魔法を教えて、危険な時には転移で逃げられるようにしてほしい。

「僕とヨヘム。キースとファースは行くとして……。ファース、あなたは誰の護衛だい？」

「どういう意味だ」

「カミル様を守るつもりなのか、キースを守るつもりなのか。どっち？」

「……」

「キースか。まあいいよ。カミル様、他には誰を連れていきますか？」

「ボブを連れていく。エドガーとルーヌは留守番だ」

「ええ!?」

「なんで？」

「連れていく人間は少なくしたい」

ふたりともむっとした顔で俯いた。

あとでふたりとは、ゆっくりと話さないと駄目かもしれない。

平民で子供のふたりは、王宮の中では嫌がらせをされるだろうし、狙われる危険が高い。

特にふたりは平民なのに二属性の精霊獣を持っている。これは、王族や貴族が精霊についての知識を独占しているルフタネンでは滅多にないことだ。

「そうそう。これをカミル様に渡したかったんですよ」

「それは？」

「マジックバッグです！　ふたつ手に入れたので、ひとつはカミル様にと思いまして」

うわ。気まずい。

空間魔法憶えたから作れるけど、今はまだ言いたくないんだよな。

「ありがとう」

「あまり嬉しそうじゃないですね。マジックバッグ知ってます？」

「サロモンに借りを作るのはこわい」

「ぶふっ」

「笑うなヨヘム。えーーこんなにお役に立とうとしているのにーーー」

そういえばおっさん達、執事や料理人は用意してくれたのに、侍女がひとりもいないのはなんでなんだろう。

ヨヘムやサロモンって女の人を傍に置いておけない人？

「なんですか、そのゴミでも見るような目は」

おまえのせいかとは聞けなかったけど、あとでボブに聞いたら、襲撃された時に戦えるメンバーを集めたら女性がいなかっただけだった。

疑ってごめん。

見た目が怪しすぎた。

◆

王太子に内密に連絡を取るのも、護衛の人員を配置するにも、それなりに時間は必要なので、その間にキースに空間魔法を覚えさせ、エドガーとルーヌを残していくのは後方支援のためだと説明した。

一度王宮に入ったら、出るのも大変なはずだ。

必要な物が出来た時に、自由に動ける仲間が欲しい。

帝国から帰ってひと月後、ようやく王太子と連絡がついて、返事が返ってきた。

ハルレ伯爵の妹が王宮で侍女をしていて、彼女から王太子の執事に連絡をつける算段になっているらしい。

兄上の字を見られただけでも嬉しかった。

会えるのは嬉しいけど、危険なことはしないでくれと書いてあった。

自分は平気だから。どうにかやっていけているから。カミルは自由に生きていいんだよと書いてあった。

自由に生きていいのなら、王宮に行くよ。

王宮に行くにはさらにひと月の準備期間が必要だった。

王子が正式に護衛や側近を連れて旅をするんだ。手配しなくてはいけないことがたくさんあるんだろう。半分は無駄にしてしまうけど、迷惑をかけないようにフォロー出来るようにしないとな。

王宮から逃げ出した時とほぼ同じルートで、東島への船が出る港に向かう。

そこはマンテスター侯爵領なので、屋敷に泊めてもらって翌日船に乗った。

今回は一番いい船室を押さえてもらっている。

船に乗ってすぐ、俺は全員を自分の船室に集めた。

「全員いるね。これからの計画を話すから、よく聞いて」

「計画？　船を降りてからの話ですか？」

俺の計画を知っているのは、キースとボブだけだ。

不思議そうな顔をするサロモンに心の中で謝りながら、首を横に振る。

「港にはいかない。最初の予定通りに旅をしたら、襲われるに決まっているだろう」

「おおお⁈　何か計画があるんですね。どうするんですか？」

ここまで計画を黙っていたことを怒るより、好奇心が勝ったのかサロモンは嬉しそうだ。

「ここから王宮近くの屋敷に転移する」

「は？」

「だから、ここから俺とキースがみんなを王宮近くの屋敷まで転移で連れていく」

「はーーーーーー⁉」

がばっと勢いよく両肩を掴まれた。

「つまり転移魔法を使えるということですか」

ヨヘムがべりっと俺からサロモンを引き離して、ポイッと後方に投げた。無表情のままそれをフアースが受け止めたので、もしかしてこの三人はいつの間にか仲良くなっているのかもしれない。

兵士達は訓練が行き届いているのか、無言のままで顔を見合わすだけだ。でも聞きたいことは山ほどあるんだろう。じっと俺の様子を窺っている。

「黙っていてごめん。でも北島に残る貴族に知られたくなかったんだ。私とキースは転移魔法が使える。……マジックバッグも作れる」

「あー、いいですよ。まだ信用されていないのはわかってますから」

もともと細い目を更に細くしてにんまりと笑われた。どう見ても裏がありそうな顔に見える。これで本当に俺の味方になりたいと思っているなら、顔でだいぶ損をしているな。

「それより！」

サロモンは俺に駆け寄ろうとしたけど、ファースが服を掴んでいたので、首が締まってしまって仰け反っている。いちおう侯爵子息なのに、みんな扱い方が雑だ。

「計画を聞きましょう」

「王宮に行くと決まってから、準備期間がけっこうあったからね。俺とキースは何度も王宮付近に転移していたんだ。ボブ達も連れて行っていたから、みんなを連れて行くのも問題ない」

「そんな危険なことを!? 信頼されていない私達も悪いんでしょうけど、仮にも王子にそこまでさせるとはどういうことですか！」

サロモンが詰め寄った相手はボブだ。

彼は王宮の兵士なのに、帰らないでずっと俺の護衛を続けてくれている。

「転移魔法は他の者では使えません」

「キースときみでやればいいだろう」

「キース様も伯爵の御子息だということを忘れるな」

「きみこそ私が侯爵の息子だってことを忘れていないかい？」

今度はサロモンとファースが言い合いを始めた。

これじゃあちっとも話が進まないじゃないか。

「話を進める。邪魔をするならおいていく」

「とんでもありませんよ、カミル様。この馬鹿は置いて行ってもいいですけど、私は役に立ちますよ。屋敷はどうされたんですか？」

「借りた」

「資金は？」

「何かあった時のためにと、兄上達が貴金属やお金を預けてくれていた。マジックバッグももらっていたからそこに入っている。サロモンにもらったマジックバッグは、今はキースが使っている」

サロモンはにんまりと微笑み、ヨヘムの隣に立ち肩をぶつけだした。

「聞きましたか？　だから言ったでしょう。王太子殿下も第二王子もカミル様を大事にしているんですよ。それにこの行動力。慎重さ。素晴らしい！」

「わかった。痛いから落ち着け」

「さて、計画を聞きましょう」

急に笑みを消して椅子に座り、足をピタリとつけて背筋を伸ばし、好奇心に目を輝かせて俺を見上げてきたサロモンは、行動が読めなくてやばい人みたいだ。

「この人、変だよ」

「しー。目を合わせちゃいけません」

キースとボブが小声で話しているけど、室内が静まり返っているから全部聞こえているよ。

「まず最初に言っておく。転移魔法が嫌だと言う人は部屋から出てくれ。無理に連れていく気はない」

命を狙われている第五王子の警護を任された兵士達だ。帰っていいと言われても帰れる立場ではないのかもしれないけど、誰ひとり部屋を出て行く者はいなかった。


二回に分けて皆を転移させたのは、貴族街にある屋敷のひとつだ。持ち主が領地に戻り、買い手のつかないまま廃墟のようになっていたので、一か月だけ倉庫代わりに借りたいと言ったら、前金で家賃をくれるならかまわないと言われた。

ルフタネンは今、経済があまりうまくいっていない。帝国への輸出が減り、政治は不安定だ。新しく屋敷を買おうなんて貴族はいないから持て余していたんだろう。

転移魔法は一瞬だ。

船室にいたはずが、すぐ近くに王宮のでかい建物が見える庭に移動したことで、みんな呆然としていた。

「すごい。……これが転移魔法」

「カミル様。これは王太子殿下も出来るんですか？」

「殿下の精霊獣なら出来ると思うよ」

「ほお」

サロモンの相手をしている間に、ボブが兵士の指揮官と共に隊列を整えてくれる。

彼らには何かあっても手を出さなくていいと言ってある。サロモンも正規の兵士同士の戦闘にすると、あとが面倒だと言っていたので、彼らも納得してくれてはいるようだ。

王宮には正門以外に東西に少し小さな門があり、他に従業員用の出入り口がある。今回俺が向かったのは王族しか使えない門だ。正門から歩いて五分ほどの位置にある門で、正門からもこちらの様子は見える。北島の正規の警護兵に囲まれた子供が王族専用の門に向かえば、それは第五王子の一行だというのは誰もがすぐにわかることだ。

「第五王子殿下がおいでになるのは、二日後と聞いておりますが」

「その予定通りに来たら、襲撃される危険が大きいだろう。身分を表す紋章入りの指輪も持っているぞ。ああ、ここまで転移魔法で来たから、船は今頃、港についているだろう」

侯爵子息のサロモンが代表で門番と話している。

門番達にしてみれば、高位貴族のサロモンも北島の正規兵も、下手な扱いをしたら大問題になる相手だ。顔色を変えて対応するのを俺は黙って見ているだけだ。

王族の俺としては、門の前に立たされているのを怒った方がいいのかな。

こういう時、普通王族はどういう対応を受けるんだろう。

ああ、徒歩でやってくる王族なんていないか。普通は馬車だよな。

でもサロモンが、どうせなら目立って第五王子の存在を皆に知らしめようと言い出したんだよ。

ずっと王宮の隅で生活していたから、貴族の中でも第五王子の存在って都市伝説になっているみたいなんだ。

門番も第五王子？　本当にいたの？　って顔をしてたもんな。

そのまま待つこと十分以上。

もう怒っていいんじゃないかな。

「サロモン、そろそろ？」

「そうですね。派手にやりましょうかね。……本当に竜なんですよね？」

『疑っている』

『サロモンうるさい』

『変人ですまない』

『変態ですまない』

「最近、私の精霊獣もよくしゃべるようになってきたんですけど」

「それだけ育っているんだよ。もう一属性育てた方がいいよ」

俺の精霊獣は、他の人のよりよくしゃべるみたいだけどね。

「そいつが第五王子の偽物か!!」

大声とともに現れた男は、慌ててやってきたのか息を切らしていて、制服を着た兵士を十人以上引き連れていた。

「俺は第三王子だ。第五王子が来るはずがない。そいつは偽物だ！」

「なぜ来るはずがないんだ？」

一歩前に出ながら話す口元が笑ってしまう。

まさか第三王子本人が来てくれるなんて。

忘れもしない。彼の連れて来た兵士の制服は、あの日、俺を襲った兵士の着ていた制服と同じだ。

「きさまが偽物か！」

「なぜ来るはずがないんだ？」

もう一度同じことを、今度はわかりやすくゆっくりと聞く。

第三王子は俺より七歳年上のはずだ。なら、成人しているはず。

小柄で細くて綺麗な顔をしているのに、癇癪《かんしゃく》を起したようながなり声と、口をへの字にして目を吊り上げた表情のせいで、だいぶ下品に見える。

「第五王子を乗せた船は、港に到着したばかりのはずだ」

「よく知っているね。でも無駄な時間を使いたくなかったから、私達は転移魔法でここまで来たんだ」

「転移？」

「全属性精霊獣を持っているから、空間魔法が使えるんだよ」

目立つ気満々で、俺の精霊獣達が小型化した姿で顕現した。

小さくても間違いなく竜の姿だ。それが守護するように俺を囲んでいる。

「精霊王モアナ様の祝福も受けている。この事実だけでも私が偽物ではないとわかるはずだ。……あなたは精霊が二属性しかいないみたいだね。本当に第三王子なのか？」

「こ……この……」

第四王子は三属性の精霊を持っているから、精霊の数では第三王子が一番少なくて、そのことを気にしているという噂は聞いていた。

「おまえは偽物のはずだ……第五王子は……死んだと……」

ああ、こいつ馬鹿だ。

「そう報告を受けていたのか。それで私の前に堂々とその制服を着た兵士を引き連れて来たんだね。私の住んでいた屋敷を襲撃し、侍女や料理人など十人以上を殺害した犯人は、きみの兵士と同じ制服を着ていたよ」

集まっていた野次馬と、門番達と、王宮の警備兵の視線がいっせいに第三王子に注がれる。俺の言葉が事実ならば、彼らは王族の殺害未遂の犯人だ。

「きみの兵士が三人、返り討ちにあったのは知っている？」

「……ぐ」

第三王子が振り返った先にいた兵士は、真っ青になって俺を睨んでいた。なにか言い訳を考えているんだろうけど、何も思いつかないのか口をパクパクさせている。

『カミル、そこの男はあの時いたぞ』

『一階にいた気配がそいつと同じだ』

実行犯が、ぬけぬけと俺の前に顔を出した？

「どいつだ？」

『こいつ』

ズザザザ……と音を立てて、氷の杭が男を囲むように地面に突き刺さった。

「な、なにをするんだ！　攻撃されたぞ！　そいつらを捕まえろ！」

彼らとしては、もう俺達を捕まえて偽物として処分するしかない。

第三王子の命令に従って、腰の剣に手をかける。それに対抗して、こちらの兵士達も臨戦態勢になった。

「捕まえる？　王太子殿下が俺のために派遣してくれた者達を殺しておいて、よくもそんなことが言えるな」

「殺せ！　この偽物を殺せ！」

『カミル』

「いいよ」

俺が許可を出すとすぐ、精霊獣達がその場で大型化した。

それぞれの属性に沿った色をした巨大な竜が現れ、悠々と空を泳ぐ。鱗に日の光が反射してきらきらと輝いていた。

この大きさなら、王宮からも見えるはずだ。

「何をしている！　早く殺せ！」

「きみ達、ここの決断は気を付けた方がいいよ。西島が第三王子を見捨てた時、一緒に切り捨てられるか島に帰れるか。きみ達次第だよ？」

話すサロモンを守るように、小型化して顕現した彼の精霊獣が周囲を固めている。本人が変人の割には、巨大な狼のようなまともな姿をした精霊獣だった。

精霊獣の数だけでもこちらの方が上だ。

皆が小型化した精霊獣を顕現させたので、俺達を警護する兵士の更に外側を精霊獣達が囲んで守護している。

大声でわめいている第三王子と真っ青になって今にも逃げだしそうな彼の兵士達。彼らと俺達と、どちらが犯罪者に見えるかははっきりしていた。

「カミル様」

ボブに肩を叩かれて振り返ると、彼は王宮の方向を見上げていた。彼の視線を追って見上げた先に、俺の精霊獣より少し大きい四色の竜が王宮を取り囲むように姿を現していた。

「殿下の精霊獣だ」

巨大な竜が王宮上空を覆うように姿を現したのだ。地上は大騒ぎだ。太陽が遮られて周囲が暗くなったせいで、精霊獣を初めて見た市民が避難しようと逃げ始めた。

ここまで大きな騒ぎにするつもりはなかったんだけどな。

まさか殿下まで精霊獣を出してくるとは思ってなかった。

『ひさしぶりに大きくなれた』

『ラデクの精霊獣だ！』

「殿下って言ってくれ」

『精霊に人間の地位なんて関係ないぞ』

「兄上なんだよ」

『兄は目上だ』

『ひさしいな、カミルの精霊獣共』

『本当にカミルだ。ラデクに知らせてくる』

現れた精霊獣達も大型化出来て嬉しくて大騒ぎだ。

これ、この後どうすればいいんだろう。

「素晴らしい。伝説の賢王と同じ竜の精霊獣が一度にこんなに。この光景を見られただけでついてきた甲斐がありました」

「感激している場合か。こんな大騒ぎにする予定じゃなかっただろう」

サロモンをまともに働かせるには、ヨヘムを横に置いておいた方がいいんだな。

「な、なにをしている！　私を守れ！」

竜型の精霊獣に睨まれ、第三王子は地面に座り込んでしまっているのに、誰も助けようとする者がいない。彼の連れて来た兵士達は距離を取って様子を窺っている。

あれ？

「精霊は？」

「はあ⁉」

「きみ達の精霊はどうしたんだ？」

いつの間にか第三王子と彼の兵士達の精霊が姿を消していた。

今まで様子を窺っていた西島の兵士は、これはもう駄目だと思ったらしい。武器を捨てて跪いた。

「きさま！　何をした！」

知るか。他人の精霊を消すなんて技は持っていない。

「カミル様！　あちらに！」

サロモンが俺の腕を掴んでぶんぶん振りながら上空を指さした。

「モアナ様。精霊王だ！」

上空に光が集まり、スモークブルーの髪を腰まで伸ばした美しい女性が姿を現した。薄い上着と髪が風に揺れ、俺と王太子の精霊獣がモアナに懐いて彼女の周囲に集まっていく。

すごい、ちゃんと精霊王に見える。

今までいつの間にか現れていたから、近所のおねえさんみたいなイメージになっていたけど、今回、だいぶイメージが変わった。

賢王が亡くなって以来、大勢の人間の前に精霊王が姿を現した記録はない。

何十年かぶりの精霊王の登場に周囲はパニックだ。

気絶する者、泣いて跪く者、逃げ出す者に何か叫んでいる者。

中にはうっとりと空中に浮かぶ美女に見惚れる者もいる。

普段は、やあモアナひさしぶりって手を振るのが挨拶だけど、さすがに今はそれじゃやばいんで、俺が率先して跪いて仲間にも跪けと手で合図した。

気分はもうどうにでもなーれだ。

『カミル、ようやく会えましたね。ラデクもこれで安心でしょう。もうルフタネンの王族として認められるのは、王太子とあなたしかいません』

「な、なんでだ!!」

慌てて立ち上がった第三王子をモアナは冷ややかに見下ろした。

『あなたは誰? ああ、カミルを殺せと命じた男ね。早くこの者を捕まえなさい』

ちょうど王宮の兵士が到着したらしい。

第三王子と西島の兵士は、呆気なく大勢の兵士に捕らえられて連れていかれた。

それからはもう大変だった。

何がって、正当な王子の帰還を祝福するために、王宮に続く道の両側に兵士や貴族達が跪いて並んだからだ。今まで出来るだけ目立たないように王宮の隅で育てられた俺なのに、突然、宮廷をあげての大歓迎だ。王室と北島の旗が並べられ、楽団が演奏を始めた。

「帰りたくなってきた」

「王太子殿下に会えるんですよ」

「……しかたない」

これはたぶん、王太子が命じたんだよな。俺を正当な王子だって意識づけるためなんだろう。

仕方なく道の中央を進む俺達一行の頭上で、モアナがにこにこと微笑んでいる。

そろそろありがたさがだいぶ減ってきているから、もう少し幻想的な感じで、気付いてたらすっと消えていたってことにした方がいいんじゃないかな。

美人で優しそうだという声が聞こえて来たので、人気にはなっているみたいだ。

でも本当は、彼女は北島を担当している精霊王で、東島は土の精霊王のアイナの担当だ。ただアイナの姿を見たという話は聞いたことがない。

道の突き当りにある王宮を、今までは海側から大きい建物だなとずっと見上げていた。正面から、しかもこんなに近くから見る時が来るとは思ってもいなかった。

白い石を基調に、部分的に木を使用しているのが帝国との違いだ。大きな窓と広いバルコニー。そこにクッションを置いて海を眺めながら食事をするのがルフタネンスタイルだ。

王宮にも左右対称に各階に大きなバルコニーが作られていて、警備の兵士が等間隔に立っているのが見えた。

「カミル様」

正面玄関で出迎えてくれた人には見覚えがあった。兄上達と一緒に何回か俺のいた屋敷に来たことがあった人だ。

モアナもさすがに建物の中までは突入して来ないようで、小さく手を振って姿を消した。今度改めてお礼を言わないと。

「よくご無事で。どうぞこちらに。王太子殿下がお待ち……」

振り返った途端、言葉を飲み込んで苦虫を噛み潰したような顔になったってことは、噂の王太子殿下がすぐそこの階段の踊り場までやってきているのは、予定外だったんだろうな。

ここはまだ王宮を訪れた客が、自由に行き来できる場所だ。王太子が普段こんな場所までやってくることはありえない。

わざわざ来てくれたのは嬉しい。

けどいつも、ゾル兄上に注意されていたのに。

「カミル！」

急いで階段の下まで進み出て跪く。

背後で仲間達が跪いたのと、王太子が階段を駆け下りて来たのはほとんど同時だった。

「本当にカミルか？　どこも怪我はないのか？」

十二歳年上の兄上は、俺にとってはただ兄だというだけじゃなくて、父の代わりでもあって、でもこの国の王太子で。近くて遠い存在だった。

その兄がすぐ目の前に膝を突き、両手で俺の肩や腕や頬を撫でて無事を確かめていく。王太子の仕事用の高そうな上着の裾が床に広がってしまっている。

「カミル？」

「護衛より前に出ちゃ駄目だってゾル兄上に言われていたじゃないですか」

小声で文句を言ったら、目を大きく見開いてしばらく俺を見つめたあと、ぎゅっと抱きしめられた。

「そうだったね。そうだった」

「殿下、くるし……」

「もう今日の仕事は終わりだ。ゆっくり話そう」

「ちょっと待ってください。抱えるのは無理ですからね」

「え？」

「私はもう九歳になりましたから。重いですよ」

一緒に立ち上がり、しげしげと俺の姿を眺めてから、王太子は微かに眉を顰めた。

「いつの間にこんなに大きくなったんだ」

「私のイメージ、五年前くらいで止まっていませんか？」

確かに最近少し身長が伸びたけど、会えなかった時間は一年半ほどだ。そんなに変わってないよ。

「私より大きくなっていないからよし」

「いつか追い抜きますから」

室内に入る時に小型化していた精霊獣達が、当然のようにふたりの周囲を囲んで誰も近づけないようにして、その後ろを王太子の側近や補佐官達がついてくる。

「私の部下の中には北島の貴族の子息もいますし、ボブは殿下がつけてくれた護衛です」

「そうか、ずっとカミルを守ってくれたんだね。彼らのことは心配しないでくれ。護衛達の部屋もきみの部屋の近くに用意しよう」

「サロモン、必要な人を連れてついてきて」

「かしこまりました」

王太子は信用している。

でも、王太子の周りにいるやつは誰ひとりまだ信じられない。

北島の者は俺に利用価値があるけど、王宮の者も東島の者にとっても今の俺はなんの価値もない邪魔者のはずだ。

広い王宮内を移動する間、王太子はずっと俺の腕を放さずに隣を歩いていた。初めて見る王宮の豪華さとでかさにきょろきょろしてしまう様子が微笑ましかったのかもしれない。

これだけ広いと、もう自分が屋敷のどのあたりにいるかわからないな。いざという時は窓から外に出ればいいか。

案内されたのは部屋とバルコニーの境が床の色の差しかないような、壁の一面が大きく開かれた客間だった。

手前の室内の部分には籐と黒檀で作られた家具が置かれ、バルコニー側にはクッションが山ほど置かれた長椅子とテーブル。床のラグの上にもクッションがたくさん置かれている。

バルコニーの向こうには噴水の美しい中庭と、遠くに海も見えた。

俺の住んでいた屋敷もこっちの方角のはずだ。

バルコニーの長椅子にふたりで並んで腰をおろすと、精霊獣達が他の者達を近づけないように並んで行く手を塞いでくれた。王太子の部下は慣れているようで、部下同士で情報交換するために、それぞれ室内の椅子に腰をおろしている。

「声が向こうに聞こえないようにしてくれ」

『まかせろ』

「そんなことが出来るんですか？」

「あれ？　転移魔法が使えるのにそれは知らないのかい」

「はい」

「じゃあ私の精霊獣に転移魔法を教えてくれ。きみの精霊獣に知っている魔法を教えよう」

「おまえらで教え合ってくれ」

『おー』

『わかった』

精霊獣達に指示を出して振り返ったら、王太子が目を細めて俺を見ていた。

「え？」

「言葉遣い、悪くなっているね。目つきも」

「そう……ですかね」

「いろんなことがあったからね。でも昔はあんなに可愛くて、兄上って呼んでくれたのに」

「ふたりの時は兄上って呼びますよ」

「カミルーー」

九歳ってまだ全然子供なんだろうけど、普段年上とばかり一緒にいて、大人と同じように扱われることが多いから、頭を撫でられたり抱きしめられるとどう反応していいかわからなくなる。

「きみの屋敷が襲撃されて、侍女達が殺されてきみが行方不明だと聞いた時には心配したよ」

「ゾル兄上は、亡くなる前、私が無事だということは知っていたんですか」

「知っていたよ。きみが行方不明になってすぐは、犯人を見つけて殺してやるって怒り狂ってたけど、無事だと聞いてなんとか会えないかと北島に行く準備もしていたんだ。……でも侍女に裏切り者がいたんだ。第四王子に側室にしてやると言われたらしい」

「精霊獣は？　身を守ってくれなかったんですか？」

「油断してたから」

「油断していても精霊獣は身を守ってくれます。怪我をすれば勝手に回復してくれるし、身を伏せれば目立たないように足の傍に固まってくれる」

「え？　そうなのかい？」

そうか。俺は護衛が少なかったし、ひとりの時に身を守るために精霊獣と一緒に戦う工夫をしていたけど、兄上達には正規の護衛がいつもついているから、精霊獣の動かし方までは訓練していなかったのか。

「それにしたって回復はしてくれますよね。即死だったんですか？」

「いやその……恋人と一緒に過ごすのに、精霊は隣の部屋に控えさせようとしたと思うんだ。捕らえた侍女は精霊を動けなくさせる方法があると話していたけど、支離滅裂でね」

「なんで隣の部屋に？　危険だったんでしょう？」

「いやだから、恋人とね、ふたりですごすのに精霊に見られるのもちょっとね」

「……あ。そうか」

「わかるの？」

「子供を作る……」

「違う。まだ婚約前のお嬢さん相手に、そういうことをしたら駄目なんだよ。ゾルだってそこまではしなかったはずだ。彼女の侍女と一緒に話をしていただけだよ。キスくらいはしたかもしれないけど。侍女が精霊獣と隣の部屋に何か理由をつけて移動したらしいんだ」

ああ、恋人の侍女が裏切り者だったのか。

「キスするくらいで精霊獣を別室に行かせなくても」

「カミル？　いつの間にそんなにいろいろと知ったのかな？　九歳の子供にはまだ早いよね」

「あの屋敷にいた侍女も護衛も、私がいても気にせずにおしゃべりしてましたから」

「あいつら」

そんな怒ることでもないんじゃないかな。いつまでも知らないのもまずいし、サロモンならちょっと聞いたら図解入りで説明してくれそうだよ。

「じゃあ恋人も？」

「一緒に殺された」

「兄上は精霊獣をいつもそばに置いておいてくださいよ。兄上にまでもしものことがあったら、俺がこの国を滅ぼしますからね」

「いつもって、それだと一生私は独身では？」

「天幕の布を分厚くして、音が漏れないようにすればいいじゃないですか？」

「だからカミルー。子供がそんなことを言ったら駄目だって。まさか女の子によからぬことはしていないよね」

「女の子は私の周りにいませんね」

「それもどうなのかな」

それから何時間もかけて、俺達は今まで話せなかったことや、ふたりが会えなかった間に起きたいろんなことを話した。

兄上は俺の母親がすでに死んでいると話すのにだいぶ覚悟が必要だったみたいだけど、少し前になんとなくそうかなと気付いていた。三歳のあの日、兄上達が俺の元に来たということは、誰かがその情報を兄上達に告げたということだし、母が生きていたら、兄上達なら会わせようとするか、こんな人だよと話してくれるだろう。一度もその手の話題がなかったから、多分もうこの世にいないんだろうなと思っていた。

第四王子は侍女に手引きをさせた容疑で謹慎になり、南島の貴族達は彼との縁を切った。彼の母親の第三王妃はまともな人なので、息子が罪を犯したのに王宮にはいられないと南島に引っ込んだらしい。

「でも第四王子が侍女に手引きをさせたということは、北島の人達は知りませんでしたよ」

「物的証拠がなかったし、南島はこの件を機会に正式に私を次期国王に推すと発表してくれたから、表沙汰にしなかったんだ。ゾルを殺した犯人だ。徹底的に追い詰めたいと私も思う。でも、内戦にするわけにはいかない。南島といい関係を築く方を選んだんだ。ごめんね」

なのに第四王子は侯爵令嬢を襲って幽閉されそうになって行方不明。馬鹿だろう。

「いいんです。兄上が国のためにいつも頑張っているのをゾル兄上も知っていました。きっとわかってくれていますよ。それより襲撃犯も捕まっていないんですよね？」

「外国人だった可能性があるんだ」

「は？　王宮内に外国人が？」

「今回は第三王子を捕まえられたけど、あいつの母親は正妃だからね。悔しいけど証拠がないからゾル殺害の件では手が出せなかった。正妃は第二王妃の息子の私が王太子になっていることを、どうしても許せないらしい。それに、彼女だけではなく西島は少し様子がおかしい」

「おかしい？」

「まだよくはわからないけどね。それより妖精姫に会ったんだろう。綺麗な子だと聞くけどどうなんだい？」

露骨に話題を変えられたけど仕方ない。

女の子に間違えられた話をしたら、大爆笑された。ひどい。

◆

今は使用出来ないまま放置されている転送陣の間の近くに、転移に使用するための家具のない部屋を用意してもらった。

ゾル兄上の使用していた区画を、いつか俺が戻ってきた時に使えるようにと改装されていたので、そこに転移のための部屋を用意することも出来たんだけど、いつの間にか誰かを王宮に連れてこられるって、他の人からしたら脅威だからね。

それ以外に、兄上と俺だけが使える部屋を用意して、ふたりだけで転移出来る先を増やすために、時間がある時にあちらこちらに転移した。

北島の俺の屋敷にも帝国にも行った。

妖精姫と出会った公園でジェラートを初めて食べた兄上は、とても驚いていた。

毎日公務が忙しくて、ほとんど王宮から出ていなかったらしい。

帝国の精霊獣の多さにも驚いた兄上は、精霊の知識を広める必要性を理解してくれた。

帝国では、各精霊王の住む地域の領主が精霊王との窓口になり、精霊と人間の触れ合いの場を設けようとする動きが進んでいるそうだ。妖精姫が領地外にまで、精霊についての勉強会をするために出かけて行っているっていうのが何よりも驚きだよ。あの子いくつなんだ？

「精霊車ってなんなんだ？」

「馬じゃなくて精霊が箱を浮かべて運ぶって話してましたよ」

「精霊について、考え直さないといけないな。モアナと話そう」

彼女、精霊車なんて言われてもわからないんじゃないかな。

王宮での生活は比較的平和な日々だ。

兄上の側近達に信用されるのには、意外と時間がかからなかった。

精霊獣とモアナとのやり取りを見て、俺を次期国王にしようとする派閥を作ろうと近付いてきたやつらを、ことごとく追い払ったからだ。サロモンが非常にわかりやすいリストを作って、何かあったら証拠にすると脅したし、俺も兄上に何かあったらこの国を滅ぼすと宣言したからね。

なにより兄上が元気になったのが大きかったらしい。

ゾル兄上が殺されて、俺は北島でどうしているかわからなくて。

兄上はもう国を守る意味が見つけられなくて、食事もまともに食べられない状態で言われるままに仕事をこなしていたらしい。

それが、俺が王宮に向かうと聞いて急に元気になったんだって。

お互いにとって、唯一の家族みたいなものだからな。

兄上の母親である第二王妃と国王は、体調がすぐれなくて全ての人を疑って兄上とも会わない。

仕事は兄上に押し付けたまま。

この国は、兄上がいなくなったら空中分解するぞ。

王位継承争いをしている場合じゃないのに。

他国がルフタネンは精霊の国だと誤解してくれている間に何とかしなくちゃいけないんだ。どうにか精霊王達を帝国のように引っ張り出したい。

「カミル。きみに頼みたいことがあるんだ。南島に行ってきてほしい」

「かまいませんけど、どうしたんですか」

「南島の侯爵家の令嬢との縁談が決まった。北島にはきみがいるだろう？　南島もこの縁談が決まれば表立って私の後ろ盾につける」

ゾル兄上殺害の責任を感じているからって理由じゃ、南島の人達に説明出来ないもんな。

「北島は帝国との貿易で、南島は豊富な作物のおかげで、元々発言力があるし豊かだ。三島がまとまれば西島と対抗しやすくなる」

「西島はいまだに第三王子を推しているんですか？」

「貴族はふたつに分かれているようだ。犯罪者を担ぎ上げるなんて出来ないというまともな考えの人もいるんだよ。でも正妃の実家や一部の貴族はベジャイアを後ろ盾にしようとしているらしい」

転送陣が使えていたら、もっと島と島の距離が縮まって話が通じるようになるんだろうか。情報が伝わるのが遅いし、なにが事実か確認するのにはもっと時間がかかってしまう。

「きみに一度南島に行ってもらえれば、その後は転移が使えるだろう？」

「兄上、婚約者の元に転移する気ですね」

「え？　いや、実際に会って話が出来るのはいいよね」

彼らを王宮に招いてくれ。

自分が行こうとしないでくれ。

あとで兄上の側近にチクっておこう。

「それに南島は、帝国に売り込んでほしい物があるらしいよ。チョコとか」

「ああ、あれは人気が出そうですね。そうか。南島で作られているんでしたね」

チョコか。フェアリー商会に売れるかもしれない。

北島と南島の関係が良好になるのは、兄上の助けになるはずだ。

◆

王宮に住むようになって三年が過ぎた。

毎日、王族としての勉強や兄上の仕事の手伝い、精霊獣の育て方をいろいろなところで広め、チョコの販路拡大のために忙しく動いて、あっという間の三年だった。

南島の作物を東島を経由して北島に運び、そこから帝国に運ぶのでは時間がかかりすぎる。南島と北島を直接結ぶ航路の運用や、帝国やベジャイアでは作れない作物を売り込むために、転移魔法は非常に強みになった。

兄上と南島の侯爵令嬢との縁談は順調に進んでいて、来年には婚礼の儀式を行うと発表された。

南島の人達は素朴で一番付き合いやすい。

東島の人は王宮がある特別な島、国の中心の島だというプライドが強い。

北島は帝国やシュタルクとの付き合いの影響か、いろんな考え方の貴族がごった煮のようになっている。それが面白くもあり、やりにくくもある……と、兄上が言っていた。

俺に言わせると、ルフタネン人は基本的によく言えば優しく明るく、悪く言えば能天気だ。

精霊王が姿を現さなくなってもう百年以上も経ち、王族の力がどんどん弱まっているのに、内戦がいまだ起こっていないのはそのおかげだと思う。

国王が、島が四つあるんなら四人の嫁を貰えばいいんだろう、なんてアホなことをしでかしても、それで積極的に王位継承争いに参加した島は西島だけだ。正妃と第三王子がたいていのことをしでかしている。

内戦をやるって言っても、誰も参加しなさそうだもんな。

精霊が減ってしまったから、海軍だってもうたいして強くないんだよ。

帝国で王位継承問題が持ち上がって他国が攻めた時に、うちがベリサリオに戦争を仕掛けなかったのは、勝てるって思うやつが誰もいなかったからだ。

戦争するより、作物育てた方がいいんじゃね？　帝国が戦争するなら買ってくれるんじゃね？ってことで儲けはしたらしい。

そういう国民性は嫌いじゃないけど、攻められたら終わりだからさ、減ってしまっている精霊は増やしたいわけだ。

だから帝国を見習い、精霊王に呼び掛けて、再び精霊の国と胸を張って言えるようにしようという考えで他の島がまとまっていく中、西島だけはニコデムス教を広めていると聞いた時には、皆がしばらく返答出来ないくらいに衝撃を受けた。

「滅びる気なんですか」

「ベジャイアの軍と協力して、第三王子を国王にする気のようです」

西島の貴族達は何を考えているんだ。

西島がベジャイアに乗っ取られるだけだと、子供の俺でもわかるぞ。

その場合、帝国だって放置は出来ないだろう。

ニコデムス教は精霊王と協力体制が進んでいる帝国にしたら、許せない考え方だ。

帝国本土を戦場にしないために、北島を最前線にされる危険だってある。

「彼らは東島に攻め込んでくるつもりでしょうな」

「その前に西島の精霊を全滅させられてしまいますよ。せっかく精霊王との対話をモアナ様にお願いしようとしていたのに」

「彼らは何を考えているんだ」

「……カミル殿下は妖精姫と親しいのですよね」

は？

「おおそうでした。妖精姫と友人だとブラントン子爵が話していましたぞ」

あのくそ爺!!　余計なことばかりしやがる!!

帝国に連れて行ってくれたくらいしか借りはないけど、そのおかげで妖精姫と会えたことは間違いない。ただ、子爵はそれを吹聴して態度が大きくなっているうえに、第五王子である俺は自分が育てたと言い出しているらしい。

本当に何を考えているんだ、あの爺さんは。

「妖精姫から皇帝に話を通してはいただけませんか」

「帝国の精霊王はルフタネンの精霊王とどういう関係なんでしょう。知り合いならばあるいは」

「まずはモアナに相談させてください。彼女の意向を聞くのが先だと思う」

「そうだね。私とカミルとでモアナと相談してみよう。西島のことであまり慌てないように。準備はしつつも冷静に対応してくれ」

兄上の言葉に三島《さんとう》の代表も同意して解散になった。

ブラントン子爵は伯爵位でも狙っているのか？　俺と妖精姫が一度しか会っていないことは知っているだろうに。

会議後に私的な区画に兄上と向かう。

モアナと会う時によく使う広いテラスの部屋があるからだ。

兄弟でゆっくり話をしたくてその部屋を使うたびに、どうもモアナが来るなあと思っていたら、彼女としては、その部屋に来た時は遊べるよという合図だと思っていたらしい。

他の精霊王が住居に引き籠っているせいで、暇を持て余しているモアナにとって、俺達の精霊獣と戯れて少し雑談して帰っていく時間は癒しになるようだ。

俺達が部屋にいない時は、置いてある鈴を鳴らして呼んでくれればいいよと言ったら、本当に遠慮なく鈴が壊れそうなほどに力いっぱい振って呼ぶ。

祝福をくれた精霊王だから、話し相手くらいにはいくらでもなるけど。

「鈴が鳴っている」

綺麗なんだし、精霊王なんだから、もう少しこうなんとかならないのか。

『もーう、遅いよ！　大変なんだから！』

「悪い悪い。どうしたんだい？」

この部屋にはごく限られた人間しか入れないから、兄上の側近がお茶を淹れてくれる。

俺の方はサロモンとボブがついてきていた。

ボブは正式に俺の護衛に任命され、サロモンとヨヘムは俺の傍にいると退屈しないからと嬉々として側近を継続している。サロモンもとうとう全属性精霊獣持ちになりそうなので、そのうち転移魔法で犯罪を犯さないか不安だ。

ファースはいったんハルレ伯爵の元に帰ったのに、またこちらに戻ってきた。

そんなに俺の周囲は面白いことが多いか？

『ニコデムス教が西島に教会を建てて、精霊を殺し始めたわ』

「精霊だけ殺せるの？」

『ペンデルスの魔道具も使っているけど、基本は人間諸共よ。子供も殺されているわ』

「……カミル。帝国の様子見と、いい関係を維持するために動いてくれないか」

「それはかまいませんけど、ここも危険じゃないですか？」

「危険はどこも同じだ。あちらこちらに少数で移動する分、おまえの方が危険だろう」

俺は自分の身を守れるように、今でもいろんな人に訓練をつけてもらっている。兄上とふたりきりで話す機会もあるので、その時は俺が護衛の代わりになれるようにするためでもある。

おかげで、さらに目つきが悪くなったと言われるようになってしまった。

『ふたりとも平気よ。戦争が始まったら、瑠璃の湖に転移すればいいのよ』

「瑠璃？」

『帝国の水の精霊王よ。私の兄なの』

「はあああ?!」

「モアナ、その話は初めて聞いたよ？」

『あら？　言わなかった？　瑠璃の湖は、なんとベリサリオの城の中にあるのよ』

「不法侵入になるだろうが！」

「落ち着けカミル。相手はこれでも精霊王だ」

良かれと思ってくれていることはわかっている。

彼女としては、気に入った子供を守ろうとしてくれているだけだ。

でも、下手なことをしたらそれが原因で戦いになりかねないからな。

ルフタネンの王子が、妖精姫のいる城に不法侵入したとか、いろんな意味でやばいわ。

「モアナ。船で往き来するしかないから、私達は西島の様子がよくわからないんだ。戦争になりそうな程にまずいのかい？」

『少なくともニコデムス教は西島の精霊を皆殺しにするつもりでしょう。そうしたら、あの島は作物の育たない島になるっていうのにね。でも大丈夫。あなた達は転移すればいいのよ。最初は私が連れて行ってあげる』

「待て待て待て！　俺が帝国に行って辺境伯か妖精姫に確認するまで待ってくれ」

「……俺」

「私が、確認しますから！」

言葉を使い分けるの、ほんとめんどくせえ。

『そうなの？　じゃあ湖で待っていてあげるから早く来てね』

「待って、モアナ。西島の話をもう少し聞かせてくれないかな」

兄上が粘り強くモアナの話を聞いている間に、俺はさっさと行動を起こした。

早くしないとモアナは、おそーいとか言いながら、俺を抱えて勝手に湖に不法侵入をかましかねない。

「サロモン、まずは北島に行く。チョコは用意出来ているよな」

「はい。いやー、本当に楽しいですね。今度は不法侵入ですか」

「しないから！」

モアナと話している兄上に退室の礼をすると、ひらひらと手を振ってくれた。

どこの精霊王もあんな感じなんだろうか。

全属性揃ったら、どんな騒ぎになるんだろう。

「帝国の精霊王もああいう性格だったら、大変なことになりそうですね」

マジで勘弁してほしい。

◆

ベリサリオ辺境伯の城に向かう精霊車の中で、俺は最高に不機嫌な顔をしていると思う。

サロモンと北島に転移し、事情を主だった貴族に説明し、チョコを売るという名目で妖精姫に面会を申し込む話をした途端、ブラントン子爵が食いついてきたのだ。

確かにコーレイン商会は彼の物だし、彼の孫だという話で商談に加わるのだが、彼まで帝国に同行する必要はないだろう。しかも商談を仕切るのがコニングだというのが納得出来ない。

「こればかりは引けませんな。ハルレ伯爵家やマンテスター侯爵家ばかりと親しくなさるのはどういうことですか」

「侯爵や伯爵と同等に扱えという気ですか？」

「そんなことは言っていませんが、私の商会を使う以上、うちの者を連れて行ってもらいます」

帝国にはキースとヨヘムとボブがついてきている。

サロモンは子爵と言い合いになるから置いてきた。

ファースには西島の情報を集めてもらっている。

「商談は私に任せていただけますか？」

隣に座る男を横目でちらっと見て窓の外に視線を向けた。

「かまわない。でも妖精姫と話す算段はつけたい」

「承知しています」

本当かよ。まるで信用出来ない。

普段、フェアリー商会の担当は違う人だって聞いたぞ。なんで今回だけこいつなんだ。

今回、俺達が乗っているのはフェアリー商会製の精霊車だ。

精霊が浮かせて動かすんだから、軽い躯体が作れればいいわけで、我が国でも少しずつ増えてはいるけれど、やはりまだフェアリー商会の物が一番だろう。

こういうのは精霊に馬車を浮かせようという発想を、最初にしたやつがすごいんだよな。

「到着しました」

長い坂を延々と登った気がする。

コニングの後に続いて精霊車を降りると、うちの王宮と同じかそれ以上に大きな建物が更に高いところに見えた。あれが城の本館か。

「こちらですよ」

今日訪問するのは、フェアリー商会用に建てられた別館なのだそうだ。

俺の北島の屋敷よりもずっと大きい。

ふと視線を感じて顔をあげたら、二階のバルコニーから女の子がこっちを見ていた。

四年ぶりに見るディアドラは、あの頃よりもっと可愛くなっていた。

ハーフアップにした淡い金色の髪は、日の光を受けると銀色に見える。今は光の加減でよく見えないけど、大きな目の中の瞳が紫色なのを思い出した。

「カミル様」

コニングに促されて会釈する。

俺のことを覚えているだろうか。

いやそれより、歳の近い女の子とまともに話したことがないんだけど、何をどう話せばいいんだ？

気を付けるのは目つきと言葉遣い。笑顔が大切だとサロモンが言っていたな。

商談はコニングに丸投げすればいいんなら、俺は隣で笑っていればいいのか？

やばい。上手くいく未来が見えない。

さすが王家の次に高位となった辺境伯家、建物も内装も金がかかっているし、警備もすごい。俺達を案内した若い男ふたりがそのまま部屋の奥に進み、ソファーを勧めてからその場に待機した。ふたりとも、ただの商人じゃないな。洗練された動きなのに隙が無い。

勧められても椅子には座らず、傍らに立って待ち、部屋の扉が開くと同時に床に跪いて頭を下げた。

「待たせたかな。かまわないから椅子に座ってくれ」

まず声で若いなと思い、顔をあげて、彼がベリサリオ辺境伯嫡男クリスだとすぐにわかった。ディアドラによく似ている。彼女を男にするとこうなるのか。ただ瞳の色は深い緑だ。そのせいではないだろうが、彼の方が冷たい雰囲気に見える。

彼の隣に年配の執事風の男が立った。扉の外にも人の気配がする。

誰が商会の人間で誰が護衛かわからない。万が一何かあっても、コニングを連れて転移するくらいの隙はあるだろうか。

商談は任せろと言われているんだし、ひとまずコニングに任せよう。

身分的には公爵でも、貴族としてまともに生活するようになったのは王宮に住むようになってからだ。夜会はもちろん茶会すら出たことがなく、戦闘訓練はしても貴族の駆け引きなど学んでこなかった。商談なんてもっとわからない。ここに俺がいること自体、本当は大間違いだと思う。

新しい食べ物の話だと聞いた途端、ディアドラを呼ぶという話になった。彼女が商会の仕事に関わっているのは噂に聞いてはいた。食べ物担当なのかもしれない。

しずしずと室内に入ってきたディアドラは、どこからどう見てもおしとやかで綺麗な貴族令嬢だ。

四年も経っているんだから当たり前だけど、すっかり別人だな。

「四年ぶりかしら。お久しぶりですわね」

覚えていたのか。

女の子に間違えた印象が強かったか？

目の前に座るディアドラは迫力があった。綺麗な子って存在感がすごいんだな。

兄弟揃って全属性精霊獣持ちで、特にディアドラの精霊の強さは半端ない。

しかし、ディアドラに視線を向けると隣のクリスの視線が痛くて、どこに目を向ければいいか困ってしまう。なんでこんなに睨まれているんだろう。

ディアドラはチョコを準備するコニングの様子を、瞳をキラキラさせてそれは嬉しそうに見つめていたのに、カップを手に取り、スプーンでチョコをかきまぜた途端、眉間に皺が寄って困ったような顔になってしまった。

「色が黒くて気になると思いますが、甘くておいしいと思いますよ」

南島はチョコを売り込むために、カカオ栽培に力を入れている。それに俺も全面的に協力しているから、出来ればこの取引は成功させたい。

兄上の婚礼だって、北島と南島が協力して広めたチョコの売り上げが多ければ、盛り上がること間違いなしなんだ。

でも彼女は、一口食べただけでカップを置いてしまった。

水を飲みたくなる気持ちはよくわかる。

俺は子供の頃から菓子を食べる機会がほとんどなかったので、この甘さはくどすぎる。

でも、今まで味見してもらった女性達は、みんな喜んでいたんだけどな。

「あの……お気に召しませんでしたか？」

俺の言葉に顔をあげたディアドラは、視線が合うと、微かに目を細めて微笑んだ。

「これは、もう他で売りに出しているんですか？」

「ルフタネンではここ何年かで広まっている飲み物です。帝国ではまだ、どこにも出していません」

「では、クリスお兄様にお任せしますわ」

「ふーん。乗り気ではないみたいだね。でも、他所で売られるというのも問題だ」

コニング、商談は任せろと言っていただろ。なんとか言えよ。

こういう時に売り込むのが商人なんじゃないのか？

「私にはこのチョコではなく、原料をそのまま売ってください」

「はい？」

「ですから、カカオ豆を買います」

彼女が何を言ったか理解した途端、鳥肌が立った。

なんで知っている？　どこまで知っている？

俺達が転移魔法で何度も帝国を訪れて、いろんな情報を集めているのと同じように、そりゃ帝国だって諜報《ちょうほう》活動くらいはしているだろう。

でもいろんな国の人間が出入りするベリサリオと、ほとんど異国の者を見かけないルフタネンでは他国民が動ける自由度が違う。島国であり、ルフタネン人だけが黒髪黒目のせいで、外国の人間はとても目立つのだ。

そりゃルフタネン人でも帝国のために動いているやつもいるだろう。でも南島は農業が主産業の田舎の島だ。そこで諜報活動なんてするか？

チョコを知っているのはいい。

でもチョコがカカオから作られるとは、ルフタネンの人間でも知らないやつがほとんどだろう。

それを、俺よりも年下の女の子が知っているというのは、どういうことなんだ。

ベリサリオの長男が神童だという話は聞いていた。

次男は近衛騎士団入りがほぼ決まっているくらいの剣の使い手で、剣精持ちらしい。

そして妖精姫のディアドラ。

化け物一家か。

隣で商談しているコニングの顔色もどんどん悪くなっていく。

冷や汗までかいていないか？

そりゃ、目の前に人外みたいなやつがふたりもいるから、ビビるのはわかるけど……。

あのジジイ、こいつに何か余計なことを命じたんじゃないだろうな。

商談だけ済ませて、ここでモアナの話をさせてくれればいいんだよ。

いや待て。うちの精霊王が不法侵入しようとしているんですって、このメンツの前で話して平気か？　どいつまでが精霊王の正しい情報を持っている？

出来れば目の前の兄妹とだけ話がしたい。

妖精姫とふたりだけで話したいなんて言ったら、アニキの方に殺されそうだし。

「こちらのカミルはコーレイン商会長ブラントン子爵の孫でして、彼からディアドラお嬢様へ、精霊獣のことで是非ともご相談したいことがありまして」

「私？」

「……」

なんで精霊獣の話？

なんでディアドラを名指し?!

兄貴の顔を見てみろよ。敵認定されているぞ。

「ああ、ブラントン子爵の孫か。彼の息子にはまだ子供がいないとは聞いていたが、まだ若いのに養子をもらったのか。全属性精霊獣持ちとは、さすが精霊の国と言われるだけはあるね」

「……っ」

やばい。明らかな敵意を向けられると、つい目つきが悪くなる。精霊達も反応しそうだ。

でもここで騒ぎを起こしたら、国際問題になってしまう。

「ありがとうございます」

やめろ。嫌味に礼を言うな。

「彼は全属性精霊獣を持っているので、北島で精霊の育て方を広めているんです。それでお嬢様が精霊について他領に講義にお出かけになることもあるとお聞きして、少しの時間でかまいませんので、ふたりでお話をさせていただきたいと」

あ、こいつ、一番言ってはいけないことを言いきりやがった。

「ほお、他国の、子爵の孫が、妖精姫と呼ばれる我が妹とふたりで会話させてくれと」

さすがベリサリオの長男。俺とそう年齢的には変わらないのに、このすごみ。

コニングはもう駄目だ。パニックになっている。

サロモンかキースを連れてくればよかった。ヨヘムでもいいよ。こいつじゃなけりゃ。

でもここまで来たら、どうにか話をつけるしかない。

四年前に俺は商会長の孫だと紹介されてしまっているんだし、多少は覚悟していたけど、このタイミングで会長が子爵だと言うことにどんな意味があるのか全くわからない。それとも意味なんてないのか？　コニングって使えるやつなんだよな？　子爵がやたら重用しているもんな。

やられた。のこのこついてきた俺が悪いけど、精霊王の話をささっと確認するだけだったのに。

「いえ、コニングは何か勘違いをしているようです。辺境伯の御令嬢とふたりでお話をなどと考えてもいませんでした。お忙しいでしょうがもしお時間がいただける時がありましたら、どなたかに精霊王に関するご相談をさせてください」

「そうですわよね。あなたは今更、精霊について質問なんてないですわよね？」

一難去ってまた一難。今度は妖精姫が相手か。

「商人としては便利ですよね？　空間魔法を使えるんでしょ？」

「え？」

見ただけで精霊獣がどんな魔法を使えるかわかるのか？

この子はもう絶対、人間じゃないだろ。

「国内の有力貴族の方でも、私に精霊王について直接聞きたいとおっしゃる方は多いんです。でもきりがありませんでしょう？　まだ私は十歳の子供ですし、お父様と皇太子様が精霊省を通すようにと通達してくださいましたの。その方達を差し置いて、あなたの相談を受けろと？」

「いいえ。ですからお嬢様ではなく……」

「私以外に精霊王に関する質問に答えられる人間がいると、本当に思っていらっしゃるの？」

「……」

「精霊省を通してくださいな」

これは駄目だな。

確実に話の持っていき方を間違えてしまった。

「たとえ精霊省がいいと言っても。ふたりで話をすることはありえない。最低でも僕とアランは同席する。それに、妖精姫である妹に直接個人的に話をしたいなどと、分不相応なことを言い出したんだ。誠心誠意、嘘偽りのない話をすると誓ってもらう」

「それは……どういう……」

「わからないか？」

「も、申し訳ありませんでした！」

突然、コニングが大きな声で言いながら床に跪いた。

「お嬢様がお優しいからと甘えて、分不相応な態度と申し出をしましたことお許しください」

「……コニング」

どうしたんだ、こいつ。

「カカオ豆は必ず三日後にお持ちします。お納めください」

コニングは土下座状態で謝り続け、チョコもカカオもベリサリオの言い分を全て聞いて帰路についた。

帰りの精霊車の中、ずっと俯いて黙っていたコニングは町中に入ってからようやく口を開いた。

「申し訳ありませんでした」

「カカオを三日後に届けるって？」

「……無理でしょうか」

チョコに関してもカカオに関しても、コーレイン商会に権限はない。というか、権限は持たせない。

「子爵に何を命じられていた？」

「いえ……その……」

「コニング、帰ってこられないようなところに転移で運んで置き去りにされたいか」

「……西島がニコデムスに乗っ取られれば、次は東島と戦争になると」

「そうならないように動いているんだろう」

「そうなれば王太子の責任問題になります。王太子も戦死する可能性も……ひっ……」

多少殺気を漏らしたくらいで、男が悲鳴を上げるな。

「そう……すれば、次期国王はカミル様だと……」

「きさま、わざとベリサリオの長男を怒らせたのか！　最初から精霊王を動かす気なんてなかったわけだ」

「お許しください。子爵が……」

「下手したら国際問題になる状況だったとわかっているのか！」

「申し訳ありません！」

こいつらは駄目だ。

国のことなんて考えていない。

「これは、反逆罪だぞ」

時間が惜しい。俺はコニングを置き去りにしたまま、精霊車から拠点まで一気に転移した。

そこにキースとヨヘムとボブが待機していたので、彼らを連れて北島の屋敷に転移して、仲間全員を集めて子爵とコニングのやらかしたことを伝えた。

「西島との戦いを考えると、落としどころが難しいですね」

だから私を連れていけばよかったのに──と、さんざんサロモンに言われたけど、この胡散臭さでディアドラに話しかけたら、チョコの話になる前にきっとクリスがブチ切れてたぞ。

「出来れば子爵の息子に跡を継がせ、処罰はジジイだけにしたい。他はどこがつるんでそうだ？」

「言いにくいですが」

「リントネン侯爵家か」

「ハルレは王太子派ですし、うちは父も弟も政治に興味がありません。領地経営大好きですから。他の貴族達は最近でかい顔をしていた子爵を嫌っていましたし、それで無茶したんじゃないですか」

「時間がない。明日全員集めてくれ。ジジイ共は俺が連れ帰る。どうも俺をおとなしい言いなりになる王子様だと思っているやつがいるようだから、訂正しないとな」

「全属性精霊獣を巨大化させて、第三王子をぶっ飛ばした人がおとなしいわけがないでしょうにね」

「事実がだいぶねじ曲がっているぞ」

コーレイン商会との関わりを断つために、俺達は新しい商会を作ることにした。

ヨヘムを中心にエドガーとルーヌに頑張ってもらおう。

サロモンを連れて王宮に転移して、兄上と宰相とで今回の件が片付くまでは、出来るだけ内密に事を進めることで同意した。


そして翌日の午後、コーレイン商会を訪れた俺を出迎えた子爵は、得意げな笑みを浮かべていた。

「やはり戻っていらした。わかっていましたよ。聡明なカミル様なら、きっと戻って来てくださると。ご安心ください。妖精姫宛に、商売の話とは別に直接相談したいことがあるので、私が直接伺うと使いを出しておきました」

「あんた、馬鹿だろう。自殺したいならひとりでやれ」

「な、なんですと?!」

「コニング、きさまも来い」

精霊獣が小型化して顕現したのを見て、子爵とコニングの顔色が変わった。

「一緒に来てもらう」

精霊獣が捕えてきたふたりの腕を掴んでそのまま転移する。飛んだ先は北島の議事堂だ。

部屋の三方向に階段状の席があり、島の主だった貴族が腰をおろしている。

転移して来られるように片づけられた中央の広いスペースに到着すると、平衡感覚が狂ったのか子爵もコニングもよろめきながら周囲を見回した。

「これはいったいどういう……うぐ……」

怒鳴ろうとした子爵は、土の精霊の重力魔法で地面に押さえつけられ、土下座の体勢で動けなくなった。

「この男、妖精姫に直接相談がしたいと使者を出したそうだ」

「はあ?!」

「たかが子爵風情が困りますね」

俺の傍らまで三人の男が近づいてきた。

ひとりはサロモンだ。細い目を弓なりにして笑みを浮かべ、子爵の顔の近くにしゃがんで気味が悪いほどにやさしい声で話し始めた。

「王族の次に高位のベリサリオ辺境伯の、精霊王を後ろ盾に持つ妖精姫ですよ。商談で平民の商人を脅しに行くのとは訳が違います。気に入らないと思われただけで首が飛びますよ」

「ふざけるな！　カミル様の代理人として行くんだぞ！」

「子爵。私が侯爵家の人間だということをお忘れですかね。それにいつ、カミル殿下があなたを代理人にしたんですか？」

「カミル様は私の孫ということになっていて」

「いつの話をしている。あれからもう四年経っているとわかっているか？」

もうひとりがハルレ伯爵だ。ここにいる俺の側近以外の貴族の中で、この四年の俺の生活に一番詳しいのは彼だろう。キースに連れられて何度も王宮に足を運び、兄上と俺と彼らとで食事をしたこともある。もともと王太子派であった彼にしてみれば、俺を利用して兄上を陥れるというやり方は一番気に入らないはずだ。

「カミル殿下は王太子殿下の唯一の弟君として東島でも認められ、仕事を手伝われるほどに信頼もされている。第三王子を自ら捕えた功績もある。公爵である彼に対するきみの態度は不敬罪だぞ」

「コニング」

貴族達の居並ぶ中、名を呼ばれてコニングは震え上がった。

「昨日俺にした話をもう一度してもらおうか。この男はおまえに、俺が精霊王の話をすることを邪魔するように言ったんだな？」

「……」

「コニング！　きさま！」

「あのジジイに義理立てしても無駄だぞ。よくて幽閉。普通で処刑だ」

「もっともおまえは平民だから、ここで斬り捨てられて終わりということもありえるね。そうなりたくなかったら、誰を味方につけた方がいいか、考えなくてもわかるでしょう？」

俺の言葉の後に続いてサロモンが脅しをかけた。

こういうセリフをこういう場で、俺には言わせたくないらしい。

「に、西島がベジャイアと組んで東島と戦争になれば、王太子は殺されるかもしれない。そうでなくても、責任問題になるかもしれないと」

「そうして俺を担ぎ出して、自分達が操ればいいと思ったわけだな」

「そ……そう言っておいででした」

「カミル殿下が戦死するとは思っていなかったのかい？」

サロモンの質問に、コニングは今にも気絶しそうな真っ青な顔できょろきょろと落ち着きなく周りを見回してから、諦めたように口を開いた。

「モアナ様に守っていただこうと話していました。帝国の精霊王達も協力してくれるかもしれないと」

「妖精姫とベリサリオ辺境伯一家を怒らせておいて、精霊王達に守ってもらうとか、計画がずさんすぎて呆れるしかないな」

「たかが子爵が反逆罪とは」

「せっかく北島だけは精霊王がいらして、祝福された王子もいて平和にやっているというのに」

がやがやと貴族達がざわめく中、俺は笑顔でコニングに近付いた。

「なぜ逃げる？」

「い、いえ……」

俺より縦も横もでかいくせに、近づいた分後退るのでどんどん壁際に近付いていく。

「コニング。他にこの件に関わっている者はいるのか？」

「……う」

「いるなら話せ。協力するなら命は助けてやる」

「そ、それは……」

俺の精霊獣がコニングを取り囲んだ。

「デルク様とその手の者達が子爵に持ち込んだ計画だったんです！」

リントネン侯爵家嫡男デルク。俺とは従兄になる馬鹿は、四年前に謹慎になっても無駄だったわけだ。

「デルク……まさか……本当なのか！」

リントネン侯爵と次男のヘルトは、青筋を立ててデルクに詰め寄った。

ふたりとも、俺の南島との商談に何かと手を貸してくれていたというのに。この馬鹿のせいで、一族まとめて罰せられる可能性もあるんだぞ。

「俺は……北島のためを思って」

「いい加減なことを言うな！　国が戦争になって北島のためになるわけがないだろう！」

「カミルが国王になれば、うちは国王の親戚に……」

「カミル殿下は公爵で、おまえはたかだか侯爵家の息子のひとりだ！　呼び捨てにするなど言語道断！」

「そ……れは、すみません」

「きさまは廃嫡する。今日から平民だ」

「ま、待ってくれ。父上！」

俺はため息をついて、泣きわめいているデルクと子爵を眺めた。

いったいどうしてそんなアホな夢を見たんだ。まともなやつなら、どれだけ馬鹿な計画かすぐにわかるだろう。

「エリオット、こいつらを連れてってくれ」

俺に近付いてきた最後のひとり、エリオットが首を横に振りながら、やれやれという感じで肩をすくめた。

「ニコデムス教のせいで、西島では多くの国民が殺されているというのに、情けない限りです」

彼は宰相の息子であり、東島の侯爵家嫡男だ。兄上とは幼馴染で、何度も兄を襲撃者の手から守ってくれている。

この四年間、俺の方が王太子に相応しいと言い出す馬鹿が現れるたびに、俺が自分で潰していくのを見て、兄上の側近や補佐官も今では俺を王太子の弟として信用してくれている。今回の件で心配した兄上が、わざわざ彼を北島に派遣してくれたんだけど、まだ暗殺の危険があるんだから、彼には出来れば兄上の近くにいてほしい。

「彼らを捕らえて連れていけ」

エリオットの指示で近衛と国の兵士が子爵とデルクを連れていく。

反逆罪である以上、北島だけで片付けられる問題ではないからだ。

「エリオット。子爵家と侯爵家の扱いなんだが」

「ブラントン子爵家とリントネン侯爵家を潰すなと？」

「今日は西島へ派遣する兵と指揮を執る者を決めるために集合したのもあったんだ。北島からはリントネン侯爵とその兵を派遣する」

「……なるほど。いいでしょう。働きによっては処罰も軽く出来ます」

「どうだ、侯爵。行ってくれるか」

「はっ。必ずやニコデムス教を殲滅してまいります」

跪いた侯爵とヘルトに頷きかける。

ふたりはすぐに西島に向かう準備のために領地に戻ることになった。

他の貴族達は自分達が出兵しなくて済んでほっとしていることだろう。

「子爵家は今回のベリサリオとの話し合いが終わるまで、処分保留だ」

「甘いですねー。そこがいいんですけどねー」

「帝国におまえは連れて行かないぞ」

「はあああああ!?」

「サロモン、声がでかい」

「じゃあ誰を連れて行くんですか?!」

「コニングと」

「はあああ!!」

「……フェアリー商会の担当はこいつとリアなんだ。ふたりがいないと城に入れない危険があるんじゃないか？」

「それは……たしかに……」

「あとは、転移魔法持ちのキースを連れていく」

「いつもキースばかり！　おもしろい場所にいられてずるいです！」

「カカオを運ばないといけないんだって」

「だいたいなんでカカオなんですか」

わめいているサロモンをあしらっている間に、エリオットとヨヘムがコニングから他に関わっている者がいないか聞きだしていた。デルクとつるんでいた若い貴族の名前が続々と出てきたが、知っている名前がひとつもなかったんだけども。俺は知りもしないやつに乗せられて王位を狙うと思われていたのか？　けっこう落ち込むなそれは。

あとは、キースと南島に行ってカカオを受け取り、南島にも援軍を頼んで、子爵の代わりにカカオを届けて、出来れば精霊王の話をして無事に帰ってくればいいだけだ。

「カミル殿下、お願いですからご無事で帰ってきてくださいよ。もうゾル殿下が亡くなった時のように、王太子殿下が死んだ目で眠りもせず、私達とすら必要事項以外会話をせず、無表情で公務をする姿は見たくありません。カミル殿下まで何かあったら、もっとひどいことになるでしょう」

「あの方、なにげに弟大好きですよね」

「家族として信頼出来るたった一人の御兄弟だからな」

サロモンもキース達も王宮での俺と兄上のやり取りを知っている者達は、俺が兄上を裏切るわけがないとわかっているし、俺に何かあると兄上の精神的負担がやばそうだということもわかっている。

「なぜかクリスに嫌われているみたいなんだよな」

「神童でしたっけ」

「らしいな。あまり話していないからよくわからないけど、兄上と近いタイプかもしれない」

観察力があって、すごみがある。

「いや、兄上の方が経験してきた修羅場の量が上だな。ベリサリオは平和だから、寝首をかかれる心配なんてしたことないだろ」

「それ、得意げに言うことじゃないですよ」

「うっ……も、もうそんなことはないですから！」

サロモンには呆れられてしまったし、エリオットは胸を押さえて呻いていた。

「それより妖精姫はどうなんですか。可愛いんですよね」

「なんというか、可愛すぎて人間じゃないみたいな感じかな」

「冷静ですね」

「タイプじゃないとか？」

興味津々でみんなが聞いてくるけど、これはもう実際に会ってみないとわからないんじゃないかな。

「というか、隙を見せたら殺《や》られる気がした」

「え？　御令嬢ですよね」

「あー、魔力が強いらしいですから」

「なるほど」

うーん。そういう怖さなら対処のしようがあるんだよな。

なんというか、根本的に普通の人間とは違う気がする。だからといって理解出来ない生物というのとも違って、味方になったらすげぇ頼りになりそうな感じもするし、不思議だ。

「ともかく笑顔ですよ。カミル様はすぐに目つきが悪くなるんですから、女性相手には笑顔が一番ですよ」

笑顔……大事だとは思うけど、むずかしいな。

「サロモンみたいな笑顔は胡散臭いですからね。それより口調に気をつけないと。貴族の柔らかい話し方ですよ」

「いや、ヨヘムのようないやらしい喋り方は女性に嫌われますよ」

「ともかくベリサリオの方は、次で解決して西島に行かないと」

「は？　殿下も行かれる気なんですか?!」

他の島はいい方向に進めているのに、西島だけ放置は出来ないだろう。

ニコデムスを追い出して、正妃の実家の者達を捕らえなくては。

本当に真剣にそう思っていたし、戦場に立つ覚悟もしていたんだ。

「引き籠ってるんじゃなーーーーい!!　はたらけーーーーー！！！」

おしとやかなご令嬢になっていたと思っていたディアドラが叫んだ途端、歴史が動いてしまった。

その日まで、ニコデムス教と戦うはずだった兵士が、復興の作業をするために西島に行くことになるなんて、誰も思っていなかったぞ。

俺は西島に行かずに王宮に戻り、引きこもりをやめた精霊王達と、兄上と一緒に会うことになった。帝国を参考に島の代表を決めて、島ごとに精霊王との付き合い方を模索してもらって、王家はそれを補助する形にするためだ。

「すごいな、妖精姫」

「正式に帝国に礼を言いに行かなくてはいけないな」

「……誰が？」

「……まずは外交官に相談するが、ずいぶんと知り合いが増えたんだよね？」

そういえば公爵と辺境伯と近衛騎士団長がいたんだっけ。

「おまえが適任になりそうだ」

俺かよ……。

◆

真冬の肝試し

書き下ろし
番外編

歴史を感じさせる重厚な学び舎。緑に包まれた小路。公園を囲むように建てられた寮。

全寮制の学校というワードに憧れを抱く人は結構いるんじゃないかな。

オタクなら、ギムナジウムって響きに萌えを感じる人だっているでしょ。

あいにく前世の私はひとりでいる時間が大切で、自分の部屋が大好きな子だったので、同級生と同室で生活するなんて考えられなかったし、毎回食堂で大勢の生徒と一緒に食事するなんてありえなかった。

でも今は違うよ。

おぎゃあと生まれた日から、メイドや執事に囲まれて生活してきたんだから、周囲に人がいるのは当たり前。ベリサリオの強力な遺伝子を受け継ぎ、母の社交性も父のマイペースさもしっかりと兼ね備えている。

寮生活上等！

となると、前世では出来なかったことをしたくなるものだ。

学生生活だよ。若い時にしか出来ないことってあるでしょう。

お誂え向きに、古い出そうな校舎があるじゃないですか。

まずは、そこから始めようか。

「肝試し？」

「なんですの、それは？」

今日の昼食は、同級生のパティとカーラ。そしてモニカとエセルの五人で食べている。

モニカとエセルは、ノーランドとマイラーという戦闘能力では有名な家系の生まれで、剣精のいる女性同士ということで気が合うみたい。

「肝試しは、幽霊が出そうな場所に冒険に行くことよ。どれだけ度胸があるか試すの」

「そんな度胸はいらないわ」

パティは意外と怖がりなのよね。

でもエセルの目がきらっと輝いたのを見逃していないわよ。

きっとあなたなら興味を持ってくれると信じてた！

「幽霊が出そうな場所？」

「校舎があるでしょ」

「夜間は厳重に魔道具まで使って、生徒が入れないようになっているわよ？」

「え？」

「秘かに校舎で会っている生徒がいたなんてことがあったら大変でしょう」

モニカの説明に、がっくりと肩を落とした。

こんなに早く計画が頓挫《とんざ》することになるとは。

確かに学園の校舎で貴族の御令嬢が、男子生徒と密会していたなんてことが起ころうものなら、大問題よ。

教師や警備の人間の首がいくつも飛んでしまう。

寮を領地ごとに分けているのも、何かあった場合の責任問題の関係もあるのね。

「終わった」

ううう……しょうがない。

真冬に肝試しをすることに無理があったのさ。

私の場合は度胸の大きさなんて、いろんなところで何回も証明しているんだから、むしろおとなしくしていた方がいいのさ。

「あの……ちょっと相談が」

パティが小声で言いながら、私の方に体を近づけてきた。

そうすると、つい私の方からも近付いちゃって、他のメンバーも話を聞こうと身を乗り出して、エセルなんて椅子ごと移動してきた。

「実は気になる噂があるの。ただ……屋外なんだけど」

「え？　寒い」

「聞くだけ聞きましょうよ」

「肝試し出来るかもしれないのに、寒さなんて気にしない！」

モニカとエセルに言われて仕方なく頷く。

寒さは幽霊より嫌いなのに。

「学園の森が皇宮まで続いているのは知ってる？」

「お母様が話していたわ。散歩が出来る小路があるって。せせらぎや小さな泉もあるそうね」

「そうなの。……そこに深夜、男子生徒が遊びに行ったんですって」

男共はいいなあ。

寮を抜け出しても女生徒のようには怒られない。

女生徒は、寮を抜け出したなんてばれたら親が呼ばれて大騒ぎになりそう。

でも、今まさにそれをやろうとしているんだけどね。

「それでそれで？」

エセルは乗り気だ。

それに比べるとカーラは、学園が始まってからおとなしい。

集団生活は苦手なのかしら。

「若い男性の姿を見かけたらしいの。半透明で淡く光っていたんですって」

「目立つ幽霊ね」

光る？

蛍みたいに？

「彼の周りには、精霊によく似た光がたくさん飛んでいたらしいわ」

「ほー」

「会ってみたいと思わない？」

なんでパティはこんなに乗り気なの？

寒くて暗い中、森を歩くんだよ。

凍えて風邪をひいて、授業に出られなくなったら大変よ。

「実は、皇族の寮の近くでも、精霊に似た光と透明な人影を見たっていう話があるの」

「もしかして……ジーン様だと思っているの？」

モニカの一言で、全員、真顔になってしまった。

でもジーン様が住んでいたのは皇宮でしょ。

「学園には登校していたのよ。冬の間は寮にいたはずなの。友達だっていたんじゃないかしら」

楽しい思い出があるのは学園で、だからここに来てしまったってこと？

ありえなくはないけど、なんで森なんだろう。

「違うかもしれないし、そうだとしてもどうすればいいかわからないんだけど、私、アンディが殺されかけたことがあるって聞いて、最初はとても信じられなかった。でも、私だって彼の立場だったらどうするかなって。本来なら今頃、ジーン様が……」

「パティ、誰が聞いているかわからないわよ」

「あ……」

「気持ちはわかるけど落ち着いて」

「そうね。ありがとう、ディア」

四年経ってもまだみんなの心の中には、あの日の情景が残っている。

ジーン様が軟禁されていたって話は衝撃的だった。

それまで私達は、エーフェニア様がなぜ女帝になったのか疑問に思わないで、そういうものだと思っていたから。

食事が終わった後、場所を移動して五人で改めて話し合った。

もし噂の幽霊がジーン様で、皇族を恨んでいたら？

そのせいで何か悪いことが、皇太子や第二皇子に起こったら？

琥珀がそんなことはさせないとは思うけど、人間同士のことだからって気にしない可能性もある。

「わかった。ちょっと今夜にでも会ってくるわ」

「私も行く」

すかさずエセルが手をあげた。

「ディアひとりでは行かせられないわね。私も行くわ」

「ええ？　皇太子婚約者候補が夜間外出はまずいわよ」

「皇太子殿下の身に危険があるかもしれないんでしょ？　それに妖精姫をひとりで行かせるわけにいかないわ」

「そうね」

エセルとモニカは魔獣討伐と間違えていない？

それに私の精霊獣は強いから。大丈夫だから。

「私も行くわ」

「パティ?!」

「気になるの。ジーン様と一番接点があったのは私でしょ。もっと早く誰かがジーン様の味方になっていたらって考えてしまうの」

「その場合、アンドリュー殿下は皇太子にはなれなかったわよ？」

「それは……」

「あ、ごめんなさい。責めているんじゃないの」

ちょっと口調がきつくなってしまったのを気にしたのか、モニカは慌ててパティに謝った。

みんな、もやもやが心に残っているけど、うまく言葉に出来ないんだよね。

「わかった。パティの寮の裏手で待ち合わせしましょう」

「あの……私は……」

「いいの。無理しないで」

申し訳なさそうに目を伏せたカーラの肩に、そっと手を置いた。

「ばれたら怒られるの間違いなしのことをしようとしているんだから」

「ごめんなさい」

人数は少ない方がうまくいくのよ。

本当は私ひとりで行くのが確実だと思うんだけど、三人とも頑固だからな。

◆

寮から夜中にそっと抜け出して探検するって、学生時代っぽいよね。

うちの寮は見回りなんてないし、食堂での話を聞いている雰囲気では、抜け出したことのある男子生徒もいるみたいだ。

ただ、校舎にはいれないし、学園の敷地外には出られないようになっているみたいで、外に出ても雪合戦くらいしかやることはないらしい。

深夜に雪合戦するなんてアホでしょ。凍死するわ。

学園での転移魔法は一部の場所を除いて禁止だ。生徒を守るためには当然だね。

ということは、窓から外に出るしかないよね。

男子生徒が外で遊べたなら、私が出て行ってもばれないってことよ。

「うわ、さむっ」

窓をほんの少し開けただけで、冷気がひゅーーっと部屋の中に入り込んできた。

『どこに行くんだ？』

「友達と待ち合わせしているの。出来るだけ静かにしてね。おしゃべり禁止よ」

『ジンが静かにしていれば大丈夫だ』

『なんでだよー。リヴァもイフリーもうるさいぞー。ガイアは……まあいいや』

『もううるさい』

「大丈夫かな」

モフモフの上着を着こみ、帽子も被って、もちろんしっかり手袋もする。

いっそのこと顔も隠したいけど、私が幽霊と間違われるとまずいのでそれは我慢だ。

えいやっと窓を開けてベランダに出た。

「星が綺麗だー」

今夜は珍しく晴れているので、びっしりと夜空を埋め尽くす星が綺麗よ。おかげで意外と明るい。

「イフリー、グッドフォロー公爵家の寮の裏庭に行きたいの。目立たないように、物陰を走ってくれるかな」

『ああ、昼間に話していた場所に行くんだな』

話が早くて助かるわ。

イフリーの背に乗せてもらって、モフモフの毛になついていたら、右肩にジンが、左肩にリヴァが乗ってきた。

こういう時、ガイアだけ乗れなくて可愛そうなんだよね。

「ガイアも傍にいてくれると温かい」

『……うん』

「部屋に帰ったら、今夜は一緒に寝ようね」

『うん！』

怖そうな顔面で無口だけど、ガイアだって可愛いのだ。

イフリーが走り出すと冷たい風が顔に吹き付けてきたので、モフモフな背中の毛の中に顔を伏せた。

誰だよ。こんな寒い中、肝試ししようなんて言い出した馬鹿は。

私だよ……。

寮の傍の外灯しか灯っていない真っ暗な公園を、イフリーはかなりの速度で飛んでいく。

顔をずっと伏せているので、周囲が暗くても明るくても変わりない。

今ここで幽霊に声をかけられたら、常識を考えろと怒鳴ってしまいそうよ。

『そろそろ着く』

「よかった。凍り付きそうだった」

まだ明かりの灯っている窓も多いので、窓から見えないように庭木の陰に身を潜めながら、グッドフォロー公爵家の寮の裏手に回る。

今日は夕方に雪がやんだので、その後に生徒が遊んだみたいで、靴の足跡がたくさん残っていた。

これなら私達が来たことはばれないだろう。

『足音』

不意にジンが呟いた。

『寮の方からひとり。向こうからふたり』

「たぶんこっちはパティね。ジン、迎えに行ってきて。あっちのふたりはリヴァよろしく。東屋の陰に集合で」

ジンとリヴァが飛んでいくと、指示を聞いていたイフリーとガイアが何も言わなくても東屋の方に移動してくれる。

雪の上を歩かなくていいだけでも、本当にありがたいわ。

「よかった。みんな無事に出て来られたのね」

パティはしっかり着込んでもこもこになっていたけど、モニカとエセルは動きやすさを重視したみたいだ。

私なんて雪だるまに負けないくらいに着こんでいるのに。

「ノーランドは、夜間訓練のために男子生徒が出入りしているから、割と自由よ」

「マイラーもよ。素振りしていたり、魔法の訓練をしているみたい。さすがに女の子は外には出ないけどね」

マジか。そこまで鍛錬をするのか。

ベリサリオなんて地元との気温差に、みんな冬眠したがっているわよ。

「さすがにグッドフォローはそんなことないわよね」

「ないわね。仲のいい侍女に、誰か来たらうまくごまかしてねって頼んできたわ」

パティさん、それは侍女が気の毒だわ。

今頃ひとりで震えているんじゃないかな。

「さっさと行って、さっさと帰ろう」

三人とも私と同じように精霊獣に捕まったり乗せてもらったりしているので、移動速度が速くて助かる。

「皇宮はこっちよね」

「そうね。泉はこのすぐ先よ」

寮から離れてしまえばこそこそしなくても平気だろうと、堂々と小路を進んでいくことにした。

そうじゃないと危ないしね。

今夜は晴れているから月も星も見えるし、精霊達が足元を照らしてくれてるけど、障害物のない小路だから安全に進めるんであって、木々の茂った場所は真っ暗よ。

このスピードで木にぶつかったら、大事故になってしまうわ。

進んでいくうちに、やがて微かにせせらぎの音が聞こえてきた。

小路と平行に小川が流れているようだ。

もっと暖かい季節なら鳥の鳴き声や虫の音で賑やかなんだろうね。

「見て。あれは何かしら」

道の先に、ふわりと青白い光が浮いて、すーっと横に動いて木々の中に消えるのが見えた。

「あれが幽霊?」

エセルの質問に、みんなで首を傾げてしまう。

怖い感じはしなかったわよ。

「虫か何かじゃなくて?」

「こんなに寒いのに?!」

「じゃあ精霊?」

ひとりくらいは怖がるかなって思ったけど、エセルもモニカも冷静だった。

パティも驚いているだけって感じ。

なんというか、淡い光が綺麗だったのよね。

優しい光だったの。

「行ってみよう」

最初に私が進み出して、モニカとパティが後ろに続く。しんがりはエセルだ。

「あ、また光が」

「こっちにも」

泉に近づくにつれて空中を漂う光の数が増えていき、泉に着く頃には、あたり一面に精霊によく似た光が浮いていた。

「綺麗」

パティが呟く声が聞こえた。

青味がかったもの。暖かい黄色っぽい光のもの。赤っぽいもの。緑っぽいもの。

精霊の属性と同じ色合いの光が、瞬くように光の強さを変化させながら、ふわふわと浮かんでいる。

「ここは魔力が強いのね」

森が完成しても、ここで魔法の練習をしたり、精霊を連れて来て魔力を放出する人がいるとは聞いていた。

その魔力が風の流れか、地形の関係かは知らないけど、ここに他より多く溜まっているせいで、まだ主を見つけていない精霊でもぼんやりと見えるようになっているのかもしれない。

「それなら、まだ精霊のいない生徒をここに連れてきたら、精霊を見つけやすいんじゃないの?」

「先生に話しておいた方がいいかもしれないわね」

これは肝試しじゃないわね。

どちらかというと、恋人のデートコースになりそうなロマンティックな風景だわ。

それでモニカとのんびりと情景を楽しみながら話していたら、パティが不意に私に身を寄せてきた。

「ねえ、あそこ」

パティが指さした先に視線を向けると、泉の向こう側の岩の上に、いつのまにか男の人が座っていた。

体が透けて、背後の木々が透けて見えてしまっていても、彼の姿は覚えている。

「ジーン様」

あれから四年経っているのに、彼の姿はあの日のままだ。

もう死んでいるんだから、当たり前なんだろう。

この寒い中、薄手のジャケットしか羽織っていない姿で、片足を立て膝を抱えてこちらを見ていた。

「やあ、珍しいお客様だな」

私達は話すたびに息が白く凍るのに、彼の場合は何も起こらない。

「しゃべった！」

「エセル、落ち着いて」

「う、うん」

ジーン様はモニカとエセルを見つめて少し首を傾げ、次に私とパティの顔を見つめた。

「パティと妖精姫だね。そっちのふたりはわからない」

「直接お会いしたことは、ほんの何回かしかないので仕方ありませんわ。私はモニカといいます」

「エセルです」

「ご丁寧にどうも？」

少しだけ残酷さを覗かせるまなざしと、とってつけたような口端だけをあげた微笑は、あの事件の日に初めて見た彼の表情のままだ。

「大きくなったんだね」

「もう四年経ったんですよ」

「四年？　はっ。僕は四年もここにいたのか」

イライラした様子で頭を掻きながら、表面が凍っていた泉に乗せていた足で氷を何度も蹴った。でも実体のない彼では、表面にだけ薄くはった氷でさえ割れない。

「精霊達まで失ったのに、僕だけ四年もここに？　死んでまで自由に動けないのか。これが琥珀様が僕に与えた罰なのか？」

「そんなはずないわ。琥珀は罰を与えたなんて言ってなかった。あなたと精霊達を一緒に砂に帰したって言っていたわよ」

あの時、琥珀だって悲しそうな顔をしてた。

誰にも言わずに、ジーン様に罰を与えるなんて琥珀はしないわ。

「じゃあなんで。気付いたらここにいて、記憶があやふやなんだ」

「ここに何かあるんじゃないですか？　学園では他の生徒と一緒に過ごしていたんですよね」

「そうだね。バントック派が怖くて僕に近付く生徒はほとんどいなかったけど、他の生徒と同じように生活することは出来たな。皇族の寮には彼らははいって来られないから、友人達と……友人

「……パオロ……彼はどうしてる？」

初めてジーン様の表情に動揺が見えた。

「どうって、忙しそうにしてますよ。少し痩せました」

「そう……そうか。ここはパオロや友人と遊びに来た場所だ。この奥に小さな小屋があってね。秘密の場所にしていたんだ」

「ここに小屋?!　聞いたことありません」

パティだけでなく、モニカもエセルも知らなかったようだ。

視線を向けたら首を横に振っていた。

誰が使う小屋なんだろう。

「あの……ランプリング公爵にここに来てもらったら、会えますか？」

パティが言い出した台詞に私達は驚いた。

パオロを学園に呼ぶなら許可を取らなくちゃいけない。

その辺は誤魔化せたとしても、パオロには深夜にここにいたことを話すことになる。

話したら……あの真面目なパオロが、皇太子に黙ってジーン様に会おうとはしないだろう。

てことは、大問題になるわよ。

「どうしてそんなことをしてくれるんだい？　きみはアンディやエルディと親しいのだろう？　僕は彼らを殺そうとしたんだよ」

ふらりと立ち上がって浮かび、ジーン様が泉のこちら側に飛んできたので、いっせいに精霊獣達が、私達とジーン様の間で身構えた。

「私……何も気づかないで。何か出来たかもしれないのに……」

精霊獣の様子にジーン様は肩をすくめ、パティをちらっと見てため息をついた。

「……きみは、あの時いくつだった？」

「え？　あ、六歳です」

「馬鹿にしてるの？」

ひんやりとした声音にはっとして、パティは胸の前で手をクロスして腕を抱いて首を横に振った。

「ち、違います」

「あの時に六歳なら、僕が軟禁されていた時はいくつ？　よちよち歩きの子供に何が出来るんだ？　あの頃、僕が、大人達が、何もしなかったとでも思っているのかい？　思い上がるのもいい加減にしなよ」

「ちょっとあなた」

「エセル」

前に出ようとしたエセルの腕を掴んでモニカが止めた。

「ジーン様の言っていることは正しいわ」

パティが自分を責める気持ちはわかる。

悲しいことがあった時、自分を責めてしまうのは誰でもやってしまいがちなことだ。

私だって、ジーン様が軟禁されていた時に誰かが彼の手助けをしていたら、何か変わっていたかもしれないと考えたことはある。

でも、ジーン様が怒る気持ちもわかるのよ。

彼だって、精いっぱいもがいて苦しんで、あの決断を下したんだもの。

それを、たかだか十歳になったばかりの子供達が、知っていれば変えられたかもしれないと思うのは傲慢だと思って当然だ。

「確かに僕はやり方を間違えたかもしれない。でも後悔していないよ。ただ、妖精姫がアンディについた時点で負けたと認めるべきだったかもしれないけどね」

「私は誰にもついていません」

「僕の手紙に返事をくれなかったじゃないか」

「四歳の子供に、女性型の精霊獣の育て方について、難しい言葉を使って手紙を書いて親しくなれると思っているのはやばいです」

「女性型？」

女性陣ドン引き。

パティまで少し目つきが冷ややかになった。

「あれは、だって、女の子と何を話せばいいかわからなくて」

それであんな手紙を書くのはおかしいだろう。

「あの……確かに私は子供で、何も出来なかったでしょう。でも今は、パオロにここに来てもらうことが出来ます。パオロに会う気はありますか。みんなは？　親に今夜のことがばれるけど平気？」

パティは、どうしてもジーン様をこのまま放ってはおけないらしい。

パオロも何も出来なかった自分を責めて、しばらく近衛騎士団の仕事に没頭して、屋敷にも帰らない生活をしていたって聞いたわ。

「うちの親は平気よ」

「うちも」

ノーランドとマイラーは放任主義なのか？

「よかった。うちも、お父様は私の気持ちをわかってくださると思うの。ディアはどう？」

「え？　もしかして一番まずいのはうち?!」

「クリスは怒るでしょうね」

「ベリサリオは、みんなディアが大好きだから……」

い、いや、こうなったらしょうがない。

家族にはめちゃくちゃ怒られそうだけど、パオロにはミーアと幸せになってほしいんだもん。

「みんなやさしいね。同情してくれているのかな？」

「いいえ。ただ、パオロも皇太子殿下も、ここにいるみんなも、まだあの時の事件を終わらせられていないんです。理屈ではどうせ何も出来なかったとわかっていても、割り切れないんですよ」

あの時、私のお友達に毒を盛ったのはニコデムスのやつらだった。

ジーン様が関係したのは、バントック派の殺人のほう。

まだ子供だった皇太子を殺そうとしたのは許せないけど、そこまで彼を追い込んだのはエーフェニア様とバントック派だ。

「そうか。……パオロに渡したいものがある。連れて来てほしい」

おう、まかせろ。

肝試しをやろうなんて言い出したのは、私だ！

こうなったら、パオロを引きずってでも連れて来てやろうじゃない。

◆

普段、謁見に使用している豪勢な広間ではなくて、もう少し小さめの、高位貴族の人達が意見交換に使用する部屋が皇宮にはある。

ゆったりと家具が置かれていて、居心地がいい部屋なのよ。

今はここに皇太子と三つの公爵家の方々と、三つの辺境伯家とマイラー伯爵が揃っている。

いやあ、帝国でも指折りの大貴族ばかりですよ。

私もよく知っている方ばかりで、家族ぐるみのお付き合いをさせていただいているんですけどね、みんなの顔つきが渋いよ。部屋の空気が重いよ。

「ディア……またきみか」

皇太子は十五歳にして若禿になってしまうかもしれない。

円形脱毛症ならば、もうなっていてもおかしくないかも。

でも、私がしょっちゅう問題を起こしているかのような言い方はやめていただきたいわ。

「噂話をみんなに教えたのは私なんです」

父親であるグッドフォロー公爵と一緒にソファーに座っていたパティが立ち上がった。

「私、自分から行くと言い出しました」

モニカも立ち上がったので、ノーランド辺境伯はやれやれといった感じで背凭れに身を沈め、

「私も！　行きたいって言いました」

エセルまで元気に言い出したので、マイラー伯爵は頭を抱えてうめいた。

「最初は私ひとりで行く気だったんですけど」

言い出しっぺは私なので、困った顔で首を傾げて皇太子を見たら、とっても嫌そうな顔でため息をつかれたわ。

「ディア、なぜジーン様に会う気になったんだい？」

私は両親に挟まれて三人掛けのソファーに座っている。

お兄様達は、今回は不参加よ。他の子も保護者しか来ていないのに、うちだけぞろぞろと来るわけにはいかないわよ。

ただし、夕べは大変だった。

お兄様達の精霊獣が、私が外出したことに気付いてばらしちゃって、ふたり揃って私の部屋で待ち構えていたの。

それから説明させられて、眠れたのは明け方よ。

昼には両親や皇太子にも話が伝わっていたから、授業が終わってそのまま呼び出し。

覚悟はしていたけど、ともかく眠い。

「ジーン様がつらい立場だったのは間違いないですよね。それで幽霊になったなら恨んでいるのかなって思ったんです。恨みが強くて悪霊になって、皇太子殿下とか皇宮にいる方々に何かあったら困るじゃないですか」

「ディア、時間が惜しい。本音を話せ」

えー。私が皇太子のために動いたらおかしいってこと？

皇太子は私のことを何だと思っているのよ。

「本音で話してますよ。皇太子殿下に何かあって国が荒れたら、ベリサリオだって困るじゃないですか。それに……ミーアと結婚するパオロが、いろいろと責任を感じて幸せになることに負い目を感じているようだったので、会えるなら会わせてしまおうかと思いました」

「パオロのため？」

「なるほど、きみはそれで」

ですから、ノーランドもコルケットも、話はちゃんと聞いてくれないかな。

皇太子とパオロと両方のためよ。

「私はそんなにまいっているように見えるんだろうか」

近衛騎士団の制服姿のパオロは、とっても勇ましいし格好いい。

サラサラの髪なんて羨ましいくらい綺麗だし、憧れる御令嬢が山ほどいるくらいイケメンだ。

でも本人は真面目で苦労人で、ご両親が亡くなってからは公爵家の当主として、その両肩に重くのしかかる責任に負けないように必死に頑張ってきたはずだ。

もうさ、それだけで精いっぱいだったと思うのよ。

負い目に感じなくちゃいけないことなんて、なーんにもないと思うの。

「ミーアと付き合い始めてからはそうでもないです」

たかだか十歳の子供の言葉で、真っ赤になるのはやめてちょうだい。

「ミーアは私の大切な側近なので、結婚するからには幸せにしてもらわないと困ります。きっとジーン様に言いたいことや聞きたいことがいっぱいあるんでしょう？　普通ならもう手遅れなのに、今回は特別に会えちゃうんですよ。だったら会いましょうよ」

とってもわかりやすい話でしょ？

驚くようなことは何もないわ。

「ディア」

「はい、お母様？　私また、変なことを言いましたか？」

「いいえ。ただみなさんはね、あなたがジーン様のために動いたんじゃないかと思っていらしたのよ？」

「ええ？　なんでまた」

「もういい。おまえはミーアのためにパオロをジーンと会わせたいんだな」

「その通りです」

皇太子がさっきよりさらに疲れた顔をしているけど大丈夫？

「紛らわしいわ」

「え？　何が？」

「で？　そっちの三人は、なぜ深夜に外出しようなんて思ったんだ？」

「ディアをひとりにしたくないからです」

うん。エセルはそう言っていたね。

「なるほど。無茶をする友人のためか。モニカは？」

「……あの」

はっきりと言わずに俯いたモニカを見て、皇太子の目がすーっと細められた。

「誤解なさらないでいただきたい」

ノーランド辺境伯が、孫のモニカの代わりに話し始めた。

「モニカはジーン様が悪霊になっていて、皇太子殿下に災いをなしては困ると考えたのです」

「ならばそう……ああ、先程、ディアの話を信じなかったからか」

「はい」

ノーランド辺境伯は笑いそうになっているし、モニカは俯いてしまっている。

皇太子は髪をかきあげながら天井を見上げ、大きく息を吐きだした。

「おまえ達四人は、いずれは帝国貴族の女性達の中心になる者達だ。その者達がジーンのために動くということは、私に不満があるのかもしれないと利用しようとする者が出るかもしれない」

あー、そうか。そうね。

そこを最初に話しておけばよかったのね。心配させちゃったのか。

ジーン様は本来なら皇帝になるべき人だったから、皇太子としても複雑な気分になるのか。

「ジーン様とお話したことはほとんどないので、あの方のために……とは、思ってもみませんでした」

モニカも慌てて否定した。

うん。モニカはむしろ、ジーン様を気にしていたパティの意見に反対の態度だったもんね。

だから、パティが落ち込んでしまっている。

皇太子を裏切るようなことをしてしまったんじゃないかって。

「パティ、おまえは？」

「……………すみません」

「何を謝っている」

「私は、ジーン様とお話ししたかったんです」

グッドフォロー公爵にしがみついて、泣きそうな顔をしているパティはいつもよりずっと幼く見えた。

「この子はまだ子供で考えが甘かったんです」

保護者が同席するのは重要ね。

十歳の女の子に、皇族やこれだけの貴族の前で話せっていうのは酷だわ。

しかも深夜に外出して、犯罪者として処刑された人と会った話だもんなあ。

「この子は小さい頃にジーン様と何回か会っているんです。でも突然会えなくなって、それからしばらくして皇太子殿下や第二皇子殿下と会うのも難しくなってきて、不穏な空気が増すのを感じていたそうなんです。でも何も出来ず、聞いても誰も答えてくれないままあの日が来て、好きな人達が敵対していたことを知って衝撃を受けたようなんです」

「私……自分のために、ジーン様に会いたかったんだと思います。でも、傲慢だって言われて、その通りだって……」

アラサーまでひとり身で生きた私から、あえて言おう。

人間はみんな、いくつもの後悔や割り切れない思いを引きずって生きていくのだと。

「そういえば最近は忙しくて、パティとゆっくり話せていなかったな」

優しい声で話しながら近づいて、皇太子はパティの肩に手を置いて身を屈めた。

「昔と変わらず、今でもパティは私の大切な幼馴染だ。きみに何も話さなかったのは心配させたくなかったからだけど、いい機会だ。今度ゆっくりと話をしよう。不安なこと、悲しかったこと、私に教えてくれ」

「ア……皇太子殿下」

「アンディでかまわない」

「はい。はい」

泣きながら何度も頷くパティを、皇太子は優しく抱きしめた。

◆

「ふーーーーん」

皇宮で何があったかを説明したら、アランお兄様は不満げに目を細め、クリスお兄様は鼻で笑った。

いやそこはさ、さすが皇太子殿下、度量が広くていらっしゃるとか何とか言おうよ。

そつがないなーと私も思ったけどね。

「甘いやつだ。そうしてまた抱え込んで、自分で自分の首を絞める。アホめ」

あれ？　クリスお兄様ったらツンデレになってますわよ。

「皇太子殿下は自分が正当な皇位継承者じゃなかったことを気になさっているのですか？」

「まさか。あいつが皇帝にならなかったら、誰がなるんだよ」

そうでした。やりたくないなんて言い出したら、残りはまだ成人していない第二皇子しかいないんだった。

「でも慣れない仕事に追われて痩せたし、寝不足だ。第二皇子の方も最近塞ぎがちだそうだし、パティとしては心配だったんだろう。ジーン様だってパティにしてみたら優しい印象しか残っていない人だったわけで、あそこまで追い詰められていたと知ってショックだったんだろうな」

「そのおかげで幽霊になっていると知れたんだから、結果的には良かったんじゃない？　悪霊になったらたいへんだよ。ただ、ディアが僕達に内緒で寮を抜け出したりしたのは別問題だよ」

アランお兄様ってば、それについては夕べさんざん話したじゃないですか。

「窓から出て行ってばれないと思われるなんて、ベリサリオの警備体制を甘く見すぎたな」

もうね、クリスお兄様の表情が外気より冷たいわよ。凍死しそうよ。

「申し訳ありませんでした。今後は必ずお兄様達に相談します」

「誘ってくれないなんて冷たいよね」

「アラン」

「兄上だって、そんな楽しそうなことをするなら兄妹で行けばいいじゃないかって言ってたじゃないか。兄上ったら、お友達に嫉妬して……」

「アラン！」

「だから今夜はお兄様達と一緒に行くという流れにしたんですよ」

皇太子はあの後、パオロがジーン様に会うことを了承したの。

近衛騎士団長に迷いがあるのはいけないってね。

女の子達は、今夜は留守番。さすが二日続けて深夜に出かけるのは駄目だということになった。

ただ私だけは、ジーン様が悪霊になりかけた時に魔力に物を言わせて蹴散らすか、琥珀に相談するかしないといけないので、今夜もパオロについていくことになって、お兄様達は私のお守としてついていく許可が出た。

学園内だから、出来るだけ大人は関わらないようにしようというのと、処刑されたジーン様に会いに大勢で行くのはよくないという話になったのよ。

もちろん昨夜のことは口外禁止。

お友達にも話しては駄目だと言われたので、カーラには寒いだけで何もなかったと嘘をついてしまった。

「じゃあ、そろそろ行こうか」

お兄様ふたりは、コートを着込んですっかりやる気だ。

今日は特別に転移魔法が許されているので、私はのろのろと立ち上がり、部屋の中の空間を開いて泉のすぐそばに繋げた。

ドアのように開いた空間の向こうは真っ暗だ。

「これが妖精姫の転移魔法か。すごいな」

そこに精霊獣が灯した明かりにぼんやりと照らされてパオロが立っていた。

「雪、降ってる……」

「そんなの窓の外を見ればわかるだろう」

「さむっ！　昨日よりもさらにさむっ!!」

「いいから行くよ。ほら外に出て」

「きゃー！　アランお兄様、押さないでください。滑って転んだらどうするんですか！」

クリスお兄様はさっさと外に出てしまい、私はアランお兄様にぐいぐい押されて外に出た。

ひゅーって、頬が痛いくらいに冷えた風が吹き抜けていくのよ。

暖かい部屋に帰りたいよー。

こうしている間にも、頭や肩に雪が積もっていくんだから。

「賑やかだな」

「お兄様達は意地悪なんです」

昨日と同じようにイフリーに乗ると、ジンはイフリーの耳と耳の間に陣取り、リヴァは明かりの代わりのつもりなんだろう。淡い光に包まれながら先導するように進みだした。

ガイアは精霊状態で、私の頭の上に乗っかっている。

明るくていいんだけど、頭が光っているって見た目的にはどうなんだろう。

「あっちです。行きましょう」

暗闇の中、深々と降る雪が音もなく降り積もっていく。

昨日より歩きにくくなった小路を、時折言葉を交わしながら進むけど、声まで雪に吸い込まれてしまうみたいだ。

それでも泉の近くには、たくさんの光が舞っているおかげで、そこだけ少しだけ暖かいような気がしてくる。

「これが、話していた精霊のような光か」

「主を持つ前の精霊なのかな」

お兄様達が興味津々で光を見上げている間も、パオロは険しい顔で周囲に注意を向けていた。

「あ」

「あそこ」

ジーン様を見つけたのは、私とパオロとほぼ同時だった。

暗闇の中にひときわ大きな光が浮かび、それが消えると同時にジーン様が立っていた。

「ジーン……」

「パオロ？　すっかり大人になってしまったな」

「四年経ったからな」

雪が降ってもジーン様の服装は変わらない。

パオロと言葉を交わした後、私を見て、お兄様達を見て、眉を寄せた。

「今夜は男ばかりなの？　むさいな」

「女の子は、そんな何回も深夜に外出出来ないんだよ」

「そうだけど……」

私を見てからすっと視線をそらして、

「しょうがないな」

パオロと話を続けたのは、どういう意味なんですかね。

私は女の子に含まれていないってこと?!

「あの小屋のこと、覚えてる？」

「もちろん」

「じゃあそこに行こう。みんな寒そうだ」

足は動いているけど、地に足がついていない感じってわかるかな。

すーっと宙に浮いて移動しているのに、前に進むためには歩くものだって思っているから、無意識に足が動いてしまっているみたい。

私達は精霊獣に乗ったり捕まって移動しているのに、追い付けないスピードなのよ。それで歩いている動作って、すごい不自然。

ジーン様が進んでいくのは、こんなところに道があったんだと驚くような細い道だった。誰も通らないせいで雪が深く積もっていて、普通に歩いたら膝まで埋まりそうだ。

時折、雪の重みでたわんだ枝から雪が落ちるバサッという音が聞こえる以外、無音のまま一行は木々の間を通り、開けた場所に到着した。

「これが小屋？」

小屋っていうから、小さな倉庫くらいの大きさの、部屋がひとつしかない建物を想像していたのに、ちゃんと門があって塀に囲まれているじゃない。

そこをふわっと浮いて飛び越して、すっかり雪に覆われた庭を行くと、平屋建てではあるけれど、平民の四人家族が住む家よりよっぽど広そうな家が建てられていた。

「鍵の場所は変わってないよ」

言いながらジーン様は、すーっと閉じられたままのドアを通り抜けて、建物の中に入ってしまった。

幽霊って便利ね。

「鍵が錆びついていないといいんだが」

呟きながらパオロが屋根の上まで精霊獣を浮かせて、屋根と壁の間に隠してあった箱から鍵を取り出した。

「そんなところに鍵が？」

「あの頃は精霊獣を持っている学生が少なかったからね」

確かにあの高さは、精霊獣がいないと確かに厳しいかも。

近くに行ってよく見ると、意外と建物は傷んでいなかった。入り口の鍵も問題なく回り、扉もきしむことなく静かに開いた。

「ここは皇族の持ち物なんだよ。ちゃんと管理はされているんだ。でも、アンディ達は存在を知らないし、皇族の所有する建物を見直したりしていないだろう?」

「そんな話は初めて聞くんだが」

「話していなかったからな」

ジーン様とパオロのやり取りを聞きながら、私達兄妹は室内を見回しながらふたりの後ろをついて歩いた。

部屋の中も埃ひとつなく、この小さな建物には不似合いな高価な家具が置かれている。

照明の魔道具もあるんだけど、幽霊がいるのに明るくするのはためらわれて、それぞれ精霊獣に自分の周囲だけ明るくしてもらった。

「外気が入らない分、少しは暖かいね」

アランお兄様はそう言うけど、私はイフリーから離れないわよ。

冷凍庫の中から冷蔵庫の中に移動しても、寒いということに変わりはないのよ。

「こっちだ」

「ジーン? 私達は話をしに来たんだよ」

「話? いまさら何を話すんだ?」

興味なさそうな様子でジーン様はどんどん建物の奥に進み、廊下の突き当りにある階段を下りていく。

「地下室があるのか」

クリスお兄様が暗い階段の下を眺めてからパオロを振り返った。

「……ああ、そうだった。ジーンはここに自分の大事なものを隠していたんだ」

パオロの精霊獣が下に飛び、地下の空間を照らしてくれた。

ごつごつと硬そうな石の床の上に年季の入った大きなテーブルが置いてあるのが見える。

「隠す？」

「エーフェニア様はジーンが逃亡しないように、あまり多くの物を持たせないようにしていたんだ。それに、盗みをする侍女や従者もいたしね」

権力の中心で起こるこういう話には、もううんざりだわ。

確かカミルも似たような立場で、子供の頃は存在を隠されていたはず。

彼の場合は王太子が味方だったけど、ジーン様には味方になってくれる家族がいなかったのよね。

「パオロ、ここを開けてくれ」

先を進んでいたジーン様が足を止めたのは、廊下の突き当りの行き止まりの壁だ。

パオロが頷いて、横の壁の一部を取り外して中のレバーを引くと、ぎしぎしと音がして壁が向こう側に開いた。

「おー、隠し扉だ」

「すごいですね！」

こんな時だというのに、思わずテンションが上がってしまう。

アランお兄様と一緒に扉の向こうを覗き込むと、そこはベッドを置いたらいっぱいになってしまいそうな小さな部屋になっていた。

「うっ。埃っぽい」

「ここの存在は、たぶん誰も知らないんだ。だから掃除されていないんだよ」

ジーン様が中に入ってしまったので、私達も中に続く。

狭いので精霊獣達には精霊型になってもらったので、互いの表情がわかるくらいには中が明るくなった。

「そこに扉があるだろう？　その向こうが地下通路になっていてね、皇宮に繋がっているんだ。ここは非常時に皇帝が避難する場所なんだよ」

「ここが⁉　そんな重要な場所を私達は隠れ家にしていたのか⁉」

「いやそれより、なぜジーン様だけが地下通路やこの建物の存在を知っているんですか？」

クリスお兄様がジーン様とパオロの会話に割って入ると、ジーン様は片方の口端だけ上げて笑った。

「そんなわかり切った質問をするなんてきみらしくないな。父上は僕を次期皇帝にするつもりだったんだよ。姉上には話さないで僕にだけ譲ってくれたものがあるんだ。誰でもいい。その本棚の二段目にある銀色の飾りのついている本を取ってくれ」

「僕が」

アランお兄様が本棚に近付き、身を屈めて一冊の本を指さした。

「これですか？」

「そうだ」

埃の積もった本棚から引き抜いた分厚い本には、銀細工のカバーがついていた。精霊の光を受けて輝いているのは、小さな宝石？　カバーだけでもかなりのお値段になりそうよ。

「うわ、重い」

「大事にしてくれよ。代々皇太子が譲り受ける本だ。皇帝になるために必要な情報が詰まっている」

ちょっとこれ、とっても重要な話じゃない？

エーフェニア様はこのノートの存在を知らないのよね。てことは、皇太子も知らないよね？

「パオロ、そこの棚の引き戸を開けてくれ。布に包まれたものが入っているだろう？」

「まだあるんですか?!」

「処刑されると決まった時には、この国がどうなろうと皇太子がどうなろうと知ったことかと思っていたからね。誰にも話さないで死んだのに……実は意外なことに気になっていたようだ」

パオロが棚の中から取り出したのは、たぶん剣だ。布に包まれていたってわかる。

「それはもしかして、行方不明になっている帝王の宝剣では？」

クリスお兄様が思わずパオロに駆け寄った。

「な、そうなのか?!」

パオロも驚いてジーン様を見ると、ふたりを驚かせることが出来て満足したのか、ジーン様は楽しそうに頷いた。

「皇宮では騒ぎになっているかい?」

「なってるよ!」

「なんでここに?!」

「両親が亡くなってすぐ、宰相が持ってきたのさ。姉上とバントック派は信用出来ないってね」

宰相……前宰相のダリモア伯爵か。

「パオロ、そのノートと剣をアンディに渡してくれ」

「え?」

思わず全員無言でジーン様を見てしまうほどに、意外な言葉だった。

こうして存在がわかった以上、皇太子に渡すことになるとは思っていたけど、ジーン様が言い出してくれるとは思っていなかったわ。

「いいのか?」

「いいも何も、もうあの兄弟しか皇族はいないんだ。いまだにのうのうと生き延びている姉上は殺してしまいたいほどに憎いが、僕はこれでも正当な皇位継承者だ。自分が皇帝になれないのなら、次の皇帝に全てを引き継がなくてはいけないだろう?」

もし……なんて話には意味がないってわかっているし、私は皇太子を支持している。

でももし、ちゃんと教育を受けて、社交性を身に着けていたのなら、ジーン様も面白い皇帝になったんじゃないかしら。

それはそれでちょっとだけ見てみたかった気もするわ。

「わかった。必ず私が皇太子殿下に渡す」

「そうしてくれ。夕べ彼女達と会ってから、死んだはずの僕がどうしてここにいたのか考えていたんだ。……学園生活は楽しかった」

「そうだな」

「だからこの場所に来たのかとも思ったけど、そうじゃなかった。僕はこの国が好きだ。父上を誇りに思っていた。だから皇族を絶やしたくはないし、このままあの世とやらに行ったら、父上に怒られてしまうよ」

「ジーン、すまない。私は友として何の力にもなれなかった」

パオロが頭を下げるのを止めようとして伸ばされた手は、彼の体に触れられずに突き抜けてしまった。

ジーン様はその手を握り込んで、もう片方の手で包んだ。

「謝ることなど何もない。むしろ礼を言いたい。両親を亡くして大変だったというのに、僕の元に顔を出してくれて嬉しかった」

「当たり前だろう。友達なんだ」

「だから巻き込みたくなかった。きみにまで罪を犯しては欲しくなかったんだよ」

どちらも友達が大事だったんだよね。

私にも、ふたりのそういう気持ちはよくわかる。

「さて、やり残したことがこれでなくなったようだ」

徐々にジーン様の体を包む光が強くなっていく。

もう心残りがなくなったのかも。

「それ以外のここにある物はきみにあげるよ。あの時一緒に遊んだやつらにも分けてくれ。それとも、僕の形見をもらったりしたら皇太子に睨まれるかな」

「そんなことはない。みんな喜ぶ」

「僕からも皇太子に話すよ」

「ありがとう。皇太子に手を貸してやってくれ。そしてこの不器用な友が、悪い立場になってしまわないようにしてくれないか」

「わかった」

クリスお兄様が頷くと、ジーン様は微笑んでパオロを見た。

「さよなら。幸せを祈ってる」

「大丈夫！　きっとパオロは幸せになるわよ！」

我慢出来ずに叫んだら、ジーン様は目を丸くして振り返り、楽しそうに声をあげて笑いながら消えてしまった。そしてすぐ、ジーン様のいた場所からふわりと三色の光が現れ、ゆっくりと高度を上げ、天井に吸い込まれていった。

「あれは、ジーン様の精霊獣かな」

「一緒に空に昇っていくのかもね」

「ディア、ここで泣くと涙が凍るよ」

アランお兄様ったら、こんな時に言う台詞がそれなの?!

「きみや、お嬢さん方にはどれだけお礼を言っても足りないな」

パオロは大事そうに両手で剣を抱えている。

もし昨日肝試しをしなかったら、この剣もノートも誰にも気づかれないまま何年も何百年も時が過ぎてしまったかもしれない。そうして歴史の中に消えていくっていうのもロマンがあるけど、ロマンじゃ国は治められないのよね。

「パティにそう言ってあげてください。きっと落ち込んでいるから」

「ああ、私だけじゃなく、皇太子殿下からも話してもらおう」


宝剣やノートを濡らすわけにはいかないので、私が転移魔法を使って、その部屋からベリサリオ城に移動した。

荷物がね、意外と多かったのよ。

ダリモア伯爵ってば、少しでも役に立ちそうだと思ったものはみんな、ジーン様に渡していたのね。

バントック派の不正の証拠になる帳面から、先代の皇帝夫妻の肖像画まで、私達だけでは持ちきれないくらいあったわ。

城で両親が待っていてくれたので、合流してそのまま皇宮に向かうことになった。

もう深夜で、私は二日続けて夜更かしして眠いのに……。

パオロが無事にジーン様に会えて、安心して満足しちゃったから気が緩んでるのよね。

「叔父上に会えたのか」

なんと城には昨日と同じメンバーがずらりと勢揃いで待っていた。

パティ、モニカ、エセルもいたのよ。びっくりよ。

「はい。無事に会えました」

皇太子や大人達の顔はとても深刻だ。

正当な皇位継承者であり、犯罪で処刑された皇太子の叔父が幽霊になっていたなんて、他所に知られるわけにはいかないもんね。

そこに私達が大荷物を抱えて帰ってきたものだから、いったいどうしたんだとびっくりしちゃってる。

「そうか。……叔父上はなんと？」

「はい。こちらの二点を皇太子殿下にお渡しするようにとおっしゃいました」

パオロが答えるのに合わせて、クリスお兄様が本を、アランお兄様が剣を持って皇太子の前に進み出た。

「それは行方知れずになっていた皇帝の宝剣ではないですか！」

パウエル公爵が驚いてアランお兄様に駆け寄り、身を屈めて顔を鞘に近付けてた。まじまじと鞘にはめ込まれている宝石を見つめて、本物だと確信したのだろう。

「間違いありません」

「ダリモア伯爵が先代の皇帝崩御の際、エーフェニア様の手に渡る前にジーン様の元に届けたのだそうです」

パオロはノートがどういうものであるのか、これらの品物が置かれていた場所がどういう場所なのかを簡潔に説明した。

見た目だけでビジュアル系なんて言っていて申し訳なかったわ。

簡潔でわかりやすい報告の仕方だけでも、彼が有能だというのはよくわかる。

「それを、私に渡せと？」

「はい。もう皇族はふたりしか残っていないのだから、皇太子殿下が皇帝になるのは当然だと話していました。そして、自分は正当な皇位継承者ではあるけれど、自分が皇帝になれないのなら、次の皇帝に全てを引き継がなくてはいけないと」

「……そうか」

クリスお兄様が一歩前に出て、皇太子殿下に銀細工のカバーのついたノートを手渡した。

「……重いな」

しみじみと呟いた皇太子の声に、何人かが無言で頷いていた。

「それで叔父上は今でもそこにいるのか？」

「いえ、消えてしまいました」

ちょっとそこの皇太子、パオロの返事を聞いてこっちを見るのはやめなさい。

私は何もしていないわよ。

「心残りがなくなったと言っていました」

「……これを私に渡すために？」

「そのようです」

「そうか……」

皇太子が何を思ったのかはわからないけど、しっかり大事そうに抱えたノートは、きっと彼の役に立ってくれるだろう。

私のウィキくんみたいにね！

「それで、そちらの荷物は……」

「これはパオロのです」

ノーランド辺境伯の言葉を遮る勢いで言ってしまったわ。

でもたぶん、ほっとくと中身を検分して、役に立ちそうなものはこちらで預かるとか言い出すでしょう。本来なら、皇太子にはその権利があるもんね。

「ジーン殿が、そうおっしゃられたということかな」

「そうです。パオロに全て渡すと言っていました。遺言です」

「確かにそう言ってました」

アランお兄様！　味方になってくれると思ってたわ！

「あの場所を近衛騎士団団長とベリサリオが知っているのはいいかもしれませんね」

クリスお兄様はにこにこしながら、なぜか違う話をし出した。

「皇太子が話さない限り、あの場所はもう他の者達には知られない。何かあった時には、我々が知っているということは役に立ちますよ」

建物があったことは話したけど、隠し部屋と皇宮に続く地下通路の話はしていないのよ。

だって極秘事項でしょ。

こんなに大勢の人がいる時に話しては駄目よね。

その代わり、ノートのあの場所の説明が書かれている場所にしおりを挟んで、クリスお兄様はわざわざ開いて皇太子に見せていた。

「……まあいい。あとはパオロに任せる」

「ありがとうございます」

せっかく助力したのに、パオロに私やクリスお兄様が睨まれたのはなぜかしら？

少なくとも私は脅していないし。

「今夜のことは他言無用だ。ここにいるメンバー以外には話さないでくれ。そして叔父上のことを知らせてくれたパティ、モニカ、エセル。そしてディア。ありがとう。おまえ達には何か褒美を考えなくてはな」

褒美ねえ。それは特にいらないかな。

真冬の幽霊が、みんなの心の中のもやもやを少しだけ消してくれて、前に向かって進めるようにしてくれた。

皇太子もパオロも、心持ち顔つきが明るくなった気がするもの。

パティだって、昨日よりすっきりした顔になっている。
だからもういいんじゃないかな。
ただ、眠い。すぐに寝かせて欲しい。
女性に睡眠不足は大敵よ。
それと皇都で、真冬の深夜に外に出るのは二度と御免だわ。

あとがき

このシリーズも三冊目になりました。

本を手に取ってくださりありがとうございます。

一巻目は間違って買ってしまった方もいると思いますが、さすがに三冊目は内容を知った上で買ってくださっている方ばかりでしょうから、今まで以上にありがたく嬉しいです。

この本が皆様に届くのは九月の十九日ですよね。

惜しい。私の誕生が二十日なんですよ。

年齢的には全くめでたくはないのですけど、当日発売だと記念になりそうだったのに……。

それでも作家デビューの年に、誕生日の一日前に本が出るというのはいい思い出になりそうです。


三巻は二巻から四年が経ち、ディアが十歳。アランが十二歳。クリスと皇太子は十五歳です。

徐々に成長していくにつれて挿絵も変化させてもらうのに、外国のモデルさんの十歳、十五歳と年齢ごとの写真を参考にしてもらったり、髪型も変えてほしいとリクエストしました。

自分でも意外でしたが、その辺がこだわりだったようです。

その結果のアランとクリスの口絵を見た時には、嬉しくてニヤニヤしてしまって、我ながら挙動不審になるくらいの想像通りのふたりが描かれていて、もう三巻はそれだけでも見てほしいと思うほどでした。

藤小豆先生さすがです。

ディアの場合は、あんなに可愛い容姿なのに、どや顔がとっても似合うように育ってくれました。恋愛大丈夫ですかね。

今回はほぼ半分がカミル視点ということで、今までとは雰囲気が違ったのではないでしょうか。

カミルとディアが出会って、登場人物達が成長して、徐々に人間関係が変化していきますので、四巻ではきっと少しはディアにも恋愛の兆しが……。


この本が皆様に届く頃には、コロナはどうなっているでしょう。

台風は今年は多いのでしょうか。

暗いニュースが多い中、せめて本を読んでいる間だけでも楽しい気分になれるように、今後もディアに爆進してもらいますのでよろしくお願いします。

ビフォーアフター character Before After

１巻時から６年の歳月が経ち、大人っぽくなった兄弟、皇太子、そして元王子。
そこで３巻の刊行を記念して一人ひとりの成長をディアドラが振り返る！

アラン

6才

6年後

12才

私の癒しで普通の可愛い男の子だったアランお兄様もすっかり大きくなりました。
12 歳で身長 170 越えですよ。しかも近衛騎士団の入団に向けて髪が短くなって、精悍な感じがアランお兄様らしくていいわ。

カミル

8才

4 年後

12才

…………。あ、ごめんなさい。驚いちゃって。女の子と間違えるくらいに可愛かったカミルが、もうすっかり男の子だわ。ほんと顔つきが変わってる。あと大きく違うのが肩幅ね。全然印象が違うのはこのせいかな？

キャラクター
ディアドラが解説！

クリス

6年後

クリスお兄様、もう最高よ。透明感ある美しさと細身は顕在ね。少し長くなった髪が似合っていて素敵。身長も 180 に届きそうなほどの長身になっちゃって、声もハスキーボイスになってるし。どれだけ属性山盛りにする気なの？

アンドリュー

6年後

皇太子殿下さらに頼もしくなったよね～。男らしい顔つきに磨きがかかってる。細身のクリスお兄様とは対照的に前から大柄さだけどより胸板が厚くなってるし。クリスお兄様との身長差が尊い。今後も 2 人を要チェックね。

アゼリア帝国に
再び訪れたカミルから
なんとダンスのお誘いが——
一緒に踊らないか？
冬 発売決定！
コミカライズ
企画進行中！

何だって
いつの間に
え？
初めての出来事にディアドラの心は揺れて？
全力令嬢が隣国の元王子と急接近!?
大波乱の恋愛ファンタジー4巻！
転生令嬢は精霊に愛されて最強です……だけど普通に恋したい！
4
The Reincarnated Count's daughter is the strongest as she is loved by spirits, though she is only wishing for regular romance!
2020年

2020年 発売決定！

しかし待ち受ける
避けられない運命——
後悔するのは、
前世で飽きた
大事な者たちを
守る力が
ほしいのです
互いの笑顔のため大決断に
踏み切る恋愛ファンタジー2巻！
乙女ゲーの
モブですら
ないんだが
玉露 Gyokuro
illust:條 Eda
第2巻

南国で楽しい夏休み！
のはずが……
にいにに
初春発売決定

緊急事態の
第4巻!!
むううぅ……
婚約者《ふぃあんちぇ》え!?
IV
白豚貴族ですが前世の記憶が生えたのでひよこな弟育てます
やしろ
illust. keepout
2021年

転生令嬢は精霊に愛されて最強です……だけど普通に恋したい！3

2020年10月1日　第1刷発行

著　者　風間レイ

発行者　本田武市

発行所　TOブックス
〒150-0002
東京都渋谷区渋谷三丁目1番1号　PMO渋谷Ⅱ　11階
TEL 0120-933-772（営業フリーダイヤル）
FAX 050-3156-0508

印刷・製本　中央精版印刷株式会社

ISBN978-4-86699-050-7